La collection «Vertiges» est dirigée
par Louis Bélanger et Stefan Psenak

Ainsi parle la Tour CN

est publié dans la collection «Vertiges»
de L'Interligne (Canada)

et dans la collection Mirage ß
de L'Or du Temps (Tunisie)

Données de catalogage avant publication (Canada)

Bouraoui, Hédi, 1932-,
   Ainsi parle la Tour CN

(Vertiges)
ISBN 2-921463-23-7

   I. Titre. II. Collection: Vertiges (Vanier, Ont.)

PS8553.O85A74 1999   C843'.54C99-901368-8
PQ3919.2.B68A74 1999

Les Éditions L'Interligne ont été fondées en 1981.

Correspondance :
255, chemin de Montréal, bureau 201
Vanier (Ontario) K1L 6C4
Tél. : (613) 748-0850, téléc. : (613) 748-0852
Courriel : interligne@synapse.net

Illustration et conception de la couverture : Christian Quesnel
Composition : L'Or du Temps

Les Éditions L'Interligne remercient le Conseil des Arts du
Canada et le Conseil des arts de l'Ontario de l'aide apportée à
leur programme de publication.

LE CONSEIL DES ARTS | THE CANADA COUNCIL
DU CANADA | FOR THE ARTS

ONTARIO ARTS
COUNCIL

CONSEIL DES ARTS
DE L'ONTARIO

Distribution : Diffusion Prologue Inc. - 1 800 363-2864

ISBN 2-921463-23-7
©Hédi Bouraoui & Les Éditions L'Interligne
Dépôt légal : quatrième trimestre de 1999
Bibliothèque nationale du Canada

Hédi Bouraoui

Ainsi parle la Tour CN

Roman

L'INTERLIGNE

l'Or du Temps

À Betty

TOUR 1

Tous les chemins mènent à moi et le ciel est ma limite. Mais qui au jour d'aujourd'hui est capable de chapeauter la plus majestueuse et la plus haute structure du monde ? Comment puis-je me vanter de la sorte ? Tant de brochures en papier luxueux et glacé répètent les mêmes slogans : merveille des hauteurs, chef-d'œuvre d'architecture, place pour tous les publics et pour toutes les saisons... Seuls les Amérindiens ont pu me coiffer même si les hordes du monde m'ont fait surgir de ce sol qui leur appartient en première instance. Dans ce *God's Country*, je suis la silhouette du futur qui ne prend la parole qu'en clips ethnoscapes. Non pour narguer votre curiosité, mais pour avoir droit aux mots qui ont fait ma réputation d'Anti-Babel. Moi, le cygne triomphant du béton armé érigé par la puissance financière de la majorité silencieuse. Je ne vous tracasserai pas avec les détails de mon surgissement sur ce «lieu des rencontres» nommé Toronto par ce peuple autochtone qui a laissé ses plumes joncher les milliers d'arpents de neige.

En cette fin de siècle, je suis venue parader ma splendeur et ma laideur, ma sveltesse de minaret et mon gigantisme de cent quatre-vingt étages, juste pour donner aux Canadiens une «leçon d'humilité». Du haut de mon chapeau, autour de ma taille, mes yeux clignotent jour et nuit, émettant ce qu'il y a de mieux à offrir des deux cent quatre-vingt-six langues recensées dans cette ville. Ondes de parlotes au monde. Puisque je suis assez rigide, assez puissante pour vous dire la parole des démunis, assez majoritaire pour larguer quelques anecdotes sur les minorités. Je vais vous entretenir de chaos. Je suis aussi flexible pour parer aux ouragans les plus furieux et aux tempêtes les plus calamiteuses. Je me suis munie d'une structure savamment calculée. Mon *Revolving Restaurant* fait le tour de lui-même pendant une heure, comme un serpent qui se love, et offre un point de vue spectaculaire de 360 degrés. Je vais donc faire vingt-quatre tours sur moi-même. Prenez ma parole de béton et d'acier, non pas avec un grain de sel mais avec des tonnes de rire!

A chaque clin d'œil je fais le tour de la ville. Cette page quadrillée avec sa Yonge street, la plus longue du monde, prenant sa source dans le Lac Ontario pour se jeter soixante kilomètres plus loin... dans une banlieue prospère qui ressemble à un village autonome. Là n'habitent pas les damnés de la terre, mais les élus du paradis. Cette rue fend le cœur de la ville en deux, Est et Ouest. Deux ventricules où les buildings se répondent en une langue de verre qui ne se distingue pas de celle *south of the border*. Les États-Unis qui nous gouvernent et que nous envions. Nous, la «petite souris» vivant à l'ombre de l'Éléphant. Interminable rue principale comme notre histoire qui débute par les pères fondateurs en passant par l'éradication de la Première Nation pour finir par l'anonymat incolore et inodore.

Attention : jugement hâtif dû au fait que je prends de la hauteur... je reste à la surface polie des choses, comme ce soleil d'acier après une tempête de neige.

Tête ceinte d'un bandeau aux couleurs de l'arc-en-ciel, le Mohawk, Pierre de Lune, passe à Yorkville pour une dernière bouffée de marijuana. Pendant des journées de tension fébrile, il pose, avec trois autres amis de sa tribu, les blocs qui forment les colonnes s'élevant en catimini jusqu'au sommet de ma construction unique et presque surhumaine. A présent ils sont prêts à brancher l'antenne à quatre directions à mon chapeau comme s'ils devaient planter des plumes d'oie autour de leurs têtes. Le *pusheur* de drogue reconnaît de loin le Mohawk qui travaille dans les cieux, s'avance d'un pas sûr pour lui larguer sa marchandise. Le policier du coin ferme l'œil. On ne doit pas trop harceler ces voltigeurs hors pair, seuls capables d'affronter des hauteurs inouïes sans le moindre vertige. On a besoin de ces experts qui évoluent dans le ciel avec la même assurance et la même expertise que les traqueurs de bêtes sauvages dans la *toundra*. Rapidité et dextérité à ajuster à un millimètre près les cornes magiques qu'ils doivent épingler en haute altitude, au sommet des sommets, malgré la réputation de «paresseux» qui leur colle à la peau.

C'est une poisse ancestrale qui cloue Pete au sol depuis les temps immémoriaux, lui, qui «marche la terre» comme il «court le ciel». Il a quitté sa Réserve d'Opasquia au nord-ouest de la Province pour s'installer dans une chambre délabrée au quartier de *Spadina* au nord de *Bloor*. Pour une fois, la ville reine a besoin de ses services ; et, du coup, elle est prête à le sortir des longues journées sans travail qui lui mangent le corps comme un cancer. Il peut à présent nourrir à distance sa famille suspendue à ses errances, en attente d'un mandat qui tarde toujours d'arriver. Que devient au juste son fils unique laissé auprès de sa mère qui compte les jours pour le rejoindre ? Il y a à peine deux ans qu'il a épousé Twylla Blue, Indienne aussi pétillante de vie que sa peau cuivrée.

Pete Deloon, comme on l'appelle dans la ville reine, veut bien endosser le cliché de «fainéant», de «vaurien», de «saoulard et de drogué» perpétuel. Il n'est pas philosophe pour deux *cents*, mais il possède un sens inné de l'éthique qui donne à son visage cet air de rigueur et de sagesse qui ne trompe pas. L'Amérindien sait que l'amertume a été fumée en calumet de la paix, de même que la défaite dont il ne se relèvera jamais. Malgré les promesses, les traités, et les accords, il ne peut encore pas chasser à sa guise. Son salaire ne sert même pas à couvrir la bière consommée avec les amis. Cependant, il sait intimement que «les gens de sa race» sont la pierre angulaire de l'histoire écrite dans tous les livres, et de ce terroir illimité abandonné aux Anglais. Mais les Rois, les Reines et leurs descendants ont tout oublié. Lui a la mémoire longue comme un jour sans bière. Et il meurt d'envie de corriger un instant la balafre d'humiliation qui trône sur la sagesse de son visage.

Sa vie durant, il résiste aux tentations des Blancs. Ne pas s'assimiler pour ne pas perdre sa pureté. Pas la virginité d'une race quelconque, il n'y croit pas, mais celle de sa civilisation originelle, campée en tribus bien organisées, où lors des réunions quotidiennes, le chef et sa parole sacrée bâtissaient des Empires de paix et de bonheur. Les Blancs venus avec missions précises.

Brouiller les cartes... Changer les habitudes... Mettre un nouvel ordre... Désordre pas encore défini... Éparpiller cultures et tradition... Changer le monde à leur image... Les Indiens impuissants face à leurs invasions! Et que faire d'autre sinon refuser d'apprendre leur façon de marcher et de courir. D'inventer des machines pour déloger l'Homme. Faire son travail mieux que lui. Saccager la nature parce qu'elle lui est fidèle. La polluer pour qu'il puisse s'asphyxier sans le savoir. Allumer des guerres pour écouler le surplus des armes. Faire semblant de les éteindre pour se donner bonne conscience. Inventer des traités de paix dans la perfidie des négociations. Ne presque jamais respecter ces écrits de la dernière heure.

Aujourd'hui, Premier Avril, le temps est couvert, une neige molle se dissout à même son arrivée au sol laissant derrière elle des traînées de blancheur traître. Que de carambolages de voitures et d'innocents accidentés! Ce sont les moments minutés de l'Odyssée de Pete qui évolue dans le ciel laiteux comme un aigle enivré d'espace. Il voit à peine le trou où il doit loger le conducteur électrique. Il vole suspendu d'abord au fil tenu d'un hélicoptère russe dont le bruit assourdissant l'empêche d'entendre les directives. Puis libre dans les airs, muscles tendus de bolide sauvage cherchant à accomplir sa mission. Trêve d'ordres et de directions! Ce premier jour du mois farceur semble durer plus de trois cents ans... Jour de bon augure puisque tout le monde est attentif à ses gestes. Surtout à cette clé qu'il a entre les mains ou qu'il épingle parfois à son buste. Magie

15

visible qui servira à serrer les écrous. Les tiges de fer feront émettre des paroles et des images, et recevoir les ondes les plus bizarres ou les plus contradictoires. Parler et déparler, c'est la valeur vitale du pays.

Oui, convaincu que seule la communication, ses vers et ses travers peuvent être l'atout majeur dans la guerre de l'espace. Après le chemin de fer, c'est la parole qui prend la relève. Pete ressent cet état de trouble extraordinaire dû à l'importance de son acte. N'est-il pas en train d'installer un roseau de fer enferrant, un appareil dégoisant toutes langues confondues sous la houlette de l'anglais qu'il a appris pour les besoins de la cause sans jamais pouvoir l'écrire ? Son corps tendu, planant à plus de cinq cent cinquante-trois mètres au-dessus du niveau de l'eau, sillonne le ciel, le barbouillant de ses mouvements calculés. Mais le langage de ce corps trapu diffère de celui du *Almighty dollar*, langue de bois qui gargote dans sa gorge comme une croix des temps éculés.

Attiré par la vue plongeante, ce vide qui ne semble pas lui résister, Pete Deloon souhaite ardemment que ses prouesses soient projetées sur le petit écran. Celui que regarde tous les jours Kelly, la Belle Blonde, rencontrée chaque matin. Depuis qu'il est embauché pour ce labeur d'amour, il rêve d'elle. Il déguste son sourire comme une orange de Floride. Il fait le tour de son visage, en une seconde, qui s'éclaire d'un rayon de soleil. Sa pensée, il ne peut la deviner. Se rend-elle compte de son empressement à lui ouvrir la porte, de son regard qui épouse la courbe de ses reins, et qui cherche à la percer de sa violence jouissive ?

16

C'est sans doute l'absence de sa femme qui le force à s'attacher à cette inconnue, lointaine et proche. La démarche assurée de la Belle aiguise son réflexe de conquête. Quête frustrante. Il n'arrive pas à attirer son attention. Pete revoit son enfance sans parents. Dans un couvent, il s'accroche à la soutane d'un prêtre ou à la longue robe noire d'une Bonne Sœur. Le moindre signe d'affection est enregistré par sa mémoire. Percer le mystère de sa naissance. D'où vient-il ? Pourquoi ses parents l'ont-ils abandonné à cette foi qui n'est pas la sienne ? A présent, il doit se surpasser, montrer au monde sa prouesse. Talent à maîtriser le vide. Effroyable néant qui fait trembler le courage des lions. Origine à traquer, amour à crocheter. Maintenir cette force sans prise sur le réel. Pete serre les mâchoires lorsqu'il pense à son métissage récupéré par les Missionnaires. Leur «bonne foi» perturbée par un atavisme de bon aloi et sa fuite à l'âge de six ans...

Aujourd'hui, la Blonde ne lui a pas souri. Elle n'a pas répondu, non plus, à son *Hi* vigoureux. Pete a prononcé ce salut du fond du cœur pour effacer le malaise. Un goût amer le pousse à se venger du vide et du sort. Son être lui échappe. La lourdeur de l'inquiétude se meut en fragile fierté. Le Contremaître hurle : *For God's sake Pete don't screw up this job* ! A ce moment, il lui prend l'envie de danser sur le petit carré à la racine des quatre branches de l'antenne. Danse traditionnelle de Mohawk que son ami ne peut s'empêcher de photographier pour la postérité. Encouragé par cette prise folle en image, il endosse un parachute et plonge dans ce laps de temps de l'année miracle 1975. Cascade tellement osée qu'elle surprend les amis, les travailleurs, les passants... Sauf la

17

Belle Blonde qui se décharge de ses maux dans les toilettes du sous-sol, au lieu d'être devant son petit écran... à surveiller les mouvements du maître de céans!

Le lendemain, Pete, en mal propre de la descente sur terre, est licencié.

Comment puis-je agir en sa faveur ? Moi Tour CN. Je suis clouée à mon socle natal, enracinée dans ses profondeurs intimes. Seule la fluidité de l'action retient l'attention! Je ne possède que la voix et l'image qui voyagent. Les nouvelles transitent en moi. Puis s'éteignent à la seconde même où elles émergent de mon antenne. J'ai besoin de me détourner de ce flot incessant. De ces chevauchées sur la crête des vagues. Pour ne retenir que l'écrit que je couche dans le lit de ma vigilance. Ces phrases courtes dans la solitude de ma caverne. Tout en évitant les longues tirades. Juste l'amour d'une ambiance créée dans le vertige des rêves. Pas celle d'un récit traditionnel. Plutôt un picorage d'événements aux temps différents de ma mémoire de pierre.

J'anti-babélise. Ma voix intérieure susurre ses frémissements avant l'aurore.

TOUR 2

En contemplant ma sveltesse et mes élans de jeune fille vers le ciel, je me demande pourquoi l'on pourrait me reprocher d'entreprendre une quête à l'intérieur de mon jaillissement ? Pourquoi ne serais-je pas capable d'attirer l'attention sur mon sort ?

Quand je pense que je suis solidement plantée au bord du Lac Ontario, une véritable mer intérieure, je me dis de pur béton et de flexible acier. Aucun doute sur mon appartenance : Je suis de Souche et je suis fière de l'être ! Je suis née sur ce sol des merveilles. Je paie mes impôts et suis bilingue comme tout bon citoyen. Je reconnais que les immigrés récents se sont écorchés les mains pour amarrer mes trois racines à plus de cinquante mètres dans le sol. J'avoue que je ne suis pas multilangue-ontarienne comme la majorité de notre vibrante ville. Au fait, je suis une Tour anglaise et je me narre en français. Ce n'est pas pour me vanter, mais j'aime prendre la parole de la minorité officielle. Sans condescendance, sans arrogance. Juste par amour d'autres langues écartées par l'histoire, et pour convaincre le Québec de rester dans le giron de notre mère canadienne. Pays d'érable, de neige et de pourparlers... dont le quart de la population veut sortir, alors que les neuf-dixième du Tiers-monde meurt d'envie d'y rentrer !

Facile de garder le silence ou de faire la muette quand mes antennes captent les ondes du monde entier!

Prendre en assaut et faire circuler la *lingua franca*, cet anglais américain qui évince chaque jour des milliers de langues. Ce serait pure lâcheté, et mauvaise foi de la part d'une révoltée. Chez nous Canadiens, les révolutions sont tranquilles. Aucun sang versé. Aucune âme bannie dans la vie toujours remise en question. Sans violence. Sans trituration de notre image. D'ailleurs, qui sait ce qu'elle représente ? Nous ne pourrons jamais la définir. Nous avons plutôt abouti à un accord tacite : asseoir notre identité collective sur la négativité. Ainsi, nous ne ressemblons pas aux Américains. Eux deviennent fous à force de s'entre-tuer pour bâtir la fameuse image de l'aigle dans son essor conquérant. Des guerres civiles à n'en plus finir pour arriver à une entente collective. Une frime problématique. Nous, nous nous battons autour des tables ovales des négociations à n'en plus finir! Nous n'offrons pas notre vie, nous sacrifions des tonnes de paroles. Mais l'inflation verbale ne compense pas l'ennui à couper à la scie! Nos accords, désaccords et compromis sont le résultat de longs processus de civilité!

Des référenda, toutes sortes de mémoranda... toujours des discussions non concluantes. Aucun volontaire pour prendre l'initiative. Et nul ne veut exclure le petit doigt d'agir en mains vertueuses. Celles qui refusent de se salir ou de mourir pour une cause quelconque. Exception faite de la deuxième guerre mondiale où nous avions les intérêts de nos peuples fondateurs à défendre, et de la *Desert Storm* dont je transmettais moi-même les subtiles stratégies.

Mais Pete Deloon est licencié. Éjecté du système. Le badge qui lui permet de franchir mon enceinte et lui garantit son identité, lui est retiré. Exclu, il n'est plus rien, il ne vaut plus rien. Ce rien le taraude d'angoisse et le secoue de fond en comble, creuse en lui des puits de peur, des citernes de tourments, des cavernes de ténèbres. Toutes sortes de trous dont chacun déclenche une nausée épicée. Et il rode sous ma carcasse en chantier. Déchiqueté. Petits éclats d'éternité qui ont perdu prise sur le réel. Et il rode, il rode tournoyant autour de lui-même. Une fourmi affamée escaladant une montagne d'où elle ne tirera pas une seule graine.

Bouclée à jamais pour lui, la porte d'entrée menant à mes entrailles. Le gardien lui en défend l'accès. Pourtant ma devise indique bien *Welcome, let your Spirit soar*. Cette invite reste lettre morte. Je vois encore le corps de Pete s'envoler de son gré jusqu'au sommet puis redescendre en chute libre, défiant toute loi de l'incontournable gravité. De mon chapeau ancré au ciel, son corps s'est précipité en sens inverse de l'élan que je réclame. On dira qu'il a enfreint les lois et l'éthique du travail. Non, le monde d'aujourd'hui ne pardonne aucune fantaisie. Flagrant délit d'avoir un brin d'imagination. Pourquoi cet enfant de la Première Nation n'a-t-il pas suivi à la lettre, à une vis près, l'ordre qu'on lui avait indiqué ? Remarquez : personnellement j'admire son élan, sa déviance que j'affectionne et que je ne peux avouer. Il est difficile d'endosser l'uniforme, le moule qui tue toutes initiatives. Je me serais comportée comme lui. En déchirant le masque pour inventer le mouvement qui défie.

Les jours se suivent et se ressemblent quand on ne se lève pas le matin pour aller travailler. Sans travail aucune surprise, aucun imprévu. La sanction pèse lourd sur les épaules de ce fils talentueux. Son buste se courbe un tant soit peu tandis qu'il garde la tête haute. Il se traîne dans les rues, ne serait-ce que pour jeter un coup d'œil sur sa Belle Blonde. La voir arriver à l'heure. Fière d'assumer sa fonction, ne daignant pas jeter un regard sur le malheur qui cingle Pete. Son père lui a confié que cet Amérindien renvoyé pour faute grave ressemble, comme deux gouttes d'eau, au vieil Ovide Samedi, ce plaisantin qu'il a mis sous les verrous, voilà près de vingt ans. L'affaire n'était pas concluante. Il y eut procès. Aucune preuve pour établir qu'il était l'assassin d'un membre de la tribu — je ne me souviens plus de son nom — qui lui avait volé la femme blanche dont il était amoureux. Le juge Robert King n'a qu'une seule fille, Kelly, la belle blonde. Il ne veut donc pas s'étendre sur le cas de ce Pete. En tout cas, ce qu'il sait, c'est qu'elle fût chargée de le licencier, elle qui ne l'a même pas vu faire le saut périlleux du siècle.

Kelly King sait que le regard perçant de Pete la poursuit comme un vautour affamé. Il la force à subir son emprise mystérieuse. Elle ne peut se l'expliquer, surtout après l'avoir chassé de son esprit. Elle rejette la témérité de cet Indien qui a voulu lui prouver ses talents et ses sentiments secrets. Mais chaque fois qu'elle traverse la rue, en allant ou en sortant du travail, elle est prise de tourmente. Son visage se ferme tandis qu'une fleur intérieure s'épanouit en elle. Son corps se recroqueville, mais la tige courbée se redresse pour suivre l'élan qu'elle sent poindre. Alors, elle n'y comprend rien.

Cette Embaucheuse fait la moue devant tous les dossiers. Elle ne se divertit qu'aux rencontres d'inconnus. A chaque occasion, elle bombe ses muscles d'un pouvoir hérité depuis des générations. Devant elle, le Québécois Marc Durocher, pure laine, *chip on the shoulder*, barbe de Jésus Christ taillée en pointe, chapeau de cow-boy crasseux, s'évapore en mielleries niaiseuses. Juste pour lui plaire, le temps de s'assurer «*sa job*». Mais demain, il n'aura en tête que l'anarchie à célébrer en catimini. Histoire de mettre le feu aux poudres.

Pour l'instant j'ai besoin d'un traducteur pour satisfaire la politique bilingue des deux Solitudes qui ne peuvent s'empêcher de se tourner le dos par habitude. Chacune est prise en flagrant délit de jeter par dessus mon antenne l'autre langue maudite. Elles passent leur temps à se surpasser. Litiges à coups de lois, plus ridicules les unes que les autres, histoire de ne pas se renier.

Marc fait du charme le jour même de son embauche. Légitime défense qui lui sert de drogue pour bien avaler le quotidien. Il se remonte, comme une montre sans pile, en confrontations infinies pour la moindre bagatelle : signaler les toilettes dans les deux langues. De même pour les escaliers, les portes d'entrée, de sortie, ou de secours, les noms des salles ou des carrefours alimentaires, les bibelots de souvenir ou les slogans publicitaires... Comme si les cinq pour-cent de franco-ontariens ne savent pas décoder un traître mot d'anglais !, alors que tout le monde ici sait que l'anglais de la Reine est roi partout : dans les endroits peu fréquentables et ceux de tous les droits. D'ailleurs ces

«Hors Québec» sont «des chiens chauds refroidis». Ils ne servent qu'à montrer à tous ceux qui sont aveugles «qu'ils sont finis». Un seul espoir pour eux : revenir à la mère de toutes les mères, à la Province de la fleur de Lys, cette Ile française dans une mer d'anglomanie. Et Marc d'encourager les francophones de souche ou les *Dé-souchés* récents qu'ils doivent désobéir aux signalisations unilingues et ne pas payer les infractions. Ne pas s'arrêter au *Stop* qui ne veut rien dire dans la langue de Langevin, héritier de Voltaire, quand il s'est levé un matin de grève. Maître Joe Zito a convaincu le tribunal : «Si le panneau ne respecte pas la prescription bilingue, il n'est pas légal». On peut alors l'ignorer et transgresser la loi en toute impunité.

A cheval sur le règlement, Marc, ayant obtenu gain de cause à son procès, n'en ressent que plus de courage pour séduire Kelly. Elle représente son idéal physique : six pieds de taille, tour de poitrine, trente deux, poids cent dix livres. Si son corps lui tourne la tête, ses idées l'effraient. Par principe, il en prend le contre-pied. Sans parler de ses opinions politiques qui lui soulèvent le cœur et le rendent complètement malade. Kelly le traite avec des gants de velours qui cachent des mains d'argent. Enfant gâté, Marc, les yeux exorbités, envie et jalouse à satiété la Préposée aux services du recrutement qui fait la pluie et le beau temps. Quel miracle! Tout ce qu'elle touche, elle le met «en conserve» pour le dégeler un jour de brouillard épais. Alors chacun d'eux défend ses priorités. La Préposée dispose du personnel sur l'échiquier des rubans bleus (Conservateurs Progressifs) et roses rouges (Libéraux). Le NDP est trop à gauche à

26

son goût ! Elle les met dans la filière de l'attente en attendant le dégel, une de ces semaines des quatre Jeudi! Au fond, les variations de l'arc-en-ciel que promulguent les Ethnoculturels la touchent. Elle fait semblant et montre que ces couleurs la fascinent. Mais sa tendresse n'apparaît jamais dans sa transparence lumineuse. Elle l'ensevelit davantage pour que ses antennes n'émergent pas de son corps élancé. Submergée, telle une vague déferlante, l'émotion est bordée, à toute vitesse, dans une froideur de mise qui bafoue les plus perspicaces. Exception faite du chef de la maintenance *of physical plant*, un certain Rocco Cacciapuoti, surnommé *Il piccolo Napoleone*.

Rocco rougit jusqu'à la pointe de son unique mèche qui se rebiffe sur son crâne complètement chauve. Ses yeux se rétrécissent, disparaissent derrière ses lunettes de myope. Ainsi donne-t-il l'impression qu'il est scrupuleux et minutieux dans toutes les tractations commerciales. Achats et sous-traitances de matériaux ont permis l'émergence de sa fortune. Immédiatement investie dans un château planté en plein Forest Hill. Ses enfants sont fiers de lui, auprès des voisins et à l'école, ce qui ne les empêche pas de piquer, derrière son dos, tous les pourboires qu'il laisse dans les restaurants. Simplement parce qu'ils ont honte. Ces petits gestes cachent des défauts qui craignent d'être voyants. Moi-même, je me demande comment il a pu arriver à *switcher* de fonctions. De la construction, il est passé à l'entretien des bâtiments. Fonction lucrative érigée de ses propres mains. Quand il trouve des pierres en forme de vaches sacrées — même s'il n'a rien d'un Indien — il voudrait les traire... Du petit lait pour toute l'éternité. Tour de force qui ébahit Pete, le chômeur professionnel. La préposée Kelly lui garde une amitié de mise. Seul Marc Durocher a des doutes qu'il hiberne pour l'instant, en attendant de détecter le maillon faible.

Voici Souleyman Mokoko qui pousse le bouton de mon ascenseur. Perplexe, il médite l'arithmétique audacieuse qui l'installe, lui le réfugié politique, dans une mécanique dont il subit la vitesse de 360 mètres par minute sans qu'il puisse y changer le moindre ressort. Même lorsque des vents forts se mettent à secouer les lieux, un détecteur sur le toit en brise la vitesse pour que les voyageurs des cieux ne subissent ni nausée, ni malaise. A chaque ascension, la vitre, du plancher jusqu'au plafond, permet non seulement d'observer le paysage, mais de s'en détacher pour le surplomber et le dominer. Et Souleyman ne peut s'empêcher de penser à tous les rouages qui l'ont propulsé dans ce travail qui ne correspond ni à son éducation, ni à ses compétences. Arrivé au Canada bardé de diplômes acquis dans son pays natal et en Europe, le désignant «Ingénieur des ponts et chaussées», il s'est trouvé monnaie non convertible dans ce pays d'accueil qui se targue d'être un des plus hospitaliers de l'Occident. En Afrique, il connaît les traditions. On offre une chèvre au futur patron, et l'on est assuré d'être nommé dans sa spécialité. Mais son ami, le Petit Napoléon, lui a expliqué en long et en large que les choses se passent ici autrement :
— Tu as beau offrir un troupeau de chèvres pour tondre le gazon du domaine du *Big Boss*, il ne mange pas de cette viande là, mais il les élèvera comme des

animaux de compagnie. Il adore ces *pets* de famille, et les protège comme la prunelle de ses yeux. Tu ne risques pas d'avoir *the chance of your life* !

— Mais alors, comment as-tu résolu la quadrature du cercle infernal ?

— Simple comme bonjour : avec l'appui de plusieurs amis qui ont personnellement mis la main à la pâte. Nous sommes arrivés en haut lieu, cette agence de placement qui va te prendre dix pour cent de ton salaire pendant trois ans.

— Je suis immigré reçu, et je dois avoir les mêmes privilèges que les Canadiens, non ?

— Oui, sur papier. En pratique, c'est une autre histoire. Ce n'est pas le moment de chercher la petite bête. Dis-toi que tu es chanceux d'être payé pour monter et descendre cette tour. De plus, *To get there, it's half of the pleasure* !

— Et l'autre moitié, c'est quoi ?

— C'est de traverser les airs, carapaçonné de jaune et de verre, et être occupé à un travail quelconque.

Souleyman ressent une douleur qui mine son beau visage noir. La complaisance de ce blanc bec le torpille dans les sphères de l'agonie. Hébété par cette histoire qui lui laisse un goût de cola, il hésite à lever son doigt du bouton pour que l'engin démarre. L'amertume n'aide pas à digérer la perte de la dignité. Elle impose un défaitisme dont il ne sait que faire. Le regard des passagers semble dire : «S'il a eu ce boulot, celui-là, c'est sans doute parce qu'il fait partie de la minorité visible».

Moi, Tour CN, je mène une vie tournante dans toutes les directions de la boussole. Je ressemble à cette Grande

Roue du mysticisme indien. Cyclant l'Univers au rythme du cycle de la vie. Non pas linéaire tel le principe masculin, mais circulaire telle la nature au signe féminin. J'incarne à merveille ce paradoxe de l'éternel retour qui n'assume jamais le même visage. Il reprend le temps, le cherche dans toutes les entrailles sans le trouver. Chaque laps de temps se colore des ingrédients qu'il a créés.

Ainsi je tourne sur moi-même trois cent soixante degrés chaque jour des trois cent soixante-cinq jours de l'année. Conforme à la stratégie de la vie qui se structure par elle-même. Stable et instable. Mobile et fixe. Surgissant dans la vie, je poursuis mes élans et mes arrêts. Je découvre ma croissance. Je grandis perchée sur la rive nord du Lac Ontario qui domine le sud, chaque fois que je tourne la tête de mes antennes. La frontière des États-Unis et les chutes du Niagara sont sous l'égide de mon regard. Mais je ne me berce pas d'illusions. Ni d'ailleurs de rivalité ! Je n'ai pas copié l'*Empire State Building* qui, lui, est né d'une nécessité. Manhattan n'est qu'une île sur un rocher et il fallait ériger des gratte-ciel pour loger les citoyens dans un espace restreint. Ce bâtiment de l'extrême hauteur n'a point été *dupliqué*. Trop haut en cas d'incendie ou autre menace. Les Américains ont encore en mémoire les bombes plantées dans le *World Trade Center*. Mais moi, je ne m'élève pas en rivale jalouse de cette tour mondialement connue qui fait frémir les cinq continents. Plus modeste, je suis branchée sur les circuits de l'information et je communique. En privé, je me retire du volant des conduites et me consacre à tout ce qui peut me dépasser !

TOUR 3

En l'an de grâce 1980, j'ai à peine quatre ans. Personne ne célèbre mon anniversaire sauf ce beau noir qui laboure mes flancs. Chaque jour, ce convoyeur des *Elevators* amène avec le sourire des milliers de curieux jusqu'à la structure bulbeuse aux deux tiers de ma hauteur. Fin de la route pour ces ascenseurs en verre carapaçonnés en jaune qui clignotent parfois la nuit dans un va-et-vient érotique affolant. Les visiteurs débarquent comme d'un avion qui atterrirait en plein air. Le *Skypod*, septième ciel relié à deux ponts panoramiques, les accueille sur sept niveaux. Émerveillement face à ces perspectives cubiques fuyantes. Souleyman Mokoko les abandonne à leur extase du moment et redescend pour charger d'autres cargaisons. Aujourd'hui, il pense à ce rendez-vous donné à Pete qu'il a connu dans ces temps de rejets qui vous torpillent la cervelle. Juste à la sortie principale où il fait les cent pas. Rien que pour tuer le temps. Ce temps qui n'a pas voulu se mettre de son côté. Ce temps incompréhensible qui refuse de se plier pour céder une goutte de joie. Ils iront se consoler, l'un d'avoir perdu son boulot, l'autre de s'en être procuré un, le temps d'une saison, grâce à la mafia italienne. Faveur qui lui restera dans les gencives. Lui a les épaules larges comme cet observatoire que personne ne veut quitter ! Et Pete n'a pas le cœur à célébrer l'anniversaire de celle qui l'a trahi tout simplement en obéissant aux consignes. Pourtant, il se mettra en face de son ami pour partager ce repas chinois, au restaurant Le Dragon, *Dundas Street*. Nul secret pour mes antennes :

— Salut Pete. Vraiment ravi que tu sois venu à Toronto. Et comme c'est moi qui travaille, c'est moi qui paye le dîner.

— Tu n'as pas à le faire. Je ne te propose pas de partager l'addition comme le font presque tous nos compatriotes... exception faite des gens de couleur.

— Effectivement, ce n'est pas dans nos traditions. Dis-moi d'abord comment tu t'en sors à Manitoulin Island ?

— Tu sais que lorsque le *Gitchi Manitou*, le Grand Esprit, a créé le monde, il s'est réservé le meilleur morceau pour sa *face*. Cette terre c'est Manitoulin, l'Ile de Dieu. Mais nous, quand on nous a expulsés du monde, nous n'avons rien pu faire sauf attendre sa volonté.

— Veux-tu dire qu'il t'a trouvé un travail ?

— Oui, pour le moment, je suis convoyeur du Ferry qui lie l'île à Tobermory. Au fait, je suis dans un poste plus provisoire que toi. Je navigue sur des lacs cristallins et vogue dans des forêts vierges. En un mot, je reviens à mon milieu naturel.

— C'est vrai, mais je sens que tu n'es pas tout à fait *happy*. Tu voudrais vivre près de la tour dont le sommet a été érigé de tes propres mains.

Mais Souleyman n'est pas allé jusqu'au bout de sa pensée. Il hésite en dodelinant de la tête, fait de larges cercles de ses longs bras puis dit à toute vitesse :

— On a embauché un Franco-Ontarien-de-souche *gay* pour les guichets, Marcel-Marie Duboucher.

— Il doit se dire qu'il est *plugué* à la Tour. Son *bet* de minoritaire victimisé a relevé le défi ! Chriss, ces maudits Anglais de *tabarnack m'ont faitt une job de maârde.*

— Non seulement ça... il fait du chantage. Et plus il se plaint, plus on le pourrit. Plus il crache sa hargne et sa jalousie, plus on est aux petits soins pour lui. J'ai bien peur que la charmante Kelly cède à ses caprices. Peut-être qu'elle est amoureuse de lui ? Peut-être veut-elle réparer l'injustice ?

— Là, elle se trompe de chapître! Les petites querelles de langue ne sont en rien comparables aux génocides de notre race de l'autre côté de la frontière, aux déculturations du système de repiquage, ce *planting out* de nos enfants, aux abus sexuels de ces mêmes enfants au nom du progrès et de la loi de 1842 qui décrète que «les Indiens devront être confinés à l'intérieur de réserves»..., au vol généralisé de nos terres par ces peuples, dit fondateurs ! *Forget it...*

On anime des pantins en papier mâché. On les fait agir et dialoguer. Alors, pourquoi m'empêche-t-on de prendre la parole et d'émettre des idées qui font penser et rêver ? On fait chanter des cartes perforées. Alors, pourquoi me condamne-t-on au silence d'un monument pétri dans sa fixité ? On fait boire et manger des robots de tout calibre, de toute couleur. Pourquoi donc me dénier, à moi, la faculté de transmettre la pensée de ceux et de celles qui font marcher mon commerce ? On dit l'indicible des affiches et des placards de publicité. Personne ne s'en offusque. Au contraire, on leur obéit à la lettre et à leur Saint-Esprit. Pour moi, on met des entraves au vent qui fait mon essence. Pourtant, je suis la seule à faire circuler l'information qui régit le monde.

A chaque instant, je fais voyager la ville à travers ses lacs et ses collines, ses parcs et ses buildings... zeste de vie et d'espoir qui donne envie de vivre et de fleurir. Au fond, toutes les collectivités se ressemblent depuis les Pharaons jusqu'à l'univers éclaté de cette fin de siècle. Vous n'allez pas me chicaner un peu de méditations pures et dures ? Aujourd'hui, je ressens ce désir de m'épancher. Cela ne m'arrive pas souvent. Mais, je suis de mauvaise humeur. Malgré le nombre croissant de visiteurs qui viennent se gorger de bonheur et d'évasion, se rincer l'œil de panoramas époustouflants, il n'en reste pas moins qu'il nous manque du travail... pour tout le monde. Ce qui cimente toute société, c'est le labeur. Le travail attelle les hommes et les femmes aux tâches les plus variées... leur donne ce sens de solidarité, de dignité... de valeurs individuelles et collectives. Or nous passons par l'ère du chômage. Ce cancer des nations qu'aucun gouvernement ne peut enrayer. Si j'ai l'air de faire de la morale, c'est pour m'égayer l'antenne. Quand j'ai du vague à l'âme, je tourne de l'œil pour voir clair. C'est le paradoxe du mort qui fait le vivant. Dans mon cas, cela se traduit par le clignotement chaotique de mes ampoules de sécurité.

Certains privilégiés me font marcher ou, plutôt, servent de rouages à faire fonctionner mes rouages : une machine de pièces de rechanges qui sert mon immuable structure. Seule à capter l'éternité, je ne ferai pas la liste de ceux et celles qui sont chargés des entrées et des sorties. Elle est trop longue. Ces employés sont régis par des caisses électroniques où il n'existe aucune erreur possible. Cependant, je vous dirai quelques mots du préposé aux guichets, le dénommé Marcel-Marie

Duboucher. Embauché par intérim pour montrer que nous ne faisons aucune discrimination envers nos minorités francophones, ni envers les homosexuels, ni contre les rancuniers perpétuels, ni contre ceux qui se sont appelés «Hommes invisibles» de souche. Il est vrai qu'ils ont modifié l'expression détournée du grand écrivain afro-américain Ralph Ellison, en y ajoutant ce blason d'honneur blasé : «de souche». Juste pour rendre compte d'une authenticité, un peu *shaky*. Sait-on jamais qui pourrait demander la date exacte de leur immigration de la Belle Province à celle du Trillium ?

D'autres s'occupent des carrefours de nourriture, des ventes de souvenirs, de guides pour les visites ou les émissions radiophoniques et télévisuelles. Je vous signalerai d'autres acteurs qui se sont distingués dans mes entrailles. Des fourmis qui suivent le même chemin dans un silence de moine. Chacun est replié sur la tâche qui lui est assignée. Solitude effarante qui ne renvoie aucun écho. Les psychologues ont fini par tirer le signal d'alarme : une telle dépersonnalisation gigantesque laissera des séquelles. De ces blessures de l'âme, on ne se remettra pas... Une rumeur se propage selon laquelle Marc Durocher battrait sa femme presque tous les soirs. Juste par amour. Rien que pour lui montrer que c'est lui le *boss*, il la flanque contre le mur. Comme des pelletées de neige jetées sur les montagnes de glace qui bordent les rues. Sa femme a imploré ses amies pour l'aider à assassiner ce *son of a bitch*. Aucune n'est venue à son secours. Ses requêtes sont tombées dans des oreilles de sourds-muets. Peut-être aussi n'a-t-elle pas su prendre un accent de victime ? Il faut se lever de bonne heure pour jouer au *downtrodden*. Marc Durocher, passé maître

37

en la matière, n'a pas transmis son art à sa femme. Chaque fois qu'il vide les trois-quarts d'une bouteille de whisky dans un ventre déjà ballonné par la bière, les tabasseries deviennent de plus en plus sauvages....

Lorsque de temps en temps je donne l'occasion à Souleyman de sillonner mon flanc est ou ouest, il se prend pour un écrivain à l'écoute de mes entrailles. Sait-il néanmoins être objectif ? Je sais de source sûre qu'il n'a écrit que des rapports de travaux inaccomplis. Juste pour justifier son salaire! Ici, dans son module jaunâtre, un compteur à la main, il enregistre le nombre journalier de visiteurs. Chiffre flottant qui bafoue l'Embaucheuse Kelly King qui le regarde de travers. Comme s'il lui avait tué son père. C'est cet antagonisme à couper à la hache — sur ce terrain, il est défendu de porter un couteau sur soi — qui a facilité le dialogue entre l'Amérindien, Deloon casqué d'amertume, et cet Africain-canadien qui a du mal à trouver sa «place au soleil». Et même s'il a fait son «travail de deuil» sur son passé, ses ambitions et ses fantasmes, il ne compte que sur les montées et les descentes de mon ascenseur. Chaude est la rencontre de ces frères d'incertitude dont la tête est harcelée de plaintes d'exclus. Étant de la race des chômeurs potentiels, réels et virtuels, ils restent quand même ancrés à cette fierté inébranlable digne de leurs aïeux. Avec, sur leur front, les rides de leur chagrin.

Si je surplombe les gratte-ciel qui ont l'air de faire des courbettes à mes pieds, je ne leur coupe ni le souffle, ni la voix. Au contraire, en bonne démocrate, je les laisse parler. Émettre et publier sans intervention aucune. Mais, pour affirmer leur autorité, ils sont obligés de crier. Crier

38

sur tous les toits. Crier sur toutes les têtes. Crier sur les ondes et crier sur le papier. Parfois juste par amour de crier. Se faire entendre de gens qui font tout pour les oublier... Truffés de postes de radio et de télé, ils font tournoyer dans l'air des émissions en italien, grec, polonais, coréen, chinois, japonais, espagnol, portugais, arabe, tchèque, russe, hongrois, allemand, norvégien, suédois, thaïlandais, ourdou, indien, pakistanais, hébreu, yiddish, ukrainien, danois... Que dis-je ? Cent cinquante-sept langues ont acquis «droit de parole» dans cette ville, la plus cosmopolite du monde. Au petit bonheur la chance sans ordre, ni contrôle. Sans s'agglutiner les unes aux autres. Sans former boule de neige. Ni bonhomme, non plus. D'ailleurs, nous n'avons fait bouillir ces immigrés dans le *Melting pot* américain que pour les niveler au ras des pâquerettes, *The American way of life*.

Chez nous, il n'y a de place ni pour l'arrogance, ni pour le dédain. Au contraire, nous avons ouvert notre pays aux milliers de ces chercheurs d'os, ces collecteurs de travaux finis, pour qu'ils gagnent leur pain quotidien et celui de leurs familles qui attendent de débarquer ici, à leur tour. Migration légale et clandestine. Ruée vers l'or du temps : du travail dans un monde en chômage qui ne sait plus comment gérer le temps des loisirs. Le temps tout court.

Chez nous, nous avons encouragé ces immigrés à garder leur culture avec leurs dents. *Hang in Baby* ! Avec leur cœur endolori, avec l'argent qu'ils n'ont jamais acquis chez eux. Et comme ils sont très disciplinés, ils se sont enfermés dans des ghettos de paille. Construits de leurs mains. Avec les maigres gains de leurs compatriotes. Ces îlots forment la fameuse «Mosaïque canadienne». Immense Solitude qui brille de ses centaines de facettes solitaires. Troisième Solitude que notre Ex-Premier Ministre, Pierre Elliot Trudeau, voulait caler entre les deux Solitudes premières, fondatrices de ce pays, juste pour leur faire écarter les jambes, les faire éclater de jouissance, plutôt les inséminer, leur injecter le ver solitaire, ce sperme miraculeux qui va engendrer le fameux Orignal, l'animal fabuleux qui existe bel et bien dans notre Province, dans la Trille de notre culture profonde. J'aimerais vous rappeler que ce grand cervidé des marais du Nord canadien s'appelle l'Élan. Il a des bois de cerf, une tête de cheval, un corps de chameau, une barbichette de bouc et des sabots palmés pour faire du ski nautique, du ski de fond... tous les skidoux, tous les skiamers. Je salue avec grâce cet Élan né de nos entrailles dont la reconnaissance met un terme à cette surenchère de régionalisme.

Et l'on continue encore à servir des amuse-gueules aux divers ghettos de l'ethno-culture cultivée en champs fertiles des orignaux. Eux ont surtout besoin de *drinks on the rock* ! On leur a largué bourses et subventions. Ils en ont acquis le syndrome de «nourriture, pas de boisson» et sont tous atteints de cette maladie contagieuse et rare ailleurs, la *Subventionnite*. Chaque coquille se ferme sur elle-même et développe un nombrilisme aigu, une étanchéité à toute épreuve. Personne ne se soucie de personne. Ni soin, ni vaccin. Il faut beaucoup de fonds pour *éradiquer* cette maladie qu'on a intérêt, en fin de compte, à la laisser se propager. C'est plus rentable pour les élections que n'importe quelle percée scientifique. Certains ghettos fleurissent dans le tabernacle de la foi. D'autres disparaissent dans les déchirures. D'autres poussent comme des champignons. D'autres, en avance sur leur temps, jettent les bases de nouveaux conflits. Ainsi va la vie, des jours de pluie, des jours de beau temps. Des jours de neige et de verglas, des jours de soleil et de brise de printemps. Des nuits de nuages et des nuits de clair de lune. Des nuits d'orages et d'ouragan, des nuits de ciel bleu et d'étoiles filantes. Au sommet du bâtiment d'Assurance Canadienne, un baromètre en forme de Tour Eiffel indique la température par un mouvement lumineux qui monte et qui descend. Cette hausse ou baisse de climat atteint le carré de lumière verte pour le beau temps, de lumière rouge pour le mauvais temps, de lumière blanche pour la neige. Visible en plein centre ville, cette tour ne me fait aucune concurrence. Elle est dans mon ombre. Elle ne sert qu'à nourrir les Torontois de prévisions météorologiques. Plus ils font de l'argent, moins ils ont le temps de regarder le temps qu'il fait! Pourtant, tout le monde veut emporter la température avec soi et seulement pour soi...

Si j'insiste sur cette façon égoïste d'empocher le temps à la sauvette, c'est pour vous signaler l'efficacité de nos méthodes! On ne dit jamais halte à celui qui contourne le rocher par un surcroît de zèle qui lui permet de tirer les richesses vers soi. Quant à moi, je ne suis que la fille d'une nécessité. Je me surpasse en hauteur pour laisser passer le message que les gratte-ciel bloquent de tout leur saoul. Et pourtant je ne suis qu'une rature dans un ciel serein. Un reflet dans le miroir de la conscience. Et mes voisins passent leur vie à envier mon échafaudage. Peu importe! Je me sens bien à l'intérieur de ma carcasse de verre et de béton. Coulée en un doigt immense en perpétuel éveil. J'importe et j'exporte les nouvelles au-delà de l'entendement. Et les nouvelles passent bien, ici et là, dans le monde de tous les jours. Personne ne m'accuse. Si je défie le ciel, son arche ne souffre ni de mon pouvoir, ni de mon contrôle. Loin de concurrencer la sienne, ma logique se situe diamétralement à l'opposé.

Aucune foi colportée. Non que je sois contre les religions, mais pour l'amour d'une neutralité médiatique. Quoiqu'il en soit, j'appartiens à la capitale ontarienne du pays des *Kids'money*, comme disait une Américaine convaincue que n'est dollar que le billet vert de son *U.S. of A*. Alors, vous pensez bien que je dois protéger mon discours de tout fanatisme et de toute hégémonie. Toujours en essayant de me démarquer de l'Oncle Sam. En face de ce Géant, je ne suis que la petite sorcière de pierre grise aux cils en antennes géantes. Mon bulbe d'acier scintille au soleil. Mon bas-ventre molletonné n'est pas de briques, mais de coton tout enrobé. Pareille à une sculpture inuit, je renouvelle les formes d'expression des chants et des récits traditionnels. Comme Davidialuk, j'interprète l'histoire d'un jeune homme — dans mon cas, une jeune fille — qui a transgressé l'interdiction de siffler en présence des aurores boréales. Tandis que ses amis observent la scène, les lumières virevoltantes s'emparent de la tête du jeune homme pour en faire un ballon. Dans mon récit de pierre, je me sens décapitée de mes antennes. Semée aux quatre vents en aiguillons, ma tête est pourchassée par un ciel nuageux !

Je vous laisse deviner si le jeu en vaut une chandelle.

TOUR 4

Temps de brouillard. La ville me manque. J'en suis sûre, je dois aussi lui manquer. Cette vision imprécise me pousse à me morfondre, lovée en moi-même en position d'attente. Une petite percée, même maladive, ne serait-ce qu'un rayon de soleil récalcitrant, me donnerait l'illusion de respirer... Mais le brouillard est épais. Kelly est aussi de mauvaise humeur, elle ne ferme pas l'œil de la nuit. Elle tourne et tourne dans son lit, emprisonnée dans son corps brûlant qu'elle voudrait quitter. Finalement, elle sort de son lit, les yeux bouffis, la bouche pâteuse. Plusieurs tasses de café fort ne ravivent même pas le moindre élan en elle. Aujourd'hui, elle a rendez-vous avec son patron pour lui rendre compte de mon fonctionnement, surtout de ma rentabilité. Tout tourne autour de moi : comment me servir pour que je puisse rapporter des sommes proportionnelles à mon gigantisme ? Nous sommes dans une période de restrictions budgétaires. L'opération «spectacle des hauteurs» doit être florissante. Il faut donc trancher dans le vif du personnel qui me fait littéralement marcher. Ils n'ont qu'à se salir un peu plus les mains... ça leur fera les pieds !

Même si elle est titulaire de son poste, Kelly ne peut s'empêcher de penser à ceux qui ont été rejetés dans la liste des S.E.F. (Sans emploi fixe). Elle se demande comment elle peut compenser ce silence qui a coûté son poste au Face de bronze ? Elle s'étire sur le sofa du *Boss*, comme une chatte repue et satisfaite. Sa jupe remontée révèle des cuisses de miel assoiffant les regards aux aguets. Mais placide, le patron jette des chiffres qu'elle lui dicte avec une froideur à faire geler les Rocheuses. Offre et demande ne correspondent plus. Elle a beau se croiser les jambes pour que le regard remonte aux fesses, rien n'y fait. Le mâle en face d'elle meurt de peur d'être mis dans le casier judiciaire du harcèlement sexuel, lui qui a mis tant de temps pour déflorer sa femme.

Kelly regarde ce vieux monsieur bedonnant et chauve qui ressemble à son père. Cela lui rappelle qu'elle a toujours aimé son papa sans jamais le lui dire. Même à soupirs étouffés ! Lui ne la touchait jamais. Ses salutations se faisaient de loin. Pas une poignée de main, un effleurement ou une accolade. Elle sentait chaque jour son «après rasage» qui la rendait folle. Ses narines se dilataient. Elle se souvient que sa mère, jalouse, lui disait juste avant sa mort : «Ton père n'aura besoin ni de toi, ni de quelqu'un d'autre après ma disparition». Et cela minait Kelly de voir sa mère mourir de soif d'amour. Agonie jusqu'à la dernière minute. Froideur d'un père qui porte un masque voilant toutes les douleurs. A l'endroit de son patron qui ne cesse d'aligner les chiffres, elle voit son père flottant au pôle nord, sa mère rongée par un cancer et le cascadeur Pete qui la remplit d'un bonheur à goût de *sweet grass* et de *patchouli*. Justement son absence embaume. Parce qu'il a disparu de la circulation, Pete occupe plus de place dans son exceptionnelle solitude. Elle ressent le besoin de voir ses yeux étinceler comme le ciel de printemps et l'élan de son corps d'aigle en chute libre. Elle ne l'a vu qu'en image à la télé. Regrette-t-elle vraiment le renvoi de Pete comme un malpropre ? En fait, elle n'a même pas levé le doigt pour lui porter secours. Mieux, elle l'a ignoré pour qu'il n'entretienne aucune idée de conquête à son égard...

Ce serait renverser les rôles ! Car pour la séduire, il faut se lever de bonne heure! Les spéculations relèvent du domaine de *Bay Street*, pas de celui des tours d'horizon qui recouvrent la ville. D'ailleurs, je m'affirme, moi, Tour CN, non en tant que séductrice du paysage, mais en phallus qui féconde le ciel, en conteuse de passion. Une drogue dont je ne peux me passer. Je continue aussi à m'enfermer dans le ventre de la structure unique, celle de la génération de la tour que représente cette employée modèle qui ne sort pas de la journée du bâtiment. Kelly a peur de perdre son emploi et de se retrouver comme tant d'autres de son âge à arpenter les rues !

Au lieu d'aller déjeuner à l'extérieur, sentir l'air frais de la brume, le patron invite Kelly à partager un sandwich qu'elle payera de sa poche. Elle emportera, dans son *doggy-bag*, la moitié qu'elle n'a pu avaler. Tellement sa gorge s'est resserrée quand elle a aperçu Souleyman jeter un regard suspect sur leur couple bizarre. Kelly est toujours effrayée par les regards persistants qui la déshabillent contre son gré. Attraction et répulsion laissent leur trace sur cette âme sensible jusqu'à la pointe de ses cheveux d'or.

Kelly King se souvient du temps de son enfance lorsqu'elle se blottissait contre sa tante paternelle pour attirer l'attention de son père. Elle pleurait tout son saoul sans que le papa ne la prenne dans ses bras. Il était fier d'elle, la regardait pleurer, mais ne la touchait jamais. Contrairement au mari de sa tante, un Pakistanais, qui l'étouffait de bises partout. Ce qui faisait l'aberration de toute la famille. On le soupçonnait même d'être pédophile. Sait-on jamais avec ces étrangers. Ils s'adonnent à leurs coutumes bizarres sans s'occuper de celles de leur pays d'adoption ! La gamine se mit à sécréter de l'amour teinté de doux-amer pour celui qui répondait à ses attentes. Frustrée et privée de la tactilité nourrissante du père, elle nichait son affection dans la barbe fleurie de l'oncle. Dans toutes ces interventions, la mère absente s'affairait à la cuisine pour préparer des repas délicieux dont on ne faisait aucun cas. Rares étaient les mots de tendresse, de réconfort...

Et voilà que je brouille d'images et de mots la vie de Kelly. Née vingt-cinq ans avant que je ne paraisse dans tous mes atours en 1976, elle fait partie de cette génération qui a quelque chose à dire au monde sans savoir ni quoi, ni comment ! Bloquée par une parole qui ne lui vient que lorsqu'elle est en transe. Occasion rarissime, sauf en cas de crise aiguë. Mais, elle a de la chance d'avoir réussi à décrocher un emploi... et pas des moindres. Dès le départ, elle s'est propulsée à la tête de cette structure administrative enviée du monde entier. Pendant ce temps les universités fabriquaient des chômeurs de toutes les catégories : des *B.A. Honors*, des

M.A. et des *Ph.D* dans toutes les spécialités. Des historiens, des mathématiciens, des informaticiens, des avocats, des businessmen, des tacticiens, des enseignants dans toutes les matières, des physiciens, des chimistes... Autant de S.E.F. déversés sur le marché de travail. Personne ne sait comment les utiliser.

On remue les chiffres dans des paniers d'osier. On affiche des statistiques sur tous les écrans de télé et d'ordinateurs. On fait la queue devant les bulletins de recrutement et de formation. On scrute les petites et les grandes annonces dans les journaux à quatre *cents* et dans les magazines illustrés. Papier glacé qui déclenche des envies de meurtres. Comme on en voit partout dans le monde où des détraqués tirent à bout portant sur des innocents. Assassiner une trentaine d'enfants avant de se suicider. Bombes placées par des fanatiques au petit bonheur la chance pour être à la une des télé et des journaux. Opérations kamikazes du *martyre* qui se tue pour aller directement au paradis, entraînant avec lui des dizaines de morts et de blessés. Épurations ethniques de toutes sortes pour sauvegarder une «pureté» de mauvaise aloi. Opération «Tempête du Désert» sensée établir un nouvel ordre mondial. Humiliations, famines, manque de soins élémentaires aux enfants et aux vieillards. Tout ça pour quelques puits de pétrole. Des intérêts d'un gros poisson jamais nommé, d'un Président qui bombe ses muscles, mégalomane, totalitaire, auquel on a vendu des armes pour montrer sa virilité à l'univers... Opération «Raisins de la colère» avec carnage de femmes et d'enfants parqués dans «une zone de sécurité» prise en otage.

Tragique clin d'œil du destin. Sans ralentir les tirs de Katioucha, il poursuit sa campagne électorale, de peur que les voix des électeurs ne lui fassent faux bond. C'est la loi du Talion... Eh, oui, j'en ai plein le ventre de ces informations, en flash, que mes antennes captent et transmettent.

J'y mets énormément de moi-même parce que j'appartiens au pays de la non-belligérance et de la neutralité. Grâce à Dieu, ce plus grand pays du monde a acquis cette réputation de blancheur immaculée. Peut-être parce qu'il est couvert de neige plus de six mois par an. On l'appelle souvent pour jouer l'arbitre dans les merdiers de la planète. Surtout ne pas se salir les mains quand les groupes politiques ou les ethnies s'entre-tuent. Sur mes pelouses ratissées jusqu'à la corde de leur gravier, tout est transparent. C'est ce que l'on dit. A l'arrière boutique, une autre histoire. J'essaie de l'arracher au temps en suivant ces quelques individus qui gagnent leur pain quotidien sur mon dos. Transparence ne veut pas dire indifférence. Au contraire, je sais de quelle arme il faut que je me serve. Je me protège tout en ouvrant mes portes à toutes les nations. J'accueille toutes les langues sans les émasculer. Je les laisse circuler dans l'espace qu'elles se sont créé.

On produit mieux quand on est seul, me répète souvent Souleyman. Ce point de vue me trouble, mais je l'écoute. Il veut régler ses comptes avec son pays d'origine et son pays d'adoption. D'une part son Afrique idéalisée jusqu'au fond de ses racines d'arbre déraciné. Bien qu'il n'ait pas emporté sa terre dans ses souliers, dans son cœur, elle ronge comme un cancer. En bête sauvage, elle le pourchasse, le traque, même s'il n'a jamais fait de politique ou brigué un poste de commande. Son seul crime est de s'être attelé à former ses concitoyens selon une liberté importée. Là est son erreur. D'autre part, ce pays d'accueil lui a fait miroiter des perspectives d'avenir dans une liberté à toute épreuve. En plus de tous les droits de l'homme et du chimpanzé. De quoi rêver jour et nuit. Tous les rouages de la démocratie sont en place pour vous épanouir dans la direction que vous avez choisie. La Toison d'Or à votre portée. Il suffit de penser pour soi, et d'être totalement indifférent au sort du commun des mortels. Le monde est là, il vous entoure ; c'est suffisant. Depuis dix ans qu'il est à Toronto la cosmopolite, Souleyman Mokoko n'a pu obtenir qu'un temps partiel, pendant les points chauds d'affluence des hordes de touristes qui déferlent sur moi du monde entier. Son badge, «Chômage... À qui le tour ?», sur la tête, même pendant les saisons frugales, Souleyman sait que la couleur de sa peau est son vrai atout, sa carte perdante aussi. Différence bien établie à laquelle on ne se mesure pas, mais qu'on renie. Cela fait partie de la vie dans ce monde des lumières, bien épanouies, des gratte-ciel qui envahissent l'atmosphère de par derrière leurs myriades de cages à poules. Les visages par contre sont mornes et tristes. Seules les variations de leurs couleurs met du zeste sur leur mine. Du vital qui reprend son souffle avec l'ardeur des jours de fête. En réalité la coexistence de Souleyman avec ses compatriotes canadiens d'aujourd'hui se place sous le signe de l'ambiguïté et de la distance. Mais, c'est là une longue histoire que je ne veux pas aborder pour l'instant.

Marcel-Marie Duboucher lui a fait des avances. Souleyman ne mange pas de cette chair là. Le Franco-Ontarien de souche le déteste du fond de ses tripes. D'autant plus que ce nouvel arrivé des déserts parle la langue de Molière mieux que lui. Comment peut-il *sonner* comme ces maudits Français qui ont abandonné ses aïeux aux griffes des Anglais ? Un colonisé sans doute. La colonisation française en Afrique est mieux réussie que la nôtre.

— Tabarnac... quand j'pense qu'j'voulé dire des niceties sur ce Mokoko là à la Big Boss... qu'elle renew sa job pendant l'hiver... au lieu de le maâtre sur le B.S... et qu'il m'a remis à ma place...Chriss. Qu'il m'a renvoyé sur une pile de Shitt... Qu'est qu'y' croit, je ne couche qu'avec les hommes que j'aaïme...

Cette niaiseuse Kelly de maârde me tanne à m'courir après comme une vache folle. Comme si j'tais le Golden Boy de c'trou d'pays là. C't'pas moé qui va manger de cette mélasse là. Pis, elle viendrait icitte pour m'demander de la fucker que j'lenverrais péter au Canadian Club. J'lui dirais moé : comprends-moé ben... je t'haïs moé.., va-t-faïre épingler sur ta maudit'tour. Folle d'avoir d'ces idées là, câlisse. Pis quand elle s'met à lire, on lui donnerait le Boyeu dans l'hostie. Pis quand elle joue la Businesswoman de maârde, elle prend des aïrs de Queen Mary... et câlisse tout l'monde lui couraille par d'sus. Moé, elle m'a dans l'os, comme un goupillon de Pape. Mais l'sien n'est pas béni tabarnac! Inquiète-toé pas, j'fuck pas les femmes moé... M'a lui faïre un dessin et l'enterrer dedans... et pis, elle pourra pas pisser tabarnac. Entéka, j'finirais pas sur son fuckin'asshole!»

Les avances de Marcel-Marie, parfois subtiles, parfois grossières, ne remuent pas le moindre cheveu chez Souleyman, plutôt neutre. Même si tolérant, pourvu qu'il s'adresse ailleurs. Ce qui gêne aussi l'Africain-Canadien, c'est que ce «de souche-là» drague avec insistance les visiteurs. Quelques uns se sont plaint à l'Administration qui ferma l'œil, boucha l'oreille, pour ne pas déclencher des poursuites légales, longues et onéreuses. Mais il soupçonne aussi que Kelly le protège. Elle prend sa défense pour la moindre infraction.

Un jour, un étudiant de la *Toronto French School*, accompagné de son professeur et de sa classe, se voit pris à part par Marcel-Marie.

— T'veux passer ce soir prendre une bière avec moé ?

— Mais je ne suis pas ce que vous croyez.

— Un peu d'fun n'fait d'mal à parsonne.

— Mais vous êtes fou ou quoi ?

— Non, je te trouve beau, câlisse, et j't'aaïme déjà moé.

Lorsque l'étudiant a rapporté cette conversation à son Professeur, ils ont décidé de mettre au courant la préposée aux personnels. Mais ils ont été offusqués aussi bien par la mauvaise qualité du français que par les propos désobligeants. Et le harcèlement est poussé sous le tapis pour ne pas mettre de l'huile sur le feu de ce scandale caractérisé. Si derrière les guichets, Marcel-Marie a placé, en quelques mois, de nombreux amis qu'il compte dans la communauté *gay*, il n'en reste pas moins que son chant d'action se poursuit sans vergogne.

Toutefois, cette porte des relations publiques demeure fermée pour tout autre citoyen francophone. Il faut se mettre devant la minorité officielle pour que l'on ne soit pas pris en flagrant délit. Ne pas servir le public ontarien seulement dans sa langue majoritaire. Celle parlée par neuf millions d'habitants sur neuf millions et demi.

Souleyman est parfaitement bilingue, mais il ne peut gérer, avec aise, la seconde langue officielle — minoritaire, cela va de soi. Pourtant, il peut faire marcher son module d'ascenseur avec efficacité et dans la sécurité, et papillonner librement de la terre au ciel en toute tranquillité. Aucune panne électrique possible. En moi, Tour CN, tout est prévu au cas où... Non, aucune défaillance: un cerveau électronique corrige toute erreur, tout mauvais fonctionnement qui peuvent surgir, mais c'est peu probable. Souleyman ne court donc qu'un seul risque, celui de perdre son emploi. Cette angoisse lui taraude l'esprit et le rend hésitant. Il réclame peu ; ce qui est en principe son droit : une «place au Soleil», comme on dit, l'assurance vie, la preuve par neuf que sa famille serait prise en charge, au cas où il disparaîtrait. Dérouté, Souleyman perd, en ces moments-là, ses mots et s'englue dans des gestes plus frustrés les uns que les autres. Mécanique des bras qui ne déplace qu'un air vicié. Froncement du front qui ne déride aucune pensée. Mutilé d'avance, il va rejoindre son ami Pete. Abandonné. Il évoque avec lui les stratégies à délier les inquiétudes. Mais l'un et l'autre ne savent pas comment s'adresser à *CUPE*, ce syndicat qui leur explique qu'il ne peut rien faire pour eux, car tout est mesuré par la loi de *seniority*. L'ancienneté joue à la diablesse pour régler les contentieux. Et comme, Souleyman est le dernier à être embauché, il sera le premier à être licencié. De toutes façons, il doit attendre que ceux qui possèdent plus d'ancienneté que lui aient raflé tous les postes de choix pour qu'il puisse ramasser les miettes... et s'en satisfaire, s'il en reste !

Pete lui-aussi semble perdre la voix et ne sait plus comment m'aborder. Il n'a plus remis les pieds dans mon enceinte depuis qu'il a été licencié et jeté par-dessus bord. Il craint de ne pas pouvoir s'extirper de mes rouages tellement il est impliqué dans cette histoire d'amour avec Kelly. On dirait qu'il est pris dans un nœud de vipères. «Il faut leur jeter un mauvais sort», dit Mokoko à son ami. Dans le vertige de la passion, Pete s'abandonne à moi comme un artisan à sa matière première.

Pourtant ni Pete, ni moi ne sommes des jeteurs de sort ! Nous plongeons en nous-mêmes parce que nous avons quelque chose à dire. Il nous importe peu l'oreille qui nous écoutera. Nous émettrons nos tripes en silence. Lui, dans la solitude, à la fois merveilleuse et douloureuse, aime Kelly qui le prive d'une quelconque satisfaction. Et moi, parce que je suis à la recherche de ce registre récalcitrant et difficile dont la résistance m'arrache à la peau graminée des mots. Tout en me faisant entrer dans un calvaire à goût de paradis. Et je produis en réglant mes comptes avec mon environnement. Je n'ai pas de plume à appuyer sur une page blanche pour jouir du mariage licencieux de l'encre et du papier.

Mon collier de lumières, lucioles plus parlantes que les myriades de fenêtres éclairées. Elles parent les gratte-ciel d'un semblant de vie qui fait rêver.

TOUR 5

Du plus haut de moi-même, je ne fais que porter la parole. Je capte et je transmets surtout. Mon doigt ne condamne pas le ciel. Il sert de point de mire. Je ne mentionne pas les crises du monde. Elles sont si lointaines qu'on n'y prête qu'une attention mitigée. Souvent en fonction de la provenance de chaque individu. Mes compatriotes ne se détournent de leur travail que lorsqu'une nouvelle concernant leur intérêt particulier les assaille à la radio, à la télé, dans les journaux. Dans ces circonstances, ils ne consultent pas la pierre philosophale de leurs ancêtres ou la célébrité intellectuelle du moment.

Je suis Château de Latour, la relayeuse de tous les détours de la pensée. Médiamorphose. Communication. Son et lumière. Je veille jour et nuit. Mes idées voyagent à travers l'univers. Ma vision locale va aussi loin que les chutes du Niagara, au Sud. Merveille du monde. Et au nord, jusqu'au parc Algonquin, les grands et les petits lacs en passant par le *Canada's Wonderland*, et le *Dominion Center*... Je ne vous décrirai pas la splendeur de la nature. Le Groupe des Sept l'a déjà immortalisée mieux que je ne sais le faire avec ma parole de vent. Je fais plus confiance aux peintres qu'aux jalonneurs de mots. Je mets sur table mes préjugés et mes goûts. Je préfère la télé à la radio. La radio aux journaux. Autant la lecture me fatigue, autant l'écran m'emballe ! Je voudrais tant apprendre à vivre. Mais je sais que la vie ne s'apprend pas.

Aujourd'hui, la joie voltige sur la ville. Est-ce le Grand-Esprit invoqué par Pete dans sa cérémonie de l'amitié ? Dès l'aube, cet acrobate en mocassins piquetés d'émeraude apparaît comme un fantôme à mon regard. Il porte un anorak brodé de coquilles blanches et de grains de café noir. Des franges de daim qui dansent. Une cadence majestueuse. Il s'est installé avec quatre autres membres de la Première Nation, juste aux pieds de ma silhouette. Dans un coquillage nacré, il allume du «foin d'odeur», et dirige la fumée avec une plume d'aigle vers ses amis. Elle va purifier, pense-t-il, les oreilles, la bouche, les narines, les yeux, bref tous les sens, surtout l'esprit. Tambour à terre, accroupis, les amis battent un rythme de plus en plus endiablé, pendant que Pete fait le tour du cercle dans le sens des aiguilles d'une montre. Tout en chantant des litanies qui vont du doux au violent. Invocation dont je ne peux déchiffrer le message. Un des tambourineurs se demande si son accent passe, comme le cri de l'orignal, ou ne passe pas du tout. Pete pourra le lui dire. Soudain, il entre en transe, invoque le Grand Manitou qui se présente à lui en personne : *Wa-sha-quon-asin*. Le Hibou Gris raconte :

— Les Blancs se trompent à notre égard. Ils prennent nos ancêtres pour des sauvages, des cannibales, bons seulement à lire les traces des animaux qui se faufilent à travers les arbres, à décoder les clés que les Blancs ne peuvent lire dans la forêt profonde. Et pour avoir la conscience tranquille, ils disent que nous sommes *nobles*. Comment pouvons-nous être nobles en broutant des feuilles de salade sous leurs pieds ? Dans ce pays, les salades sont importées en sachets cellophanes de Californie. Fraîcheur garantie ! Oui, nous tirons à l'arc comme des chefs. Nous portons des mocassins et fabriquons des canoës avec l'écorce de bouleaux. Parfois, nous sommes les alliés fidèles des Anglais et parfois, des Français. A tour de rôle ou en même temps. Quand cela nous chante. Quand nous voulons céder ou reconquérir nos terres. Nous sommes de braves combattants. Non des jeteurs de mauvais sort derrière le dos.

Tu as pris leur langue, mon fils... mais ils ne t'ont rien appris ! On envie encore l'esprit libre de nos errances. Notre sens de l'honneur, et de l'humour, aussi. Notre amour de la vérité. Le pouvoir de nos rêves. Alors, dis-toi bien que le «Grand Manitou» veille encore sur toi. C'est pour ça qu'il te masque de plusieurs visages. Pas ceux qu'on t'a imposés. Sur ta beauté aborigène, on a tracé au fer rouge la paresse, la saleté, l'ivresse, la stupidité... Tous ces clichés circulent à bon marché. Ils sont tranquilles à nous parquer dans les réserves où l'on ne paie pas d'impôts. Encore faut-il trouver du travail. Pour ne pas être comme ces horodateurs qui jalonnent les rues et empochant les *Loonies* sans rendre la monnaie. Il vont me reprocher ce «poncif»... Mais c'est kif-kif pour nous qui jouons à cache-cache dans les trous de ce *Wonderland* ! Cette terre, ils ne la désirent plus. Personne n'a compris la voix du Grand Manitou ! Toi, tu vas bien m'écouter. Tu n'as pas à jeter de mauvais sort. Tu n'as rien à faire. Observe et mets ton nez dans tes affaires...

Peut-être est-ce *l'Esprit-Orignal* qui infuse une liesse indéfinissable sur les visages des habitants ? Il confère aux bâtiments les couleurs de l'arc-en-ciel, celles qui teintent les peaux d'un bonheur difficile à cerner : joie légère qui se lit à la démarche des gens, joie nourricière qui ne tient pas compte de la marque du temps. Tout cela oscille sur mon antenne-balancier des paroles du moment. Les extrêmes se volatilisent même si je les mesure dans les plateaux de la terre et du ciel. Mais je ne suis que la mécanique de la balance électronique! Je pèse à toute vitesse les nouvelles du jour et de la nuit. Je filtre le flot de mots sans censure, ni parti-pris. Une des rares vérités que je respecte et que je porte dans mon cœur, c'est l'Esprit-Orignal. Parce que cet Élan la vit dans sa chair et que son cri vaut mieux que la sirène des pompiers. Le chœur de ses voix innocentes est mieux que les trompettes de la renommée, ou celles des *Mounties* perchés sur leurs chevaux de bois. Chacun de ses membres combine des éléments d'autres animaux. Esprit-Orignal à la présence lointaine et pourtant si proche dans la forêt de nos pensées. Ses éclaboussures dans l'eau sont autant de messages qui illuminent les méandres des sentiments complexes. Son museau qui broute les carrés de mousse sous l'émeraude de l'eau, annonce l'Orient et l'Occident de nos désirs ensoleillés. Il nous alimente d'amour, de vie, de rides et de sourires. Puissamment visible, avec ses deux mètres quatre-vingt et plus de mille kilos de chair, il se fait indicible. Sa force qui impressionne, est toujours recherchée comme l'air que tout un chacun respire.

L'Esprit-Orignal apporta, avec ses étrennes, du sang neuf à cette ville presque morte. C'était à la fin des années soixante. Injection de toutes sortes d'esprits-orignaux dans le terreau des fondations ambiguës. D'où ce flux de globules multicolores faisant des vagues aux aéroports et aux bords du Lac. Manches retroussées pour des travaux que ce beau monde a hâte de commencer. Imaginez les hordes d'immigrés prêts à laver la ville reine de sa sclérose victorienne. Aujourd'hui encore, on jette des pétards, on lance des feux d'artifice pour célébrer *Victoria Day*. Le lundi le plus proche du 24 Mai. Date d'anniversaire de la Reine tombant souvent en compétition avec le *U.S. Memorial Day*. Miracle accompli : voilà Toronto qui sort du pli, secouant sa frimousse *Upper Lip*. Plus de monotonie à couper au couteau. Plus besoin de chasser les mouches... Rares sont-elles, il est vrai ! Mais la ville assume l'aisance d'une jeune fille prête à se marier. Eclatante de bonheur et de santé, ivre de ses lumières, elle pourchasse cette tristesse semblable, en tout point, à celle de Glasgow. Le vieux *Toronto the Good*, *Hog-town*, est revitalisé. La petite agglomération assume l'air d'une Métropole cosmopolite.

En quelques années, les esprits-orignaux ravis contemplent, avec gratitude, la montée en flèche des tours et des gratte-ciel. Et ils s'écorchent les mains à construire, jour et nuit, le monde de leur rêve. Imagination débridée qui fait voler la ville en myriades de luminosités et de splendeurs. Comme au départ, le pays d'accueil leur a ouvert des portes de silence et des fenêtres de tolérance, ils se sont bien sentis dans leur peau. Alors, assez bien intégrés, ils se sont tartiné quelques sandwichs de *peanut butter* couronnés de sirop d'érable. Histoire de bien se sentir chez-soi. Et pendant plus de trente ans, chaque année on fit passer à la ville son *check up* annuel. Pression artérielle des rues et des avenues. Mammographie des bâtiments et des buildings.

Vérification de la prostate des mentalités. Régimes alimentaires pour ne pas gagner du poids dans les cerveaux médiatiques. Sans oublier les abus d'alcool, le tabagisme, l'insomnie. Se sur-médicamenter pour foncer vers la victoire comme le font les *Blue Jays* : *Go Blue Jays Go* est l'adage que l'on affiche sur la vitre arrière ou les pare-chocs de milliers de voitures...

Dans la savane occulte, l'Esprit-Orignal a déplacé de quelques millimètres la carte linguistique du pays comme l'a exigé un certain Patrice D'Amour qui prétend être l'Homme invisible. Juste un pouce pour prendre place, un instant, à la table ronde des négociations, pour s'assurer la place du minoritaire dans une Tour provinciale majoritaire.

— Chriss de quelle tour jases-tu ? Je paie cent cinquante pièces pour mon magasinage, chaque semaine... et j'su pas sur le B.S.

— Moi non plus. Le *welfare*, il faut le mériter. Je suis le Nord, je suis le cœur, je suis l'esprit. La lumière de la Tour Anti-Babel qui parle toutes les langues dans le bonheur d'un phare qui éblouit.

En tête d'affiche, Le Sieur D'Amour devient visible et risible à la fois. Tête de Série de l'Office National du Film. Sous sa houlette, et malgré tous les vaccins, les Franco-Ontariens ont contracté cette maladie incurable de la «Minorité officielle». On en a fait une publicité rotative pour habituer les Malappris. Rien que pour montrer au monde que nos talents trilliumites provinciaux boudent ceux de la Fleur de Lys. Entendez par là que la Belle Province fait la sourde oreille à toutes les francophobies du pays. Sauf la sienne. L'Élue clame de tous ses poumons : «Hors Québec point de Salut». Maman France, la privilégiée des quatre saisons, lui fait payer la facture dont neuf-dixième proviennent du budget fédéral qui est spécialement aménagé pour les séparatistes éventuels. Et l'on veille à ce que toutes les parlotes de l'histoire fassent entendre leur cri d'alarme victimisé dans les couloirs de mon lobby politique, là où la surenchère des communautés ethnos essaie vainement de placer un mot. Marcel-Marie Duboucher les cultive pour qu'on vote pour lui au poste de Président du Syndicat des Travaux à finir. Une fois installé, il n'en fera plus de cas !

Les fils légitimes Marcel-Marie, Marc, Jean et autres maudits authentiquement vérifiés de pure ascendance canadienne française auparavant et québécoise à présent, se sentent pendant des générations exclus et invisibles. Ils n'ont pas d'autre choix que d'appliquer ces mêmes valeurs opératoires aux immigrés de l'Orignal. Terrain hybride. «Utopie [qui] occupe tout l'espace». Les conclusions sont claires : «le discours critique est suspect». Si le Québec nous exclut, disent ces enracinés de la pensée unique, c'est que nous devons de plus en plus fortement «[nous] exiler à l'intérieur de nous-mêmes». Je cite verbatim le grand poète René-Gilles De Chialon. Je sais qu'on va m'accuser d'avoir falsifié ou dénaturé ses paroles. De ne pas avoir été «politiquement correct». Ses paroles, seules sont officielles. Elles ont valeur d'évangile aux yeux des Anglais qui, pourtant, insistent que le partage du gâteau doit se faire dans l'équité et la justice pour tous les exclus. Sans exclusive.

65

Par *fair-play* et flair anglais, ceux des orignaux inclus. Après tout, ils paient leurs impôts dans la Province, parlent la langue de Molière dans la Province, votent dans les deux langues de la Province, travaillent, vivent et meurent dans la Province.

— Et l'on ne voit pas comment Marcel-Marie ne veut pas se pousser d'un pouce pour que Souleyman ait un poste aussi rémunéré que le sien. N'est-il pas le fils *authentique* d'un pays qui va de l'Atlantique au Pacifique ?

— Chriss... Tabarnac... Câlisse... Maârde d'hostie... Qu'est-ce que ces faces colorées ont à nous tanner ? Y qu'a les bouter dehors... Comment ont faitt' ces maudits Anglais dans les plaines d'Abraham! Qui doit pousser qui ? Qui est venu le premier ?

Je me suis levée de bonne humeur, gaie, joviale. Et voilà que je tourne au vinaigre. Dès que je pense aux querelles de ces minorités, j'ai des maux de tête. Querelles qui se tissent sur un arrière-fond de détachement anglo-saxon. Bouillonnement intérieur, à l'extérieur une face de glace. Quand je pense que les Séparatistes trament des complots sous mes yeux et que je fais l'idiote ! Je sais qu'ils n'iront pas loin. En voyant mes hauteurs et mes visions, je n'ai nul besoin de les convaincre. Voyez ces capitaux venus s'abriter dans nos banques que je surveille depuis le premier référendum de 1982. J'avais à peine six ans... et déjà l'on me faisait plus confiance qu'à n'importe quel Prince de Windsor!

For God's sake, qu'ont-ils ces Francophones à s'entre-déchirer pour la moindre parcelle de terre ? Quand on vit dans le plus grand pays du monde, il y a de quoi s'étonner! Et à peine vingt-huit millions d'habitants... Qu'on ne me dise pas que nos terres sont incultes huit mois par an. Des arpents de neige qu'il faut abandonner au plus vite, disait Voltaire. Il doit se mordre les doigts et virevolter dans sa tombe, aujourd'hui. S'il savait que malgré ses prédictions, on y cultive la pomme, la poire, la vigne. On y fait du vin. Un vin qui a remporté le premier prix du plus mauvais vin du monde! Mais les Français ne savent pas qu'il fait le bonheur des grippe-*cents*. On le vend 50% son prix de revient, juste pour affiner le goût des consommateurs récalcitrants. Mais ce n'était que le début. Aujourd'hui, nous fabriquons le *Ice wine* de qualité internationale et qui correspond parfaitement à notre tempérament. Cependant, revenons aux querelles intestines des parlants français. Ils ont mis sur pied cinquante-six Associations à but non lucratif, et d'utilité publique dans la ville reine. Imaginez ce surcroît d'activités, du BOFTEM au BEFCUT, de l'AMFOU à l'AIFOU, sans parler des Alliances françaises, des Clubs Richelieu, etc... Consultez bien la liste avant de vous perdre. La politique des multiples couleurs est évidemment bien compliquée.

Avant, il y eut la voix initiale. Celle qui marquait chaque acte de bravoure par «une plume à coup», une sorte de trophée que l'indigène épinglait à son bandeau, après une chevauchée sans armes dans le camp ennemi, le vol d'un cheval ou une tuerie ou scalp maison. Après trente plumes à coup, il pouvait porter le «bonnet de guerre». C'étaient là des temps révolus. Pete a mis sa première «plume à coup» lors de sa fuite de la réserve. Il

67

ne savait pas qu'il allait adopter le versant ennemi en se laissant blottir dans le giron de Sœur Antoinette. Elle sentait le musc. Quand elle le serrait contre elle, il sentait la mollesse de ses seins. Amplement protecteurs. C'est d'elle qu'il apprit que le Mohawk appartenait aux Six Nations, connues sous le nom de Confédération d'Iroquois. Ranien Kehakas, ou Peuple de la pierre, les Mohawk cultivent leurs talents dans les travaux de construction, surtout en hauteur.

La tribu de Mississagua a quitté Toronto en 1848 pour aller s'installer dans les régions de *Grand River*. Son père est né sur la Réserve de Brantford au sud-ouest de Toronto, splendide capitale de la Province et peut-être du pays. Là, il s'est inscrit au *Mohawk Institute* qui a été construit depuis 1830 pour former des fermiers et toutes sortes de travailleurs agricoles. Il a fondé une famille assez prospère. Le père de Pete avait emprunté de l'argent au *Band council* pour construire une maison qui devait abriter ses dix enfants. Pete, le dernier, est né en 1956, vingt ans avant la fermeture de l'Institut Mohawk, et l'ouverture de mes portes. En 1976, l'Institut a été transformé en Centre culturel et éducatif.

L'histoire des amours du père de Pete est assez floue dans son esprit. Sœur Antoinette l'a toujours blanchi. Disant que c'est la faute de la femme blanche qui a semé une tuerie sauvageonne entre les cousins. Tous les deux étaient mariés et tous les deux étaient amoureux de la même employée de la Poste Canadienne, une certaine Naomi Crack. Elle les a eus, en même temps, comme amants pendant trois ans, puis la tragédie eut lieu. Le père de Pete tua son cousin et fut condamné à perpétuité par le Juge King. Naomi, la mère de Pete, ne savait pas au juste qui était le père de son nouveau né, ni quoi faire de cet enfant qui lui tombait sur les bras. Elle le confia au couvent du Sacré Cœur. A l'époque, ce fut une aberration qu'il fallait enterrer aux oubliettes des Pères fondateurs. Toujours est-il que malgré la fugue, il revint au giron de sa mère adoptive, Sœur Antoinette, qui lui inculqua les rudiments de la Bible, un sens du devoir et de la responsabilité, un attachement aux Dix Commandements. A vingt-deux ans, ce métis s'est marié et a quitté la réserve pour aller travailler en ville et envoyer l'argent à Twylla, son épouse abandonnée, jusqu'au jour où il a accompli le saut périlleux de sa vie. Histoire de rire ou défis ! Installer une «plume à coup» dans la jungle de ses cheveux noirs, déjouer la pesanteur et faire le Robin des bois de l'air. Curieuse, la police métropolitaine l'attendait de pied ferme à quelques mètres de mon tronc...

Si je donne le vertige par ma hauteur extra-humaine, c'est pour inspirer la grandeur aux voltigeurs, pour dominer l'inépuisable mystère de la forêt des gratte-ciel, des sapinières parsemées d'épinettes, de bouleaux, de peupliers... tout ce mauve qui vire vers le bleu, le vert, l'orange, l'encre noire et la blancheur du papier. Tous ces sujets de vie dont les traces suivent la nature morte à laquelle ils obéissent sans le savoir ne sont qu'un tapis de mousse et de fougères. Là je puise, en Tour-voleuse-de-feu, les dénominateurs communs de mon époque. Et, surtout, les facteurs d'identité qui travaillent en nous dans les profondeurs d'une existence condamnée à se surpasser sans cesse. Ma tendance ascensionnelle ne suit pas une seule direction, mais s'éclate en étoiles filantes dont on ne connaît ni l'origine, ni le lieu d'arrivée ! Un peu à la manière d'un caribou qui, tête submergée, broute des feuilles de nénuphars au fond d'un lac. De temps à autre, il la relève pour fixer le ciel. Et chaque fois qu'il avance, les embruns jaillissent de ses jambes en gerbes blanches écumant le lac serein de cercles concentriques qui se dissolvent au-delà de l'éternel. S'ouvre alors le silence, ce chant obsédant et sublime de l'identique.

Je suis ainsi faite, moi-aussi. Ces jets d'écumes du jour ne dialoguent pas avec mes antennes mais avec mon bulbe qui, pour étreindre la vie, parmi le tumulte des paradoxes, ne cesse de chercher le langage qui réconcilie.

Dès lors je me demande pourquoi a-t-on licencié Pete quand ma devise clame tout haut *Welcome, let your Spirits soar* ? Pourquoi l'a-t-on privé de son amour de l'air ? La joie de planer du ciel vers la terre. N'est-il pas libre de se précipiter en sens inverse de l'élan que je réclame ? De jouer au défi de la pesanteur ? De s'offrir une fantaisie qui dévie lois et éthique du travail ? Que reste-t-il quand il a lancé ses atouts sur la table du jeu ? Pete a voulu goûter au Sacré dans ce désir d'atteindre le Beau qui fluctue dans sa vie. Il a oublié que le sacré et la beauté n'existent qu'au contact des autres. Comme l'expérience en soi de Dieu que l'on ne retrouve que dans le regard pèlerin de l'autre.

Evidemment, seul l'amour donne un sens à la vie. Comment vais-je aimer en pierre angulaire tous ces êtres que j'ai créés de ma chair vive ?

TOUR 6

Le soleil semble cascader sur les contours de nébuleuses éparses. La ville est transformée au-delà du réel. Je ne suis plus dans la rayonnante nudité des gratte-ciel. Des zones d'ombre rongent certains buildings. L'harmonie de la lumière unifiée est brisée.

Chaque éclairage tente d'attirer à lui seul l'intensité du feu de sa rampe. Mon regard voltige de toit en toit. S'attarde sur ces insignes épinglés à la devanture des bâtiments. Comme la légion d'honneur à la boutonnière! Un Lion lèche une couronne chapeautant un globe, tout jaune, juste à mes flancs, apposé à la Banque Royale. Un carré rouge, en forme de C angulaire couché, contenant un T droit, en creux pour indiquer *Canada Trust*. Un immense M en lumière bleue, et en forme de scie, les dents sur une barre, trône sur le bâtiment le plus élevé appartenant à la Banque de Montréal. Derrière ce mastodonte, c'est *Commerce Court*. Puis le S rouge sert de tampon au *Sheraton Hôtel* puis les quatre buildings noirs qui ordonnent le conventionnel des formes en se nommant *Toronto Dominion Center*. En grosses lettres rouges, l'Hôtel Skydome signale son charme étrange avec ses majuscules gonflées à bloc sur lesquelles brillent une étoile de sang, et une plume ancienne trempée dans le O du dôme. Ce qui me fait mal au cœur dans cette cartographie futuriste, c'est que le *Royal York*, point d'attrait de la ville, il y a à peine trente ans, soit écrasé par ces nouveaux venus qui lui font la gueule. Hier point de ralliement, l'Hôtel le plus prestigieux où descendaient les Reines et les Rois, garde aujourd'hui l'élégance de l'intime et du vieillot. Sa façade insolite et baroque avec tous ses drapeaux appartient à une autre époque.

Si je m'attarde sur la description de ces tours, ce n'est pas pour lever le voile sur leur combat, leur compétition, leur surenchère financière, mais pour observer la nature lumineuse plus ou moins éclatante qui annonce déjà la fin d'un monde. La fin du travail pour tous dans l'équité de la compétence. Ce cheval de Troie du capitalisme bâti sur l'initiative, le libre échange sauvage, s'acharne à offrir des garanties de Polichinelle : l'ouverture du marché pour assurer la richesse, la concurrence pour faire fluctuer plus de dollars dans le sang, dans les veines des Multinationales, la privatisation pour que les loups affamés puissent se gargariser de billets verts.

Les personnages que j'ai mis en place ne sont pas nécessairement subversifs. Car survivre est la quête canadienne par excellence. La flamboyante et belle Kelly King — jeune fille *on the move* de la majorité anglaise — s'est attelée dès la prime enfance à continuer la tradition de gouverner son territoire. Ponctuelle, elle possède un sens puritain du travail et s'acquitte de sa tâche avec une loyauté obsédante. Cet acharnement hérité des premiers fondateurs est pourtant miné par une mauvaise conscience qui la taraude, celle de ne pas jouer *fair-play* à l'égard de ses deux amours impossibles : le perpétuel absent Pete et le nouveau recru Marcel-Marie, complètement détourné vers son propre sexe. Aussi, je

74

me demande comment elle va s'en sortir. Pour lequel
troquera-t-elle ce visage bien moulé, ces lèvres ourlées,
ce nez fin et candide ? L'homosexualité ne la gène pas.
Elle la comprend presque comme un besoin intérieur de
s'enfermer en soi. A son sexe défendant ! Laissant cette
option en suspens, elle s'est concentrée sur la situation
de cet Amérindien au chômage. Que peut-elle faire ?
Même sa position au sommet de l'échelle ne lui donne
pas le droit d'agir librement selon sa propre intuition,
son sens de la justice. Tant de contraintes l'entravent.
Murée en elle-même comme une citrouille autour de ses
graines, elle ne peut exprimer ses sentiments à personne.
Même pas à son père. Comment faire dire à Pete qu'il
doit prendre l'initiative de passer par la compagnie de
nettoyage pour un poste temporaire comme spécialiste
des carreaux en haute altitude ? Elle ne sait pas qu'il a
entrepris pareille démarche en se présentant comme
acrobate des trajectoires infinies.

— «Il est sur la liste d'attente». Mais Kelly meurt
d'envie de lui dire la vérité, de lui avouer son
impuissance et ses frustrations à plus d'un égard.

Pete Deloon rumine encore le mauvais choix qu'il a
fait la première fois qu'il s'est jeté en l'air. Par cette
révolte intuitive, il ne cherchait pas à se prouver, à lui-
même, qu'il est capable de tout. Il a tout simplement
décidé. Et il n'ira pas jusqu'à mettre «le masque de la
stupidité», celui qu'on voudrait qu'il porte aux fêtes des
victimes des fondations de territoires. Pourtant, au fond
de lui brûle le feu sacré du surdoué qui lui rappelle, de
temps à autre, l'esprit de la «réserve» où il a grandi.

Je tente d'attraper la vérité à coups de paroles. C'est comme si je chassais l'orignal avec une tire-boulette, en prenant soin que mes métaphores ne lui égratignent pas la peau. Les démunis parmi les Indiens n'auraient jamais de quoi manger, fabriquer leurs mocassins ni ériger leurs wigwams. Il est vrai qu'ils n'habitent plus ce genre de tente du passé, mais des baraques sans pelouse tout autant exposées aux caprices de ce même temps révolu. En tout cas, j'aurais voulu des vérités lourdes et conséquentes, aussi pesantes qu'un soleil de plomb. Mais qu'est-ce que je détiens, en fin de journée, après avoir tant parlé ? Des cahiers de doléances jetés au vent... Tenez, l'autre jour, après avoir placé ses affaires en ordre, le cousin de Pete, à peine la vingtaine, s'est mis sur son trente-et-un, a emprunté la voiture de sa sœur puis est allé stationner calmement près du pont de *Bathurst and Spadina*. Au passage d'un train, il s'est jeté du pont. Suicide volontaire. Par quelle force ou quel démon, a-t-il été poussé ? La feuille quadrillée dans son veston disait : *I am fed up with life*... On ne saura jamais les raisons de cet acte. Un entrefilet dans les journaux l'a signalé comme un fait divers. Un clip si rapide qu'on ne s'en apercevra pas. A qui imputer la culpabilité de cette mort caractérisée ? Comment l'extraire du tourbillon des mots pour qu'elle fasse mouche dans la pensée ? Même celle de ses parents proches!

Cette vérité mord à pleines dents... dans la chair de la vie. Je suis de plus en plus persuadée qu'on ne veut point de cette vérité-là. Une intuition de tour. Rien de plus. Je ne vais même pas l'attribuer à ce sentiment d'objectivité de béton qui me caractérise. Quoique je dise ou que je fasse, j'aurais toujours des remords de verre transparent qui déforment l'envers et l'endroit de tout ce que je crois. *Hang on by the skin of your teeth.* Tout ce que j'avance n'est qu'un éclat de verre sur lequel joue un rayon de soleil pour rythmer ma cadence verbale. C'est pour cela qu'on me catalogue comme une Anti-Babel qui crache à tours de bras l'allégresse et la beauté des mots. Mes paroles sont, cependant, simples et amputées d'une part de leur vérité, comme le sont les images projetées, à partir de mes antennes, sur vos écrans. Elles sont aussi simples qu'une journée sans pain ; et en perpétuelle fuite jour et nuit. Tout incident rapporté par moi, extirpé du chaos verbal est sous la loupe de la suspicion. Non pas que je raconte mal, ou que j'essaie de vous tromper. Non, je ne fleuris pas l'événement. On dira que c'est un fait divers et que les média simplifient tout. Ils ne braquent leur projecteur que sur l'élément négatif pour attirer l'attention des assoupis devant leur télé. Balzac, Dickens, Manzoni auraient construit tout un roman : deux cents pages pour son mobile, deux cents pour sa planification, autant pour son exécution, deux cents autres pour ses conséquences... et les deux cents dernières pour conclure que ce suicidé volontaire a vécu un amour malheureux. La preuve, c'est qu'il a plié métho-diquement et amoureusement les chaussettes que lui avait offertes sa petite amie, délicatement rangé le bout de papier qui porte son sermon, dans la poche gauche de son veston. Mais peut-être que cette tragédie cache un instant de bonheur vécu le temps de plier ce fétiche avant de se jeter devant le train. Sporadiques illusions qui seront à jamais perdues.

Je ne me fais pas d'histoire. Je raconte ce qui me passe par l'antenne, ce chapeau que je porte et que j'enlève comme si j'étais un prestidigitateur. Avant tout, je fais le tri. Par la seule voie du mur de béton, je sors mes nouvelles. Comme jadis, s'échappaient les volutes de fumée du cœur du tipi. Pas de fenêtre. Pas de hublot. L'entrée fermée pour que la chaleur ne puisse s'égarer. Tout est bouclé dans ce chapeau à miracle qui ne capte et transmet que les désastres...

Le suicide du cousin tourne dans le cœur de Pete. Il ne peut s'en échapper! Au contraire, il est muré par les paroles d'Ovide Mercredi qui dit à haute voix :

— *Il faut rebâtir la Constitution non pas pour la «société distincte» des Québécois, mais pour que les prisons ne soient pas toujours remplies d'Amérindiens. Il n'y a pas de raison pour que ce soit toujours eux qui s'anéantissent à force de se suicider...*

Pete a entendu ce discours de ma propre bouche. Je n'ai laissé passer ce message que pour qu'il se soulage un peu de ce lourd poids qui lui écrase le buste. Qu'il le dépose à terre et qu'il s'en souvienne. Je ne parle pas du «je me souviens» des plaques d'immatriculation de la Belle Province que Marc Durocher jette à la figure de Pete chaque fois qu'il en a l'occasion. Non, j'évoque la mémoire !

D'habitude, je ne rentre pas dans les arcanes du souvenir de mes personnages. Mais quand je sais qu'une certaine mémoire taraude l'homme, je me porte à son secours. Est-ce pour le bien que cela peut lui faire ? J'en doute. Je ne joue ce jeu que parce que le rappel du passé donne l'illusion de comprendre le présent. Souvent, je rentre dans ce jeu sublime, mais comme je suis très jeune, je ne cultive pas cette illusion. J'ai, cependant, une plaque scrupuleusement vissée sur l'un de mes murs : «*Ce coffret-mémorial a été scellé par le très honorable Pierre Elliott-Trudeau, Premier ministre du Canada, à l'occasion de l'inauguration officielle de la Tour CN le 1er octobre 1976. Il doit être ouvert le 1er octobre 2076.*» D'ailleurs, je me demande ce que cette plaque peut bien contenir. De toute façon, en 2076, ni Pierre Elliott-Trudeau ni Pete Deloon ne seront de ce monde. Toutefois, si cette servitude m'attriste, elle me console en même temps, car la chute libre de Pete, nommé pour l'occasion Sweet Pete, est déjà inscrite en grosses lettres dans mes brochures glacées qui se vendent cher : «*De même que le Mont Everest doit être escaladé* parce qu'il est là, *la Tour CN reçoit sa part d'aventure. La première personne à sauter en parachute de la Tour fut un membre de l'équipe de construction. Le 9 novembre 1975, Sweet Pete effectua sans accident cette cascade osée. Il fut immédiatement licencié pour cet acte*»

Même couchés sur papier glacé pour l'éternité, mes Hauts et mes Bas ne sont pas jugés avec l'objectivité et la concrétude qui caractérisent ma présence sur ce sol démocratique. D'autres prouesses ou records sont projetés quotidiennement sur grands et petits écrans : les deux sauts du cascadeur de Hollywood le 21 septembre 1979, et pour mon dixième anniversaire en 1986, Spider Dan grimpa deux fois aux fenêtres extérieures en une seule journée, *établissant une performance mondiale pour l'escalade de bâtiment.*

Pete se souviendra toujours de la petite chapelle Saint-Paul à Brantford. Dans cette chapelle Mohawk, bâtie en 1785, son épouse Twylla Blue, protestante, l'avait amené pour qu'il lui jure fidélité dans une religion qui n'est pas la sienne. La chrétienté ne s'ajuste pas à sa prestance. Il croit encore en son Grand Esprit, celui dont le souffle parle à travers lui. Les pensées des Dieux ne sont accomplies qu'à travers la parole humaine, les chansons et les prières : *La terre sera, dès le commencement je l'ai pensée... les montagnes seront, dès les premiers débuts, je les ai pensées... la terre sera, des temps immémoriaux, je la parle…* Pour Pete, les mots pèsent tout leur poids d'or. Une fois prononcés, ils le mènent au bien, à la bonne santé, à la bonne chasse ou tout simplement au maintien de relations plus ou moins satisfaisantes avec l'esprit du mal. S'il en abuse, les mots se retourneront contre lui ; et s'il en use avec circonspection et respect, ils lui serviront à s'adapter à l'univers. Ainsi, cette prière : *Mes mots sont noués en unisson/ avec les grandes montagnes/ avec les grands rochers/ avec les grands arbres/ En unisson avec mon corps/ et avec mon cœur./ Vous tous aidez-moi/ avec le pouvoir surnaturel/ Et vous, oh Jour/ Et vous oh Nuit!/ Tous vous me voyez/ en unisson avec ce monde.*

Pete a donné sa parole devant le Dieu des chrétiens. Dans le silence profond qui l'a uni à Twylla Blue, il a pensé aux mots que son cœur prononçait, et les mots se sont inscrits dans sa chair. Pourtant, un malaise persiste et qu'il n'arrive pas à comprendre. Un mauvais esprit le harcèle derrière le vœu. Nodosités scabreuses. Des myriades d'épinettes lui transpercent le corps. Pete se souvient de cet après-midi où il avait rencontré Twylla dans le couloir sombre des célébrités au musée des Six Nations qu'abrite le Centre Culturel Woodland de Brantford, au sud-est de Toronto. Elle lui apparut au bout de ce tunnel après qu'il ait contemplé le portrait d'Emily Pauline Johnson. Cette fille célèbre du Chef Mohawk, née à *Chiefwood*, a voyagé à travers le monde, comme poète et actrice, pour expliquer le tort que les Blancs ont infligé à son peuple. Elle a entrepris sa mission avec une passion et un zèle jamais égalés jusqu'à présent.

Twylla ressemble à Pauline comme une sœur jumelle. Beau visage d'une tristesse à fendre les rochers. Des lèvres fines au sourire énigmatique. Deux longues tresses balayent ses hanches d'un mouvement caressant à fleur de peau ses rotondités suggestives. Un corps svelte et ferme caché par une robe longue décorée de coraux, de perles et de broderies bizarres jusqu'aux pieds nus. Sensualité foudroyante. Miraculeuse, vivante, Pauline sort du portrait que Pete venait de contempler pendant plus d'une heure. Du coup, il est envahi par un sentiment étrange — une extase insoupçonnée —, mêlé à une appréhension incompréhensible. Peut-être cette chance d'avoir trouvé l'amour. Pete intègre la communauté de sa femme, et Twylla lui donne un fils comme un caribou dans une forêt cache-peau. Pete doit chasser l'élan et gagner la vie de sa petite famille. Mais le temps est vite venu pour qu'il assure une meilleure vie aux siens. Un an après la naissance de leur fils, Pete quitte Twylla et la réserve dont la devise lui reste encore épinglée à la gorge : «*De Dwa Yea Nah*… : Venez vous joindre à nous !».

81

Quitter ces lieux connus pour la Métropole dévoreuse de rêves. Avoir les pieds sur terre en demandeur d'emploi. Faire partie de l'équipe des marcheurs du ciel. Construire le paysage lunaire de la Ville Reine. Trapéziste. Acrobate qui marche dans les cieux. Sur les poutres de ma charpente, le temps d'un caprice lancinant. Une envie folle de défier la pesanteur, les lois de la nature. Pete rencontre Kelly King et le cours de son amour fulgurant pour Twylla est comme par enchantement dévié. Comment étonner ce cœur qui ne daigne même pas lui jeter un regard ? La blonde Kelly s'insère lame de rasoir dans son esprit.

Le voilà revenu à mes pieds nanti d'une fierté aussi arrogante que son nez busqué et ses pommettes saillantes. Sa majesté n'est vécue que dans mes élans à moi qui donne le vertige à qui me regarde d'en bas. Hé, levez votre regard vers mon sommet. Sentez ce vide qui, se creusant en vous, vous fait perdre vos forces. Souleyman Mokoko lui-aussi éprouve ce sentiment chaque fois qu'il sent *sa job* lui glisser entre les doigts... comme le fait un poème dont l'écoute vous désosse du dedans. Heureusement, Kelly lui dira qu'il aura encore du travail pour un mois. C'est déjà ça de pris sur l'ennemi. Mais rien pour Pete. Même pas à laver les carreaux avec sa fidélité de premier employé aux élévations célestes... Il n'a pas manqué de relever cette phrase anodine qui lui serre le cœur : *La technologie qui pense à l'avenir.* Gommé l'humain. La relève n'est plus dans les mains de personne. Et moi, structure solide qui n'efface jamais les années, je continue à parler et à servir cette technologie ingrate qui, mine de rien, prétend s'accaparer de la pensée du futur...

TOUR 7

Avouez, enfin, que je personnalise la ville reine. Non seulement en lui servant de point focal dans la jungle du verre-béton, mais aussi sur la mappemonde en dépassant les tours qui ont marqué d'autres lieux. Sans oublier que j'ai brisé tous les records des hauteurs. Je les domine toutes. De la plus ancienne Tour Eiffel à la plus élevée après moi l'*Empire State*, à celle de Tokyo, Sidney, Munich ou Blackpool. Nous appartenons toutes à la Fédération Internationale des Grandes Tours. Je suis donc Membre d'honneur comme vous êtes membre d'un Club prestigieux où n'entrent que les triés sur le volet. Je suis aux premières loges pour contempler les scènes les plus scabreuses ou les plus insolites. Tenez, parfois je prends un malin plaisir à bavarder avec un croissant lunaire. Je le préfère à la pleine lune, prétentieuse et distraite, même si on a marché sur son sol rocailleux. Oui, le croissant est plus sage et plus simple, et je m'amuse parfois à le sortir de sa sérénité.

— Croissant, tu ne veux pas venir jouer au Q-ZAR ? Là, tu peux poursuivre au laser n'importe quel ennemi et le vaincre, lui dis-je.

— Pourquoi penses-tu que j'aimerais descendre sur terre et m'engouffrer dans ton sous-sol d'enfer pour m'amuser ? J'ai tout le ciel pour moi. Et pas de temps à perdre avant de vieillir et de renaître. Je sens déjà la présence de mère lune et le croissant du mois prochain.

— Moi, j'ai l'éternité devant moi.

— Toi au moins tu passes parfois un peu de temps avec moi. Mais les hommes et les femmes qui sont dans ton ventre ne me jettent plus le moindre coup d'œil. Ou bien, ils travaillent, mangent et dorment. Ou bien, dans les entre-temps, ils se disputent, se dénigrent, se poignardent dans le dos. Ou bien font carrément la guerre, ouvertement ou dans la clandestinité! Des fronts plus ou moins révolus. Des batailles au laser, derrière des écrans qui calculent la vitesse des projectiles et les buts à atteindre. Que de destins innocents sacrifiés ! «C'est juste par mesure de sécurité», dit-on. Tout cela dans le vécu ou le virtuel. Et les hommes de se repentir puis de recommencer en évoquant des alibis que leurs mots ne justifient point.

— Vrai, mais moi je contiens des mondes virtuels plus vrais que la vérité.

— Curieux que tu affiches ton arrogance dans un pays si discret. Tu ne vois même pas ce qui te pend au bout du nez. Et tu te vantes de dominer le monde. Que dois-je dire, moi ?

— Que tu n'es qu'un croissant en état de croissance et qui va devenir lune, puis disparaître. Tu passes du petit garçon, sage je l'avoue, à ta maturité. Tu te féminises. Sinon, tu ne pourrais plus inspirer les poètes.

— Tiens... tiens... tiens... Toi, tu arbores le genre féminin et tu surgis de terre comme un phallus en érection. Érection douteuse! Et ironie du sort, on t'a flanqué un *Skydome* en ventre sensuellement féminin, mais qui n'en porte pas moins un nom masculin pour te rendre furieuse...

— Là, tu vas trop loin avec ton imagination en dérive.

— Je n'imagine rien. Je ne fais que décrire la réalité.

Après tout, j'en suis plus éloigné que toi, donc je la vois mieux. Vue d'en haut, il est vrai que tu es en train de pérorer devant tous ces buildings qui se font tout petits pour te plaire. Je ne parle pas de ceux qui s'écrasent comme le *Skydome* ou le *Roy Thompson Hall*. Ces rondeurs qui rehaussent ta masculinité drapeautée. Au moins moi, je fais rêver et je ne donne pas le vertige. Je suis source d'inspiration, Croissant fertile irrigué par le Tigre et l'Euphrate, Croissant Rouge, autre visage d'une Croix qui soigne ceux qui y croient ? Je suis l'emblème, le Porte drapeau de tant de nations ! Et surtout n'oublie pas mon côté café-crème-croissant qui ouvre les belles matinées des jours de pluie et de beau temps.

— Arrête-toi un peu, mon jeune ami. Tu dérives dans des labyrinthes saugrenus. Moi, je suis la médiatrice des langues dans un monde traqué par la défiance. Poursuivant la logique des mots, je ne remue pas un malin génie qui produirait miracle sur miracle. Je tente de trouver un chemin pour m'en sortir. Avec de la hauteur, je vois clair à moins qu'un nuage ne vienne oblitérer momentanément ma vision. Il y a tant de nouvelles qui régissent le monde. Je transmets tout avec la rigueur et la teneur du béton armé.

C'est à ce moment-là que Croissant me tourna, si j'ose dire, le dos et notre dialogue s'en alla en diaphanéité. Peut-être converserions-nous plus tard, mais, à présent, je retourne vers les êtres qui s'agitent en moi comme des larrons secoués par l'irrésolution. Marc Durocher continue à déverser sa colère sur le dos de sa femme qui lui voue une haine féroce. Elle se cherche une amie pour le tuer. Fantasme, peut-être, mais sait-on jamais! Nul n'est à l'abri d'un meurtre. C'est comme pour ce pays. Ce Québécois meurt d'envie de le démanteler, croyant ainsi mieux le servir. Le Vive le Québec libre de l'interventionniste français, le Général De Gaulle, trotte dans toutes les têtes. Ce genre de lyrisme m'écœure. Je ne pérore pas pour marquer des coups. Je ne prends pas mes impressions pour paroles d'Évangile. Quand quelqu'un bat sa femme pour asseoir sa prestance dans ce monde, il doit bien s'attendre à ce qu'on lui refuse sa subsistance quotidienne. Mais les choses de la vie peuvent se passer autrement. Lorsque Pete revint à la place de sa débâcle, comme sur le lieu du crime, il constate que d'autres demandeurs d'emploi ont trouvé leur case nourricière.

Fung Chiu, comptable agréé, rentre chez lui après une longue journée de travail. Le nez fourré dans des chiffres jour et nuit, même quand il fait l'amour à sa femme, il se sent maître de mes pulsions financières. C'est ainsi qu'il a pu lui faire cinq enfants en si peu de temps. Car le temps ici, c'est de l'argent. Et Fung a épousé la devise du continent dans l'aveuglement de la taupe. Pour lui, ce n'est rien de se mettre dans la peau de cette bête. Il ne jure que par son désir de creuser son trou. Ici, le prochain ne se préoccupe jamais de ce que déterre son voisin. Chacun ne se soucie que du vide qu'il crée pour vivre et mourir en paix.

Les signes extérieurs de richesse classent chaque citoyen. Point final ! Fung Chiu est au sommet de la liste. Simple employé hautement placé sur l'échelle salariale. Toujours en costume-trois-pièces-cravate, il négocie mieux qu'un banquier. Il conduit sa voiture japonaise décapotable dernier cri aussi lentement que possible à gauche. Les conducteurs en sont furieux. Aux coups de klaxon répétés, il ne se rabat jamais à droite, même s'il a toujours voté *Progressive Conservative*. Cet arriviste à l'étage supérieur de ma structure a bien compris la Loi du Marché : l'essentiel est d'être toujours au devant des événements et de continuer à irriguer son *cash flow* de sa sueur mercantile. Ayant pris les devants dans les années 70, il a atterri à Toronto, poches remplies à Hong Kong. Il place son argent dans la cuisine chinoise qui se vend aussi bien dans mes entrailles que sur *Dundas Street*.

Nourriture chinoise et *Cybermind*, quoi de plus pour être comblé ? Entre réalité et virtualité, il est inutile d'hésiter : «On mange, on s'amuse, on s'étonne, on tremble, on s'éclate, on admire, on s'extasie...». Pareil régal ne vous est offert qu'au sous-sol de «L'Édifice le plus haut du monde». Là aussi, vous pouvez acheter le meilleur cauchemar du monde à trois dimensions, entreprendre des duels rocambolesques en vous laissant bombarder par des Ptérodactyles volants, attaquer les adversaires avec des lance-fusées futuristes, combattre en gladiateur de l'an 2023, vous enfuir dans des nuages si jamais «vous croisez un avion de la première guerre mondiale en pleine bataille contre le *Red Baron*, dans *Flying Aces* !». Tout cela *and more* au prix dérisoire de quelques dollars, canadiens s'entend, qui ne valent même pas les 3/4 des *Mighty American*. Je ne fais point de réclame pour vous convaincre de venir vivre une réalité plus virtuelle que l'irréel de votre imaginaire dans mes sous-sols climatisés. Je ne vous surcharge ni de mes élucubrations de coulisses si magnifiquement exposées. Disons que la nourriture céleste est plus abordable que la terrestre. C'est parce que la cuisine chinoise est des moins chères dans cette ville que les Torontois s'y précipitent les yeux fermés. Elle se taille la part du lion parce qu'elle est des plus raffinées, dit-on. Elle est aussi la seule à tenir tête à la Française qui, elle, se satisfait de la part du loup. Mes radars ont capté plus de onze mille restaurants ou *eating places* dans *Metro Toronto*. Ils servent toutes les cuisines du monde. Fung Chiu a investi dans le Restau-carrefour, un petit coin chinois, juste à côté de l'italien *flagging* sa pizza et ses pâtes, du Grec son *Chawarma* et sa *moussaka*, des *Tom Hortons*, *Bagel King*, *Harvey's Hamburgers*, *Mr. Donut*, le *fish and chips*, dernier avatar de la civilisation anglaise qui, dit-on, n'attire plus la foule.

C'est Fung Chiu qui a calculé au *cent* près le prix de revient de ma construction. Une aubaine : Plusieurs dizaines de millions de dollars que l'on a récupérés en moins de quinze ans. Mais qu'ont-ils pu acheter avec cette modique somme ? Une structure pesant cent dix-sept mille neuf cent dix tonnes dont quarante mille cinq cent vingt-trois mètres cube de béton de première qualité. Assez pour bâtir un mur allant de Toronto à Kingston. Plus long que le Mur de Berlin. De toute façon, il n'existe plus, celui-là ! Dans son rapport financier, Chiu ne mentionne pas les mille cinq cent trente-sept hommes et femmes qui ont travaillé d'arrache ongles pendant quarante mois pour m'édifier. Sans la moindre grève, sans le moindre incident sauf celui de Pete Deloon qui fut pris par la folie de l'air. Il est vrai que durant mon érection il n'y eut qu'une seule victime. Une rafale fit tomber une poutre sur la tête d'un certain John Ashton qui trouva la mort à mes pieds. Toutes les mesures de sécurité furent prises.

Fung Chiu veille tellement sur les dépenses et les rentrées que l'on préfère ne point le rencontrer dans les couloirs. Il jongle avec les chiffres à vous donner le vertige. Mais un vertige différent de celui que je déclenche d'en bas ou d'en haut de ma grandeur. Ma silhouette de matière grise a finalement donné naissance à un *household name* : La Tour CN. Au fait, je ne dépasse les frontières de mon pays que par le record. Pas par le nom. Si tout le monde sait qu'après Charles De Gaulle, la Tour Eiffel est le nom français le plus connu au monde, qui connaît le mien en dehors de chez moi ?

Dans la géographie culturelle du Canada, s'identifier à un monument, c'est figer — inutilement ! — son regard sur la transcendance du nom. Pourtant, nul ne peut se permettre de passer à Toronto sans prendre le baptême de l'air à la racine même de mes antennes. Si Fung Chiu traîne, comme un escargot, sur les artères de la ville, au risque de causer tant d'accidents, il navigue avec une dextérité inouïe sur mes autoroutes de l'information. Dans le simulé de la culture, il est roi. Et dans son civilisé, il aboie, sans méchanceté. C'est là une maîtrise de soi et de ce qui l'entoure. Tant de talents à affronter la vie, au volant de son ordinateur. Une fois le péage acquitté, il peut convoquer, au bout de ses doigts, le monde et toutes les connaissances. Dans la stabilité d'un fauteuil roulant, le temps s'acharne contre toute forme de curiosité. Mais je suis là pour tout le reste. Je suis l'hypersupermarché de l'illusion.

Je nourris, donc je connais les secrets. Car ils sont nichés dans chacune de mes pierres. J'en tire mon identité comme une feuille d'érable rouge sur une blancheur de neige et d'anonymat. Le *Canadien National*, ce trait, chemin de fer ou *Via Rail*, qui balafre le plus grand espace nourrissant tout le pays et, jadis, transmetteur des épopées glorieuses du passé, ne préoccupe plus les miens. Les Loyalistes et les Ukrainiens des prairies, Jacques Cartier et Louis Riel, Étienne Brûlé et les routes de la traite des fourrures, les Pères fondateurs et les Amérindiens... vivent tous le même drame : la bipolarité, binarité infernale, quoi que l'on dise !, qui se déroule tantôt masquée par une torpeur démesurée, tantôt par un excédent de harangues, notes discordantes et exaspérantes, qui élargissent la fracture parce qu'elles luttent *intra-muros*. Même dans mon enceinte, on ne m'épargne pas. Marc Durocher, grisé par ses paroles, a fait venir un Congolais de France pour le brancher sur la question de l'indépendance du Québec. Les Africains en connaissent un bout sur ces problèmes du siècle. Et puisque les Québécois se considèrent comme des «Noirs blancs d'Amérique», on ne pourrait mieux les servir que par un écrivain géant à la parole faconde, «enrôlé» à la dernière heure pour une campagne savamment, mais illicitement organisée. Célestin Mongo est embauché pour montrer les méfaits du colonialisme. Une première campagne avec l'Oiseau au pari moribond. Plusieurs déplacements aux frais des contribuables de sa Majesté à travers la Belle Province. Discours sur discours. Prêche aux convertis qu'il vaut mieux ne pas rapporter, tellement ça sonne faux. Mais il n'y a que ces paroles qui marchent de nos jours. Toujours est-il que Mongo s'est investi de toute son âme dans la bonne cause sans trop la comprendre. On le gave de paroles et de boissons alcoolisées. Choyé par un confort qu'il n'a jamais vu de sa vie, on le torpille dans des cercles d'intellectuels triés sur le volet. Sourires d'occasion faisant fi à la sincérité. Le tout est orchestré dans mes escaliers en colimaçon qui tournent à la folie. Ainsi va de cette construction génétique des maudits de la dernière heure.

Heureusement que je suis là pour tamiser les contradictions. En rasant les murs du son, je longe malgré moi les plissements du politique dans son insipidité fondamentale. Je nourris ces intrus mais je ne les loge pas. Je scrute de loin les secrets qui bougent dans les couloirs, les ascenseurs, les guichets, le *Revolving restaurant*, les terrasses d'observation, les points de mire, les arcades... non, rien ne m'échappe.

TOUR 8

Dans mon cas, on n'aura pas à découvrir le gène de ma vieillesse ! Celui qui défigure la beauté dès son apparition sur les visages de mes personnages. Ils rentrent dans mes entrailles, ils en sortent presque tous défigurés par la fatigue, les soucis, l'angoisse, la peur du lendemain et autres tracasseries inventées de toutes pièces pour les maintenir en vie! Et même si les femmes se maquillent, comme Kelly, ou si les hommes se rasent de près, comme Souleyman, pour paraître frais et dispos, les traces de malheur parcheminent leur mine. Forcés à porter ce mal du siècle. Bouclier érigé par une pollution régnante qui accélère le dépérissement. A leur insu, un vieillissement donne envie d'embrasser la mort.

Quant à moi, on ne fera que me ravaler la façade. Je paraîtrai encore plus belle que le souvenir des salissures du temps! Déjà les projecteurs relèvent mes élans vers un ciel de plus en plus morose. Je suis le minaret visible de l'indicible. L'autre jour, je vous disais que je «portais» la parole. A bien y réfléchir, je la déporte. Pendant que mes techniciens s'affairent à capter et à transmettre les crises mondiales, important et exportant des tonnes de discours au-delà de nos frontières nationales, je décale avec mes histoires personnelles le flux des média. Ce décalage n'est pas fait pour vous surprendre. Ni pour vous apprendre le chaos dans lequel nous pataugeons pour survivre. D'abord, je suis ce que je raconte. Et je ne vous raconte que ce qui se passe dans mes réseaux qui montrent aux Canadiens une autre facette d'eux-mêmes. Celle qu'ils ne possèdent pas et qui leur fait défaut, face à l'éléphant qui domine au sud de leur frontière. Cette frontière la plus longue et la moins surveillée du monde. Libre échange qu'ils ont plus ou moins réussi et que les Européens ont du mal à instaurer. Que de litiges et de barbes à tailler en barbichettes passant sous mon nez comme un parfum de musc, de benjoin et d'encens... Mais le coiffeur qui coupe les odeurs en quatre n'est pas de ce monde!

Vous croyez que je suis enracinée sur ce sol du progrès et de la modernité ? Non, vous vous trompez. Je voyage beaucoup plus loin que nos oies sauvages. Parfois, je fais tellement le tour du monde que j'en ai le vertige. Je n'ai plus le temps de me considérer comme une étrangère sur les continents les plus divers. Et je vis dans les airs mieux que le corbeau pensant sur sa branche. Dans ce tipi du ciel je respire, encouragée par le soleil métallique de ma rotonde, là où Pete Deloon a dansé comme sur le bord d'une falaise à pic. Mais il ne s'est pas demandé s'il fallait brûler Darwin, ce retardataire détraqué qui nous a figés dans un déterminisme inéluctable : origine, race, racine... *Survival of the fittest* ? Dans ce pays que le soleil n'inonde que de son gel, les ancêtres de Pete remportent le pompon en la matière. Et nous n'en débattons que lorsqu'il y a tueries. Quant à moi, je veux grimper, les mains libres, vers ce soleil de toutes les couleurs confondues pour que des étreintes fécondes voient le jour. Ça y est, on va dire que je fabule. Dans ce monde idéaliste que j'ai créé de toute pièce, je navigue sur les quatre vents, antennes ouvertes, oreille parlante, horloge des temps présents...

Puisque je suis plantée dans la ville la plus cosmopolite du monde, je suis le musée vivant de l'Homme des tours. En tant que tour, je mets l'accent sur ce que je détourne : discours, idées, êtres et objets. De convoitise et de bêtise. Ici, la majorité anglo-saxonne est en perte de vitesse. Les *hyphenated Canadians* font légion, mais n'arrivent pas à s'entendre pour gouverner. Les *Italo-Canadese* se faufilent dans les rangs, cherchant à supplanter les *Jewish-Canadians* qui, eux, distinguent Ashkénaze et Séfarades. Ces traits d'union entre les mots sèment la zizanie où chacun tente de faire son nid.

J'aurais voulu convoquer tous ces internés qui transitent dans la caverne de mon for intérieur. Les réunir autour d'une table un peu à la manière de La Fontaine avec ses animaux. Au sous-sol du château Vaux-le-Vicomte, un La Fontaine en cire, identique à la sculpture de Houdon, trône en bout de table en costume du XVIIe. Autour de lui, un lion hilarant, un renard futé, un loup sur le qui-vive, un âne docile, une grenouille verdoyante, une fourmi laborieuse accompagnée d'une mouche et d'autres petits animaux. Les convives semblent se régaler de leurs histoires passées. Des aventures rocambolesques où ils sont parfois les dindons de la farce. Dommage qu'ils aient été placés juste à côté de la cuisine, là où mangeaient autrefois les serviteurs et autres esclaves.

Mes convives sont dans le restaurant panoramique pour être servis par le bon chef français qui porte toque et veste blanches. Ce cuistot normal, puisque ni belge ni suisse, sort souvent de sa cuisine pour s'enquérir auprès des convives de la qualité du repas. Il a toujours une histoire pour rire, une histoire belge. Mais je connais mes personnages. Ils sont là à se parler à travers leur masque sans vraiment se rencontrer. Pete tente de conquérir l'Amérique et Kelly. Deux lubies qui se chevauchent et se recoupent, bifurquent et se rejoignent. Il veut coûte que coûte sortir du marasme où il s'est jeté corps et âme pour voir clair en lui-même. Sa terre éventrée, assiégée de toutes parts, la conquête du Nouveau Monde ne cesse de le hanter. Émissaire comme moi-même qui ai changé la face de la planète. Son esprit quêtant récupération n'est en aucun cas le mien. Moi, je suis apolitique et sans religion. Est-ce pour cela que mon objectivité de plomb embrasse toutes les religions de mes personnages aussi bien que la diversité de leurs mondes ? Colomb a ouvert le jardin d'Éden avec les armes. Moi, j'expose en face de vous les horizons de la parole infinie. Celle qui déparle pour capter l'unique dans la diversité.

Enflammée, l'imagination explose. Les Européens étaient fascinés par l'Amérique et la vie des autochtones. Mais, dès le tournant de ce siècle, cette vision fut morte et enterrée. Le Nouveau Monde ne porte plus sa nouveauté. Pete revient à la source de sa blessure, à la reconquête de Kelly dont il ne comprendra jamais le rejet. Si elle croit encore qu'il appartient à la nation «primitive», elle se met le doigt dans l'œil. Doigt pointé de mon antenne qui caresse le ciel des anecdotes. De nos jours Pete vit un destin surréaliste. Vie plus surréelle que celle des révolutionnaires de Breton. Il participe encore à la création d'une mythologie si complexe qu'elle bafoue les intellectuels les plus initiés. Pourquoi n'a-t-il pas saisi au vol le coup d'œil si tendre que Kelly lui a lancé ? Elle a tourné la tête de son côté. Son expression semblait lui dire qu'elle attendait un geste. Mystère difficile à déchiffrer. Était-elle en colère contre lui ? Se demandait-elle pourquoi il ne l'abordait pas ? Était-elle indifférente à son égard, ou trop timide pour manifester ses sentiments ? Elle ignorait son mariage avec une Indienne et son enfant abandonné dès sa naissance.

Pete, ce nomade des temps modernes, l'exclu du plus haut de mon échafaudage, rêve de l'état de grâce incarné par Kelly ? N'ayant pas changé d'éthique quant à gagner sa vie à la sueur de son corps, il ressent son rejet comme une malédiction sociale. Sans doute nationale aussi ! Le rejet est un fléau de l'impérialisme occidental. Un jour, il reviendra à l'Esprit-Orignal pour s'en sortir. Il forcera l'occulte qui paradoxe ses chances personnelles et instaurera sa *sauvagerie* au cœur du monde civilisé de la ville Reine. Saura-t-il retrouver alors *l'état nature* dans cette architecture cubiste qui robotise les hommes et les femmes d'état. Il s'en ira ensuite creuser sa tombe dans l'amour vierge d'une face pâle. Mais Pete ne devine pas encore le moindre épanchement de la part de Kelly.

Devant le guichet tenu par Marcel-Marie, Kelly frôle l'Indien sans mot dire, sans regard attentif. Ce contact silencieux la remplit de l'étrangeté d'elle-même, autrefois refusée et revendiquée. De menaçant qu'il était, Pete devient à présent familier, proche dans son désœuvrement. L'amour tacite est géniteur d'apaisement. Elle le désire à présent et son absence ne la comble plus. Son amour se veut d'une pureté parfaite comme cette «terre sans mal» tant désirée par les visages pâles. Double saut de séduction et de retrait vis-à-vis du Mohawk lui ouvrant l'horizon des fêtes lointaines.

Kelly a déjà rempli sa page avec patience et précision. Son cœur débordant se fait l'écho de ce quatrain de William Blake : «*Voir un Monde dans un grain de sable / Et un ciel dans une fleur sauvage / Tenir l'Infini dans la paume de la main / Et l'Éternité dans une heure.*» Elle se récitait cette prière pour voir le monde se dérouler ainsi sous ses yeux. Pour la vivre, il lui faut l'âme sœur qui sait rendre palpable l'intimité dans les interstices de la vie. Kelly cherche dans Pete la vision de Blake sans explication ni analyse. Une intuition féminine lui permettra, un jour, de toucher chez lui la force tellurique, l'infinitude du dedans.

Son *Dad*, le juge King qui vient d'être terrassé par un infarctus, lui a raconté que le père de Pete fut sauvé par la postière, maîtresse blanche aux deux amants. D'abord, il fut emprisonné pour le meurtre du cousin. On devait l'exécuter. Mais Naomi Crack, après avoir provoqué une émeute et un incendie dans la prison, organisa sa fuite. Les gardes grassement soudoyés fermèrent les yeux. Le père de Pete disparut sans que l'on n'ait jamais pu retrouver sa trace. De criminel, il devint le héros de tous les membres de la tribu. Destin croisé avec celui de la fille de «l'Homme médecine» qui s'évertue à dissuader la foule de ne point écraser la tête d'un «visage pâle» entre deux grosses pierres. Prenant son courage à deux mains, elle fendit l'attroupement, serra la tête du prisonnier «entre ses bras et posa son visage contre le sien pour le sauver de la mort». Pete continue de rêver à ce geste miraculeux. L'Ancêtre lointaine a dû être inspirée par l'Esprit-Orignal. Au fond de lui, il espérait que cet Esprit rassembleur des différences tombât sur la tête de Kelly. La sauver de cette vie de légume qui ne mène qu'à la mort de l'âme. Frôlé ce matin sans excuse ni parole, Pete voit devant lui s'ouvrir une porte. Le mènera-t-elle à l'autel ou au supplice ? Est-ce le premier pas d'une possibilité d'entente ? Et s'il l'amène à la réserve de Brantford, quelle sera la réaction de Twylla, des membres de la tribu ? Dans son désarroi, Pete Deloon balbutie une prière étrange. Est-ce la voix de l'Esprit-Orignal ? Est-ce moi qui lui prête ma propre voix ?

Je ne renonce pas à mon sang amérindien, à ma colonne vertébrale et l'espoir de ses lendemains. A ces vertèbres qui lient le pays d'avant le déluge des Européens qui, rugissant de colère et de victoire, déferlaient sur mes terres comme des animaux affamés. «Je me souviens». Au tournant de ce siècle, naîtra une nouvelle race faite de toutes les races dans leur grâce fougueuse et leur paix sans orgueil. Plus de suprématie de la Blancheur. Plus de frontière à conquérir, à l'ouest ou à l'est. Le village planétaire, ne comptera plus ses querelles. Et nous chanterons le lys, le trillium, l'érable, la rose, le maïs, et le froment. Nous «marcherons le ciel», horizon printanier. Mon Ontarie natale et mon pays de Cocagne célébreront leur identité retrouvée... L'éclat caucasien offrira son lac Ontario, miroir de notre conscience, en cadeau éternel au premier fils de la nation.

Rocco Cacciapuoti ne prêta pas attention au coup d'œil échangé dans mon étreinte. Il était trop occupé à veiller sur la maintenance, à convoquer la propreté pour qu'elle soit au devant de la scène. Ni cendrier, ni mégots à vider, car il est interdit de fumer dans mon enceinte. Les poubelles à papier et les gobelets de *pop corn* l'occupent autant que les nouvelles et les jérémiades rapportées par Souleyman Mokoko. Apparemment Rocco Cacciapuoti ne lâche pas brides pendant sa campagne électorale, lui qui n'a pas réussi à relever le défi de sa propre circonscription à Forest Hill. Il s'est donc attelé à celle de ses parents dans la Petite Italie. Là, les rues indiquent bel et bien qu'il se trouve dans l'atmosphère de son village natal, au fin fond de la Sicile. Rocco Cacciapuoti se souvient de son voyage à l'âge de six ans dans la cale du bateau. Le tangage faillit lui faire arracher les boyaux! Maçons, ses parents ont fait venir tout le reste de la famille, les voisins, les amis et tous ceux et celles hantés par ce départ vers l'Eldorado du Nouveau Monde. Ils vont construire et peupler la Ville Reine, lui insuffler le sang méditerranéen qui zeste la vie, lui changer la face, lui transmettre la chaleur de *Mare Nostrum*, l'allégresse des pays chauds qui jure par la blancheur de leurs murs, leurs briques rouges, et leurs colonnades aux chapiteaux fleuris. Des anges sur les pelouses des maisons nouvellement construites porteront bonheur à ce pays de la rigueur et de l'austérité.

Débridée, la ville fait la coquette et s'étire sur un rayon de plus de soixante kilomètres. Une plaine qui ne connaît pas de limite. Y ayant passé son adolescence, Rocco la sent dans sa peau comme une lionne dans une savane de pierre et de béton. Chaussures *made in Italy*, avec des talons hauts pour l'élever de quelques centimètres, chapeau à la Borsalino pour lui conférer l'illusion de son importance, il fait du porte à porte. Sa femme, ses enfants, ses parents, ses cousins, ses tantes et ses oncles, sont de la partie. Il faut bien convaincre la tribu de voter pour Rocco aux élections provinciales, puis nationales. Il finit au Parlement et Ministre de la Communication, poste qu'occupait un ukrainien qui, lui-même, a mis en déroute un Polonais.

Entre temps, c'est la course folle contre la saleté que Rocco ne voit que d'un œil de lynx. Il ne peut la contrôler que dans ses moments de haute surveillance. Avant de quitter son travail dans mon enceinte considérée sacrée par toute sa famille qui m'a édifiée de concert, il va semer quelques zizanies de rapace. Personne ne lui volera sa place, déjà réservée à un cousin éloigné. La maintenance qu'il briguait tant comme un enfant sa sucette, il la rejette à présent. Rusé plus que génial, il préfère tisser sa toile pour piéger l'adversaire que de se laisser ligoter lui-même. Pour lui, tout doit être *nickel*. Aucune crasse, ni vraie, ni virtuelle, ne doit ternir le sol.

Rocco ne découvrira jamais la présence inquiétante d'un homme costume trois-pièces, portant lunettes et attaché-case, qui vient chaque jour passer un long moment dans mes escaliers en colimaçon. Tous les employés sont convaincus que mon système ne tolère aucune panne. Personne ne pourra décharger les accumulateurs, même en court-circuitant mon dispositif d'alarme et de secours. Comment cet intrus a-t-il pu découvrir la porte secrète de mes escaliers ? Dois-je craindre une menace ? Viendra-t-elle de ce troublant personnage qui passe comme un fantôme ? Ou de

105

l'invasion de spectres virtuels qui prendraient chair dans mes sous-sols ? Voilà maintenant que j'appréhende l'éventualité d'une faille, moi l'arbre à paroles homologuées. L'homme n'aurait-il pas greffé à ma base le rameau du fruit défendu ?

Je suis l'arbre géant qui produit les mots, ces fruits empapillottés de billets verts. Pas besoin de m'arroser. Mes clignotements perpétuels pulsent ma présence par un rythme régulier, rehaussé le soir par les jets de puissants projecteurs qui mettent en scène mes paroles. A la manière de mon chef qui régale ses convives de ses recettes «nouvelle cuisine», je laisse parfois, moi-aussi, mes entendants sur leur faim. De quoi de plus veulent-ils être rassasiés ? Mon lyrisme suffit.

Rien ne taraude Rocco et tous les employés, sauf la faim haletante du pouvoir. Son expédition pour enrayer la saleté ne va pas plus loin que les bordereaux qu'il distribue aux chefs de service. Des pluies violentes me lavent et me corrodent. Elles ne changent rien à mes transmissions. Elles n'irriguent aucune nouvelle. Le temps des pluies fait glisser mes mots. Je ne contrôle en aucun cas ces êtres que j'ai mis en place au petit bonheur la chance. Je ne joue pas au Bon Dieu qui tire les ficelles de ses poupées, dans la douce ignorance que certaines se révolteront un jour contre lui. Je tente de tamiser quelques frémissements. Hasard et nécessité. Faire ricocher les mots sur le lac Ontario, miroir de ma parole dé-portée. Elle ne m'envahira jamais. Je reste sur la pente glissante des idées. Je ne les cache point puisque je les profère du coin des lèvres de mes antennes. Pareilles aux nids d'oiseaux sur des branches solitaires.

TOUR 9

Pourquoi cet Intrus me tourne-t-il autour comme une abeille folle ? Moi, structure rigide, fleur sur sa tige, et qui ne perd jamais son pollen : la voix. Objet mort qui contient une vie de paroles sans cesse oxygénées. Verbe vibrant que je transmets en images. Tout le monde sait que je capte les sensations et les pensées à n'importe quelle distance. Mes appareils fonctionnent au quart de tour. Ils dotent de survie ces images surgies de mes antennes, plus que le fruit de certains esprits plus ou moins perspicaces. Ces allées et venues prises par des capteurs coincés à des angles inattendus. Sans parler des scènes dramatiques qui surviennent le long des journées. Enregistrées, elles deviennent des moments historiques, et sont immortalisées, une fois mises en conserve sur pellicule. Celle-ci est plus résistante que tout papier que l'Intrus a pris l'habitude de ramasser et qu'il plie et déplie avec soin et affection.

L'Intrus ne fait que piquer n'importe quel papier pour y griffonner des mots, des notes qui resteront à jamais lovées dans leur anonymat. Certains clichés sont plusieurs fois écrits : «*la Tour me joue des tours pendables. Quels détours vais-je prendre pour saisir son tour de taille ? Faire tourbillonner ses atours d'un tour de main. Toujours ce tour d'horizon qui me détourne de ses contours*»... Religieusement, il déplace ces messages de poche en poche, du pantalon à la veste, de la chemise au gilet. La nuit, il les classe dans des chemises ou les jette pêle-mêle dans des tiroirs, sur les meubles, sur les tables, sur les chaises, selon un système connu de lui-seul. Caprice et imprévisibilité ! L'on dirait qu'il cherche à insuffler un semblant de vie à ce qui manque de vie. Autrement pourquoi activer et réactiver ces bouts de papier comme un écrivain qui perd le fil de ses pensées ?

Par une vigilance de verre, je suis capable de suivre cet Omniscient qui se jette dans mes bras de béton comme l'enfant perdu qui revient au giron de sa mère pour enfouir les tortures du jour. Mes escaliers de secours que personne n'emprunte, l'aspirent même lors des sonneries d'alarme qui font intervenir les pompiers. Ils incarnent, pour lui, une nostalgie. A eux seuls, ils veulent raconter sa vie. Non en reconstituant ses notes gribouillées sur papier, mais en s'épanchant, dans une candeur fragile, sur des tourmentes qui le traversent. En me fixant d'un regard d'acier, il voudrait me traduire ses pénombres, sa solitude, ses privations et ses besoins sans malice. J'ai alors la sensation de mon image, de ma sveltesse, de ma hauteur. Je glisse en lui. Il se profile en moi. Et nous voilà plantés l'un dans l'autre, semblables et différents. Parfois, nous formons ensemble un être de silence et de blancheur qui capte la marche du temps, esquisse des relations précaires et met un grain de vie dans la solitude.

Mais je n'entre pas dans sa folie même s'il cherche à ériger un monde à ma hauteur. Comment pourrait-il y arriver lorsqu'il se cantonne dans des errances fantasmatiques, parfois très violentes ? Comme le jour où il eut l'idée de mettre le feu dans l'église de Hari Krishna, sur *Avenue Road*. «Pour purifier, dit-il, cette magie qui vient d'ailleurs.» Il peut dire ce qu'il veut, lui, qui est toujours au soins de sa personne pour qu'elle ne soit contaminée ni par la pollution, ni par les idées subversives, ni par la foule, alors que chez lui n'est qu'un fatras incroyable d'objets accumulés sans goût, des paperasses semées partout, une poussière rebutante qui recouvre des meubles spartiates et un lit bancal. Mais de là il peut me contempler à loisir, qu'il soit couché, assis ou debout. Je suis sans cesse devant lui, sublime et mystérieuse, terne et illuminée, aguichante par mon clignotement infatigable. Comme un Esprit-Orignal, je l'effraie et je l'attire. Quelle mission impossible, sa folie va-t-elle déclencher dans mon charme ? Ramasse-t-il ses papiers pour satisfaire sa pyromanie ? Dégoûter les touristes en les éparpillant à mes pieds ? Les recoller pour bloquer l'entrée et ainsi me priver de mon *bread and butter* ? Peut-être s'obstine-t-il à croire qu'il est seul digne de capter mes vibrations parce qu'elles sont sa propre voix ?

Pour lui, j'incarne en effet le défi et le succès de la Ville Reine, l'élément indispensable qui nargue la mort. Pareil à l'amour qui triomphe de tout. Sans craindre les dangers, les entraves ou les peaux de banane. L'amour qui serpente et fonde tout courant... J'ai fait mes preuves. Je suis capable de tout. Rapporter la vérité et la faire découvrir. Déraciner les nouvelles et les enraciner par amour de fraîcheur et de coups de cœur. Herbes folles, elles font danser les foules dans les tempêtes de neige et les soleils torrides. Je résiste aussi aux vents qui souffleraient à quatre cent dix-huit kilomètres à l'heure, aux avions 747 qui viendraient s'écraser sur moi. Eux seront débris. Quant à mon corps à peine blessé, il retrouvera sa carrure dans la nuit des temps.

111

Je viens d'apprendre le nom de mon intrus : Symphorien Lebreton. Obsédé, il perçoit la menace partout où il s'aventure. Il tente sans relâche de passer inaperçu. Il se faufile dans les queues d'attente, les groupes de touristes, les visiteurs d'écoles. Il se fond en eux comme l'Homme invisible qu'il meurt d'envie d'incarner… Plus il se fait petit, plus on le remarque comme un pouce bandé dans sa douleur. Ce qui le confirme dans sa conviction de «victime perpétuelle», lui le Français importé dans l'anglomanie rampante.

Écureuil noir heureux d'avoir sa *peanut*, Symphorien la cachera dans un tronc d'arbre. Il se précipite vers la porte de secours au lieu de prendre l'ascenseur. Il s'assure que personne ne le voit, court placer, avec soin, quelques-uns de ses bouts de papier dans les fentes et les creux d'escalier. Il croit nourrir ainsi ma base, me gaver de ses mots-talisman, de ses bulles cérébrales. En tout cas, je demeure sur mes gardes. Aucun employé ne s'aperçoit de ce jeu d'échiquier : Mouvements intuitifs sans parole, sans musique, sans lumière. Il profite de l'occasion pour entretenir l'espoir de faire transiter ses pensées au monde entier, et pour embellir son génie qui, ayant pris langue de ce sol, est, lui semble-t-il, célébré dans les musées de l'imaginaire. Dès lors, il sera le lauréat du Prix Trillium, lui qui a réussi à transcrire ses élucubrations sur papier, à toiletter sa gorge laborieusement, à plumer ses idées amoureusement, à cultiver sa langue maternelle tant malmenée par ces étrangers aux allégeances douteuses, ces immigrés récents qui ont débarqué sur sa terre blanche pour picorer ses trouvailles et manger sa galette-saucisse.

J'affiche mon triomphe au nez et à la barbe de tous les envieux. Je sévis dans le «sain et sauf», sur toute surface conductible, de manière à contrecarrer les deux cents coups d'éclairs par an qui s'abattent sur moi, sans cligner de l'œil! D'autre part, j'ajuste saisonnièrement mes éclairages afin d'épargner toute fatalité d'oiseaux. Toutes ces adaptations naturelles contre les intempéries et la sauvegarde de notre faune ne peuvent qu'inciter un cerveau gruyéré à trouver la faille pour me porter préjudice. Ce *Frog* omniscient de dernière heure se tord le cou à fixer mon antenne. La contempler, ravi, bavant d'illusion d'atteindre le ciel et donner libre cours à toutes les vengeances. Orienter ses temps de loisirs en vilenies. Irréparablement blessé, il entend infliger sa haine implacable aux faces toutes couleurs. A tous ceux qui ont mis la main au ciment et au mortier pour m'ériger. Moi qui transmets leurs langues... Quel blasphème pour cet «Implanté» qui se croit plus blanc que *Mr. Clean*, plus pur que les «pure laine» Québécois !

Voilà que je me demande si mes vibrations n'ont pas déclenché son séisme ? A-t-il l'intention de me nuire ? Il craint sans doute que je le découvre. Curieux que les gardes et les employés ne se soient aperçus de rien! Nous avons si bien joué, tous deux, au jeu du chat et de la souris. Symphorien tient à démanteler le système que j'ai mis en place. Je ne pourrai jamais aller à sa rencontre pour l'écarter de ses intentions funestes. Le convaincre qu'il fait fausse route. *Nobody can fight City-Hall*. Sa violence monte-t-elle comme le lait sur le feu ? Suis-je en train de devenir aussi parano que lui ?

Il est vrai que je suis un aimant puissant qui attire les excentriques de tout poil. Des gens *streaked down* les 2570 marches de mes escaliers. Nus comme des vers luisants, dégringolant sexes à l'endroit et à l'envers. Certains se sont délibérément foulé la cheville ou cassé le pied pour des retours d'assurances assurés. Certains ont escaladé les marches en motos, avec des *pogo sticks*, charriant des pianos, des réfrigérateurs ou démontant une Jeep Suzuki. Tant d'autres exemples que je ne saurais mentionner. Par prudence et par objectivité. Notons, cependant, que Brendan Keenoy accomplit la montée la plus rapide — un record — en sept minutes cinquante-deux secondes, en 1989. On s'est jeté du *Skypod* avec ou sans câble. Remonté en araignée sur les fenêtres en verre à l'extérieur. Tout cela pour dire que chaque fois qu'il existe un record à établir, l'on va se précipiter pour l'annuler et prendre la place du premier.

La surenchère galvanise les esprits. Il faut se dépasser à n'importe quel prix, se surpasser pour obtenir le premier prix, quitte à tuer les compétiteurs qui se disent frères dans l'adversité. Je ne suis pas alors étonnée qu'on veuille me nuire de n'importe quelle façon. Aujourd'hui première Tour du monde, j'ai devancé la New Yorkaise, la Moscovite et la Parisienne... C'est quand même un accomplissement de première grandeur qui ne manque pas de gonfler la horde des envieux ! Et pourtant, je m'endors toujours avec mes angoisses, et j'en profite pour recouvrer ma lucidité.

114

Interné au *Queen's Hospital* pour avoir battu un caissier qui refusait de le faire passer avant ceux et celles qui avaient fait la queue pendant trois-quarts d'heure, Symphorien se trouve sous haute surveillance. Mais suite aux innombrables interventions de sa mère, les avocats et les assistantes sociales qui ont été largement payés pour justifier ses innocentes rentrées et ses folles sorties dans cette foire du délire, Symphorien est dopé de calmants qui le maîtrisent le temps d'une crise. Puis un jour, le sang-froid revient avec la neige et le verglas. Les infirmières n'ont plus de mal à se faire obéir. Madame Lebreton sort son fils de cette auguste maison, comme une fleur des champs d'herbes folles et l'installe dans un appartement, rue King Ouest, avec une baie vitrée à l'Est qui lui offre une vue magnifique sur la ville. Mirador d'une réalité aimante proche et lointaine. On dirait qu'il vit dans un bocal et tout Toronto s'étend devant lui. Et moi, j'occupe son centre d'attention puisqu'il peut à la fois profiter de mes élans vers le ciel et classer ses petits bouts de papier selon l'inspiration du moment. Il les ausculte d'abord, palpe un peu leur contenu comme s'il évaluait le degré de douceur d'un fruit exotique. Il s'assure que ces papiers de formes et de couleurs diverses contiennent une vérité bien décrite, une situation bien observée, un tour de phrase bien réussi... Des «joyaux» originels avec lesquels il composera les secrets de sa vie intime. Les mots dont il a honte ou ceux qui peuvent être compromettants, il les enfouit dans son sofa délabré. Là, il s'affale après une agitation qui le secoue de haut en bas, puis le sommeil l'assaille. Dans les bras de Morphée, les cauchemars défilent, laissant des traces de la journée dans son âme endolorie.

Lorsqu'il se lève le matin, il ne peut m'éviter. Je suis loin et je le domine. Son regard fixe n'ose faire demi-tour pour s'échapper vers le Lac Ontario, ou *Harbourfront*. Hypnotisé, il croit que je lui tends l'antenne. Une mère qui ouvre les bras pour embrasser son fils. Une amante qui l'étreint de la tête aux pieds. Soudain, il se réveille et me perçoit comme une ennemie, une concurrente qui se lance à l'assaut de sa vie privée. A travers la vitre qui nous sépare. Le mur en verre de son appartement m'expose à l'immobilité de son regard, à la colère suscitée par mes clignotements. Comme ces feux en délire qui accompagnent les sirènes sur les toits de voitures de la Police. Seul le signe *To serve and protect* sur les portes reste imperturbable. Et le voilà furieux, cassant la vitre à coups de barre de fer. Il s'acharne contre ma silhouette, bat l'image en ennemie volatile, me brise en mille éclats, tout en appelant au secours. Ameutant les voisins, il dénonce mon imposture, prétextant que je fonçais sur lui pour le trahir et le dénoncer. Et il se met à crier de toutes ses forces :

— *Elle ment. Elle ment. Colporteuse de ragots. Salope. Tu n'arrêteras pas mon travail d'observation. Je t'aurai, toi et tes secrets. Les scandales de tes employés. Ta victoire aux compétitions... C'est de la merde... que je ne donnerais même pas aux cochons! Ouvre ta gueule, dis-leur que je t'espionne et que je note sur papier ramassé dans les poubelles tes secrets de Polichinelle... Je les briserai. Pareil à cette frontière que je fracasse.*

La police et l'ambulance interviennent. Mais il s'est déjà lacéré les mains et les bras à force de briser la paroi qui nous sépare.

116

Les jours de brume, il palpe mes escaliers de fer comme s'il voulait se marier à mon importance. Héros glorieux de mes forces créatrices à l'entrée qui abrite vingt-quatre écrans, il vient jouer sur mon propre terrain au vu et au su du monde entier. Il pourrait regarder à satiété, participer à une variété de programmes télévisés transmis par mes soins. Et il s'identifierait à ces visages, à ces corps, à ces mains s'imprégnant d'informations qu'il coucherait sur papier pour les besoins de sa cause. Mais rien. La rampe sur laquelle s'accoudent les visiteurs lui semble comme une perche que je lui aurais tendue pour le tromper... le pousser vers un guet-apens où il ne conclurait aucune alliance.

Au milieu de ses meubles en papier, ses bibelots en papier, ses coussins en papier, jusqu'à ses serviettes de toilettes et ses mouchoirs en papier... il a l'air d'être lui-même une armature où la graphie justifie son existence, donne corps à ce décor fait maison. Justement, sur son corps comme sur ceux des objets qui l'entourent, des phrases d'un écorché vif. D'un auteur omniscient qui se parle à lui-même. En guerre avec ces objets qu'il vient de couvrir avec des mots de haine, des mots d'amour. On peut suivre les méandres de son écriture de chat cauteleux sans trouver leur cohérence, même s'ils biberonnent un chaos de sens capable de démanteler ma propre silhouette. Si je pointe mon regard sur lui, c'est parce que je sens son désir ouater les traces de ma voix dans ce récit... Peut-être est-il hanté par ce projet dont il craint de ne formuler que l'intention. Lorsqu'il se dirige vers les escaliers, sans doute par intérêt d'observation et d'écriture, il va y planter ses papiers. Vit-il parmi nous ? Ou écrit-il pour fuir une réalité insupportable ? Fréquente-t-il les rouages de ma caverne pour en saisir le mécanisme, puis tirer sur la gâchette afin de bloquer le flux de mes images et me réduire au désespoir, au silence infini...

Je le vois rôder à petits pas saccadés. Nerveux dans sa verticalité de pacotille. Pas de pelouse à piétiner. Un sol bien cimenté où ses pas ne pourront accorder aucune harpe de la parole. Un peu perdu comme Pete Deloon à la recherche de l'amour et du travail. Comme Rocco Cacciapuoti inventant les stratégies friables du pouvoir. Comme Marc Durocher s'effaçant derrière les terrains bourbeux pour que sa révolution paraisse naturelle. Tout détruire pour bâtir de nouveau.

Kelly King tourne la clé de la bourse fragile et lumineuse de l'amour. Un angle de vue qui domine les jardins du désir. Elle croise Souleyman qui vient de traverser le *Jane Finch corridor* où il habite. Elle n'ose lui ouvrir son cœur, lui dire sa passion pour Pete qui ne sera jamais racontée sur les ondes. Il est son ami, il gardera le secret. Kelly avance, hésite. Les frémissements de son épine dorsale la secouent comme le flacon que l'on doit agiter avant de s'en servir. Elle tourne en rond rivée à mon observatoire.

Kelly habite en effet tout en haut d'une montagne de béton armé émaillé de verre qui abrite des regards indiscrets. Entre ciel et terre, elle a pour voisins des canards sauvages, des mouettes et des jais bleus. A bord de son module quotidien, elle fait tourner ma logique «suspecte» comme si elle vivait dans un tipi au bord de la falaise à pic de Toronto. De temps à autre, elle rencontre Marc sur la terrasse d'observation intérieure arrimé à son «Ile au trésor», son doux Québec, dont il dessine les contours de bonheur en coupeur de bois à la hache. N'est-il pas contre tout, rongé par cette ambition où tout est possible ? La tête dans les nuages, il galope dans les cursives qui construisent des châteaux en Saint-Laurent. Amputer, une fois pour toutes, le pays pour qu'il puisse ne parler que la langue de Molière. Ne grimper que l'échelle de l'utopie. Se débarrasser de la langue de Shakespeare pour que l'air se purifie. Ne plus se servir de cette lampe merveilleuse pour flotter dans les publics savants et lettrés. Seulement voilà, son rêve se promène, avec une lampe à huile, dans une roulotte bancale, une sorte de bibliothèque souterraine où il a accumulé des chansons de gestes qui ne lui appartiennent pas. Un amour courtois dont il ne connaît plus les secrets. Plus de feu de bois pour partager la passion d'une vie.

Je n'ai point d'âme, mais une personnalité qui impose sa carrure. Mon pouvoir donne le vertige, et parfois le prestige.

TOUR 10

Trait-d'union entre ciel et terre, je n'ai pu réconcilier Pete et Twylla. Ces amoureux de la Première Nation qui ont gâché l'entente qui les liait aux poings. L'attrait d'une Anglophone haut placée a tout fait chavirer. D'un seul coup de trait! Peut-être est-ce dû à cette errance désespérément inscrite dans la chair de l'Amérindien ? Lui ne peut s'astreindre à l'immobilité spatiale ou à la fixité d'une relation. Pas plus à sa femme qui lui est fidèle malgré la tradition qui lui donne tant de liberté. Au lieu de peindre ou de sculpter le portrait de Twylla, j'aimerais émettre quelques reliefs saisissants. Non pour les fixer dans votre imagination, rien ne dure ces temps-ci, mais *just to be on the record*. La beauté de Twylla, poivre céleste, relève l'intelligence de son regard. Flamboiement de l'intérieur qui rééquilibre les miroirs affolés de sa présence. Si elle s'efface par modestie, c'est qu'elle s'affirme pour rendre à la vie toute sa saveur. Twylla possède le charme et l'art de vous attirer à elle comme la mer aux fleuves vagabonds. Pénélope abandonnée dans la réserve, elle attend en vain le retour d'Ulysse! C'est l'image d'elle que fait circuler ce Canadien errant moderne dont les déplacements ne sont en réalité que des effets de surprise. Son départ inopiné vers la ville reine l'a laissé dans une gêne lourde de conséquences. En réalité, toute sa vie, elle a eu à se battre pour le moindre privilège. Vous la vexeriez, si vous lui disiez qu'elle a eu la vie facile. Abandonnant l'école à l'âge de seize ans, elle a dû travailler le jour, et poursuivre ses études la nuit. Par correspondance pour ne pas nuire à ses revenus ! Contrairement à certaines femmes, Twylla ne tient pas à être aimée, mais respectée dans sa fierté natale. Avec des entrevues exclusives sur les airs, tout le monde lui tire le chapeau à terre. Un tour de force qui surprend et commande le respect.

Le Magazine *Châtelaine* l'engage pour traquer l'insolite chez les femmes de mérite. Mais elle n'oublie pas qu'elle vendait du *Kool-Aid* à six ans pour être son propre patron. A douze, elle devient entraîneuse d'athlètes féminines et tente de les faire distinguer par la communauté. Sportive, elle pense que lorsque le corps acquiert de la force, l'esprit s'en ressent. Jamais elle n'a appelé de ses vœux les grand-messes sportives ! Tolérante, elle fait de beaux *speeches* contre la violence. Son discours n'a rien de politique. Plutôt un cri du cœur qui ne s'adresse malheureusement qu'aux convertis. Ses mots coulent pierres à savon. Sortis de sa bouche, ils s'enroulent, chapelets d'amour serein, autour de la quenouille de sa mère. Tout cela pour prouver que la vérité première ne peut jamais s'effacer : la terre qui nous possède ne revient qu'au Grand Esprit. Au passage, nous l'écrasons de nos pieds maladroits, sans apprendre à mourir !

Avant d'arriver à cet épanouissement qui lui vient de si loin, et rare même chez les Amérindiens, Twylla a vécu dans sa chair le passage douloureux de l'oppression à l'émancipation. Quand elle est tombée amoureuse de Pete, elle croyait que cet amour allait la réconcilier avec son héritage millénaire, sa mythologie qui alimente son train de vie quotidien et lui procurer des moments de bonheur vécus entre chair et ruissellement d'affection. Denrée rare que l'on ne peut pas acheter au supermarché. Mais quand l'amour est descendu sur elle comme une foudre lactée et bénie, elle ne sut plus de quel côté se tourner. Désorientée le temps des amours amantines, un parfum de paix s'est vite mis à sourdre de sa personne. Musc de vie qui la comble. Contrairement à Kelly dont la peau s'écaille et se boursoufle par surcroît d'angoisse, elle est, à présent, repue de certitude. Si Kelly se déchaîne parfois en ouragan, Twylla, brise légère, ménage ses devants. Bourdonnante rumeur intérieure qui apaise. A la naissance de son fils, «le moment le plus exaltant de sa vie, dit-elle», elle se consacre à la maternité. Mais à présent le fils a grandi et les mandats n'arrivent plus de la ville reine. Son sentiment d'être abandonnée s'étant métamorphosé en révolte retenue, elle se drape dans une cape écarlate. Sagesse innée d'une expérience qui vient de loin. Twylla sort de son humble maison, emprunte les chemins ardus qui mènent à la capitale de sa Province. Il est temps, pense-t-elle, de défricher le terrain miné d'embûches et de me pencher vers ce destin qui va surgir de mes entrailles.

Personne n'a tenu compte de l'arrivée, à point nommé, de Twylla, une funambule sortie de sa réserve pour reconquérir un mari vagabond qui n'obéit qu'à ses lubies. Pete est malade de ses amours extra-conjugales. L'Anglaise, une sangsue, le suce en silence, sans laisser de traces sur sa peau cuivrée. Au courant de tout, Twylla débarque sans crier gare à Toronto et s'installe au *Y.M.C.A.*, son quartier général. De là, elle saura naviguer dans les arcanes administratives. Internet sans ordinateur !

Twylla décide de s'adresser à Rocco Cacciapuoti. Et comme elle fait du journalisme à la pige, elle a su le charmer. La mèche du Petit Napoléon virevolte à son insu pour désapprouver cette intervention audacieuse et saugrenue puis se calme en se collant sur la partie chauve du crâne. Il vaut mieux se débarrasser de cette fille de la Première Nation en lui faisant une faveur, décida, malicieusement, l'immigré récent qui entend prendre ainsi sa revanche sur l'histoire! Ces idées germent en lui comme dans sa *cappucineuse*. Le tour est joué. La mèche a planté l'idée. A ce moment, le Ministre de la communication propose à Twylla de l'envoyer en mission en Malaisie. Assister à l'inauguration de la Tour Menara de Kuala Lumpur. Elle devra faire un rapport et un article. Calmer les fausses rumeurs propagées par les journaux asiatiques. Toutes sortes de propagandes pour dire que cette Tour est la plus haute du Monde. Oubliant de me nommer! Quelle disgrâce...

Saura-t-elle chasser un scoop des profondeurs de l'autre tour ? Qu'à cela ne tienne! Twylla est bien décidée. Son énergie enfouie sous cet air débonnaire et léthargique l'aide à se concentrer. Elle vient de gagner son premier pari : «Il faut s'adresser au sommet de la pyramide, si on veut la grimper. Jamais aux intermédiaires, ni à la base.» Son sang-froid a désarçonné le Ministre Cacciapuoti. Mission miracle qui lui est tombée sur la tête quand elle ne s'y attendait pas. Elle va relever le défi de partir à la conquête du nouveau langage des tours pour faire trôner ma réputation auprès des grandes audiences du monde entier. Chemin ardu que celui de traquer l'insolite dans la machine médiatique ! Twylla est prête pour l'aventure.

Je ne vais pas décrire le climat dans lequel elle va vivre pendant cette mission-gâteau qu'on n'octroie pas au premier venu. Elle est, maintenant, installée en première ligne, là où se fait l'histoire. Esprit indépendant, elle n'agit pas à rebrousse-poil de l'événement. Fidèle à elle-même, elle fait confiance à son intuition des écarts et saisit l'envers des choses comme si elle se peignait les cheveux pour en faire des tresses impossibles à dénouer. Le manquement de Pete relève de la tragédie dans le foyer de l'intime. Et Twylla, prête à reconquérir le terrain perdu, se lance corps et âme dans la bataille qui se joue dans son sein. Il ne s'agit pas de vaincre ou de ramener au tipi ce mari égaré dans les ronces de l'amour, mais de ramasser ses forces avant de bondir, tigresse de l'avenir. Twylla brûle les étapes sans se briser la cheville. Elle consulte Souleyman, l'ami de Pete et le mari bien rangé dans le conventionnel de la tradition. Le courant passe. Ils abordent les traquenards à tirer au clair. Pete doit sortir du marasme où il s'est confortablement installé. Malgré toutes les spéculations, ils se sont rendu compte que, n'ayant pas goûté le doux-amer de l'amour engloutissant, Pete n'est pas encore arrivé au stade suprême de l'illusion. Peut-être ce voyage impromptu de Twylla, la légitime, va-t-il lui offrir une porte de sortie. Mais la légitimité ne veut plus rien dire de nos jours. La pluie qui fait germer l'amour des plantes et l'amour tout court se déverse sur tout monde. Personne n'y fait attention. Sauf quand elle gêne un peu les piétons qui ne sont pas nombreux dans ce pays super-motorisé jusqu'aux aisselles.

Je ne fais pas monter les paroles de Souleyman et de Twylla au ciel. Je tente de cerner leur réel terrestre qui circule dans mes veines d'acier. Je vous confie la voix des Sans-voix. La rumeur visible de ces personnages qui se côtoient sans se toucher. Pour ne pas dire sans se parler. Je ne me sens pas passerelle envers ces personnages qui entrent et sortent de mes entrailles. Je les observe assez minutieusement pour ne vous en donner que le vernis. Et tout ce qui brille ne vaut pas vingt-quatre carats. Comme notre époque méprise les visionnaires, je ne vais pas jouer à l'apprenti sorcier, au gourou ou au prêtre accroché aux confessions plus ou moins perturbées. Les peines ressenties par Twylla et confiées à Souleyman resteront lettre morte. Pendant la confidence autour d'une tasse de café prise à mes pieds, ils ont échangé des regards pleins de complicité. Des liens insoupçonnés. Ce que je sais pourtant, c'est que Twylla croit que son mari est au stade de la folie. Ses ébats amoureux laissent Twylla froide comme une effigie de l'art italien. Et personne ne pourra l'extraire des murailles qu'il a construites de ses propres mains. Seul le Chaman de Brantford pourra tracer les courbes des penchants qui le taraudent, et le faire glisser sur la luge de mon profil aigu. S'il ne réussit pas, il lui faudra un sorcier qui, par une transe tyrannique, l'enverra se dorer sur la rive opposée du lac Ontario. Il traquera en lui l'emprise de l'Esprit-Orignal dont parlait le passeur Souleyman. Son air amusé et tendre, envers Twylla, indique bien qu'ils sont tous les deux d'accord : le fantôme, l'âme du père de Pete (décédé depuis trois ans), rôde dans le corps du fils. Et quand cet intrus venu de l'au-delà se manifeste fortement sur la terre ici bas, il ne faut pas le priver de sa liberté.

Dans ce domaine, Twylla ne se sent pas exilée. Elle comprend cette folie authentique qui ne se soigne que par effets chamaniques. En cas d'échec seulement, elle aura recours à la médecine américaine. Entre-temps, comme le Chaman est lui aussi sorcier ou fantôme, elle lui confiera cette mission dans les territoires des rêveries. Du coup, Twylla se sent plus libre que l'aigle et plus légère que le papillon. Le sourire de désarroi qui couronnait son visage a disparu. A travers cette nouvelle solitude, elle advient.

Finalement Twylla s'envole pour Kuala Lumpur. Retrouvant le rythme de ses intenses réflexions, elle se lance dans la lutte contre ce monde de la compétition outrageante qui vide les boyaux de nos désastres intimes. Excitée par cette femme énigmatique qui vient de disparaître de son sol natal, je vais la suivre en esprit-antenne. Je capterai son verbe comme elle sent, elle-même, mon omniprésence. Toutes les deux, nous serons constamment l'une en face de l'autre, même si elle côtoie la Mer de Chine du Sud et moi, le bord du Lac Ontario :

— Tour CN, tranquillise-toi, La Menara de Kuala Lumpur est loin d'atteindre tes hauteurs. Personne ne t'a encore désarçonnée.

— Alors quels sont ces rumeurs enfantines qui la célèbrent comme la première du Monde ?

— Du monde asiatique, oui, mais pas du monde entier! Elle n'arrive que la troisième.

— Alors pourquoi aurais-je à craindre avec tout le prestige que je porte à la hauteur de la nation ? De qui ou de quoi dois-je me méfier ?

— De personne. Mais s'il y a malheur, cela ne peut venir que de tes entrailles.

129

— Tu vois bien que je poursuis ma quête intérieure, comme la pierre qui se confie au vent. Comme une de ces mille îles qui parlent au Saint Laurent.

— Ma parole, tu deviens lyrique. Ne sors-tu pas de tes gonds pour bondir dans un espace qui ne t'appartient pas ?

— Parfois je me hasarde dans des cieux invendables. Juste pour faire du bénévolat. Sans gagner le paradis. Consacrer du temps pour ceux qui se disent maudits.

— Je te vois venir avec tes sabots d'acier. Tu veux dire l'autre peuple «fondateur» et celui de la Première Nation!

— *All right*! On me reproche déjà le flux des dollars vers mes banques. Les Assurances et les capitaux qui se déplacent, se sauvant de la Belle Province à celle de *Yours to discover*. De la fleur de Lys pour se nicher dans le Trillium. Est-ce ma faute si je refuse d'amputer le pays ? Le Québec est aussi vital pour moi, Tour torontoise, que les Autochtones.

— Assez d'hypocrisie! Tu profites de hard cash, et tu nous saupoudres ton lyrisme pour nous calmer.

— Si j'arrête la *subventionnite* dont je vous ai infestés, c'est pour que vous releviez le défi de la concurrence et de la compétition.

— Ce n'est pas à toi de nous montrer le chemin. Nous sommes majeurs et vaccinés ! Je ne défends pas les Séparatistes, mais ceux et celles qui veulent prendre leur destinée en main. Les exclus et les marginaux sur le chantier des Sans Emploi!

— Encore de la morale! A bon marché... Encore la *Chip on the shoulders* et il nous faut vous pardonner... Que voulez-vous ? Vous restez toujours sur la défensive.

Pourtant je ne fais que déparler dans votre langue. Et j'unifie, du haut de mon chapeau, cet anglais-américain sorti tout frais de tant d'anglais métissés...

— Tu as investi toute ton énergie pour diviser et régner. Ton adage des vieux temps! Aujourd'hui revitalisé par la technologie de pointe qui nous vide de notre «spiritualité», et nous jette sur les tas des chômeurs professionnels !

— Moi aussi j'ai dû me vider pour me distinguer ! Voyez un peu mes messages médiatiques qui ne donnent même pas aux immigrés récents l'envie de s'intégrer ! Dans cette nation fragmentée en ethnies, on oublie, dit un Québécois, que «la nation est essentiellement une réalité culturelle».

— Parlons-en... de ces cultures... Tu reproches aux Séparatistes, aux Autochtones et aux Allophones leur ethnocentrisme ! Et que dis-tu, entre-temps ? Aux Amérindiens de se cloîtrer dans leur tipi d'héritage... Aux Québécois de s'enfermer dans la liturgie de leurs églises ou de leurs casinos... Aux Italiens de se dépêtrer dans les milliers de kilomètres de spaghetti... Aux Chinois de patauger dans leur sauce aigre-douce... Et à ceux de Hong Kong de construire de nouvelles banques pour maintenir cette valeur essentiellement canadienne : la survivance!

— Tu oublies que c'est moi qui t'ai appris à plaider de la sorte.

— Oui, mais tu n'en continues pas moins de m'emprisonner dans mon passé. Et de m'affirmer qu'il est «prestigieux», sans le prendre dans le giron de ta «spiritualité» qui s'appauvrit de jour en jour... Comme les langues officielles!

131

— Ça c'est un autre chapitre. Tu ferais mieux de t'occuper de ta mission... J'attends tes découvertes.

A Toronto, le coucher de soleil ce soir-là ranime les gratte-ciel de leurs couleurs automnales. Le doré des banques vire vers l'orange et creuse le foncé autour du brun. Le gris du béton se nuance en tonalités chatoyantes, assumant la brillance d'une vie calme et tranquille. Le vert se mire dans les réverbérations du verre qui se liquéfie dans une réfraction mirobolante. Le jaune des rayons solaires balaie le noir acariâtre du *Dominion Center* qui, lui, sourit l'instant d'une jubilation rare. Le rouge domine en incendiant toutes les couleurs. La ville s'embrase. Ses bâtiments se vêtent de la luminosité automnale des parcs et des forêts.

Et pendant que Twylla Blue poursuit sa quête dans la Menara Kuala Lumpur, ce phare asiatique qui pérore sa vengeance en me déniant le sublime des hauteurs, je tente de substituer mes mécanismes habituels en jetant un regard vers le passé. Vers la Tour de Babel qui a sacrifié tant de vies, ruiné tant de colosses et, depuis, fait couler tant d'encre.

Mais le mythe est-il toujours pourvoyeur d'informations objectives ? Peut-il changer en quoi que ce soit l'invention de notre manière de vivre ? Quand Babel a semé tant de malentendus dans les esprits, comment moi avec toutes les technologies de pointe pourrais-je éviter les chemins ardus de l'ambigüe ?

TOUR 11

Au fait, je ne me prends ni pour la Tour de Babel, ni pour la *Ziggurat*, ce piédestal géant, aménagé tout spécialement pour permettre à la divinité de descendre sur la terre. Temple d'accueil, Maison du Haut-lieu dressée en sept étages disposés en gradins juste au cas où un Bon Dieu quelconque dans les temps anciens aurait daigné jeter un piètre regard sur ses créatures! Aujourd'hui, je ne sais pas si l'Esprit-Orignal voudrait bien atterrir et reconnaître la folie de Pete. Mais, au fait, est-ce une folie que d'aimer dans un siècle où l'on manque désespérément d'amour ? C'est le cas du lunatique Symphorien Lebreton qui nourrit mes escaliers de petits papiers, de messages d'amour. Et maintes fois, il se prosterne devant ces escaliers comme s'ils étaient le Mur des Lamentations... Il n'émet pas de vœux pieux, mais un désir de me consommer chair vive, car je n'ai pas cessé de l'envahir et de le posséder !

Dans les temps immémoriaux, Dieu, en Tour Babel, mélangea le parler de toute la terre. Ainsi, Il sema la discorde entre les peuples et fit proclamer la confusion comme style de vie ! Au jour d'aujourd'hui, les choses se passent autrement chez moi. Tout fonctionne dans *un ordre* où l'erreur est bannie. Je filtre les discordances et ne laisse la voix à ces immigrés récents que pour colorer l'anglais américain qui, langue-passe-partout, nivelle tout ! Que voulez-vous de plus ? Si j'affirme l'Anti-Babel, c'est pour frayer le chemin à l'Unique qui négocie et transactionne pour tout peuple qui viendrait se faire prendre dans ma terre illimitée. Chez moi, il n'y a pas de pierre taillée qui représente l'homme à lui même, au labeur sacré qui fait son essence. Il y a plutôt un ciment qui fait glisser sur ma peau, les ondes de douce mélancolie, les désastres horrifiants. D'où la grisaille dans l'âme des spectateurs. Et ils en veulent davantage ! Plus on les sert en calamités, plus ils se plaisent à dire que cela ne les touche pas : «Epargne ma tête et frappe plus loin.»

Babel, tour jamais achevée, incarne la démesure, la confusion et la dispersion. Moi, je suis encore au berceau. Je rêve déjà de m'allier à la ville. Gigantisme baroque sorti de la poussière du temps post moderne qui rend visible mon âme. Ces traces n'ont pas le poli des vieux meubles. Mais, elles servent de miroir à tous ceux qui aboient après le pouvoir. Je donne l'impression de dégoiser pour établir une distance entre mythe et réalité, passé et présent. Juste pour que vous sachiez que j'ai mis en place des êtres pris sur le tas. Nécessité et hasard. Vous les voyez vivre sous mon ombrelle. Chacun vaquant à une occupation qu'il n'a pas toujours choisie.

Le passé ne me hante pas, le présent j'essaie de le résoudre en faisant briller les titres des manchettes. L'avenir m'effraie. Et pourtant de quoi pourrais-je avoir peur ? Les intempéries de la nature me laissent froide. Celles des êtres me donnent des convulsions. Leur méchanceté n'a d'égal ni chez les animaux, ni chez les plantes! Surtout quand ils tentent d'altérer mon image. Leurs discordes deviennent délire.

De retour d'une mission à Kuala Lumpur, Twylla — peut-être pour prendre elle-aussi sa revanche sur l'arrogance de ces compatriotes ! — se met à médiatiser la *Menara K. L. Tower*. Cette rivale est érigée sur la colline *Bukit Nanas* à 94 mètres au dessus du niveau de la mer. Drôle de tour qui prétend atteindre le ciel avec ses 421 mètres. Elle se vante d'être la plus haute structure en Asie ! Dans les journaux locaux on parle de ce phare de pointe, comme de la première tour sans même mentionner mon nom. Comme si je n'existais pas pour cet ananas géant. Fruit en béton et en acier au bout d'une colonne classique et cylindrique qui se termine par un chapiteau aux lamelles en forme de feuilles luxuriantes. Du même fruit : Ananas qui ânonne et se croit porteur de bruits célestes. On dirait qu'ils sont à court d'imagination ! Ces mêmes feuilles sont reprises sur les portes, à la base du bâtiment. Point de mire d'où l'on peut contempler la capitale de la Malaisie. Twylla y a accédé en grimpant une colline exténuante, puis des escaliers en gradins. Arrivée à la porte d'entrée en forme de *mihrâb* de Mosquée incrusté de faïences aux dessins géométriques bleus, elle constate qu'il n'y a point de représentation humaine dans ce pays musulman.

Structure pas aussi complexe que la mienne, elle n'a pas ce long cou effilé qui me rend majestueuse de près et de loin. Cependant, elle contient, comme moi quelques ingrédients : un pôle d'observation et d'émission, un *Shopping Mall*, un restaurant panoramique et des bourre-estomacs au rez-de-chaussée. Mais la *K. L. Tower* possède en plus un amphithéâtre, un mini-théâtre, une piscine et une salle de prières dite *Surau*. A la réception, Twylla reçoit un laissez-passer magnétique, une paire de jumelles en papier couvert de cellophane. Petit cadeau pour mieux apprécier la Capitale Kuala Lumpur et ses gratte-ciel entassés pêle-mêle sur une forêt tropicale. Et la voilà prise dans la beauté de la porte d'accès. Faïence bleue et verdoyante aux formes de lacis merveilleux. Mystère qu'elle ne pourra pas déchiffrer. Les lettres en arabe lui paraissent des serpents qui se mordent la queue. Sans rime ni raison. Art figuratif banni pour qu'il n'y ait aucune compétition avec le Dieu suprême. Qu'elle ne voit ni en icônes, ni en croix, ni en bébé porté par sa mère. Pourtant, elle a l'impression d'entrer dans un lieu de culte. La Tour Menara qui n'est que le phare de la parole profane, parade une mystique d'un aloi douteux... du simulacre d'un naturel qui refuse de céder la place.

La cohabitation est affaire de temps. Les ambiguïtés tumultueuses et paralysantes s'accommodent de ces lieux, comme l'écureuil à la noix de pin. Chez moi, la «Maison de Dieu» est habitée par la langue unique de ceux qui ont gagné et récupéré la mise. Cependant, mes antennes ne perdent pas de vue les parlers minoritaires. Et vous voyez bien que j'ai choisi de vous raconter mon histoire dans la langue de Maria Chapdelaine, de Langevin, de Ducharme et de Grandbois.

Aussi regardez cette image de Twylla qui franchit la porte de la Menara K.L. avec un journaliste malais. Une connaissance sur le terrain. Et les voilà liés par un professionnalisme à toute épreuve! Soudain, on braque le Malais comme si c'était un voleur, un traître à la patrie, un largueur de drogue... La police compte l'arrêter pour une raison que Twylla ne comprend pas. Elle aussi est collée contre ce mur qu'elle vient d'admirer. Comme si le ciel sans nuage s'assombrissait du tonnerre de Dieu! Aucune preuve. Fouillés par deux policiers armés jusqu'aux ongles. Mitraillettes à tuer un peloton de guerriers de carrière. A peine tourne-t-elle le visage pour vérifier que ce contrôle inattendu et embarrassant ne consiste pas à lui extirper ses frais de mission, un policier pris de panique appuie par mégarde sur la gâchette. *Trigger happy*, dit-elle. La balle écorche l'omoplate de son ami Zinal. Et on les transporte aux urgences qui prendront leur temps. Les soins prodigués dans cet hôpital délabré lui fendent le cœur. Cette image projetée, toute la journée, sur mes écrans me révolte. Elle en dit plus long que les articles qui lui ont été consacrés!

Je ne peux rien faire, sauf rapporter l'incident et me taire. Le commentaire n'est plus de mon domaine. C'est mon secret. Je le livre dans ce journal de corps. Pas en pyrogravure, mais en *cyber space*. Ce petit brin d'éternité qui me lie à vous. L'instant de mettre ces notes par écrit. Mon seul plaisir. Vous n'allez pas me l'enlever ? Je deviendrais folle. Folle à labourer le ciel de mes mots jusqu'à ce que les nuages se mettent à pleurer.

Twylla se trouve au pied du lit de Zinal dans un hôpital. Le blessé ne souffre pas. Il est sous surveillance policière. La Canadienne glisse quelques dollars dans la blouse de l'infirmière. Pour qu'elle prenne bien soin de lui. Et voilà que Twylla apprend de cette même infirmière que Zinal vient de «tuer» sa mère, ou plus justement l'aider… lui épargner la souffrance en faisant pratiquer l'euthanasie, juste avant le rendez-vous avec «la journaliste étrangère». Affaire d'amour maternel. La soulager de la douleur et la pousser vers le rajeunissement céleste... Là-bas, elle rayonnera de son existence éternelle! Tout pour la sauver du passage agonisant en lui donnant la mort dans la douceur. Pour qu'elle s'en aille vivre ailleurs. Dans cet au-delà promis par un Dieu juste quoiqu'il fasse. Zinal a fait ses ablutions, puis ses prières du matin. Inspiré par ce dialogue avec son Suprême, il a pris sa décision. En finir. Vite.

L'autopsie laissera des traces... Mais Zinal ne se sent pas coupable. Sa mère l'avait supplié. Il ne l'a pas tuée. Il lui a facilité le chemin du retour. Et il faut bien partir un jour ou l'autre. Dans la gloire d'un départ voulu. Au lieu d'une déchéance qui fait fendre les pierres. Je n'ai pas à juger cet amour filial. Je constate seulement sur mes écrans que ce Zinal va être condamné par la loi de son pays. Twylla l'a attendu jusqu'à sa guérison.

Ce couple à la peau brune, aux yeux bridés, au visage eurasien... né d'une rencontre fortuite veut simplement vivre. Vivre dans la blessure de leurs deux pays différenciés. Twylla, l'Indienne du Canada, dans son pays qui fait partie des grands G7 — hélas, il y règne le chômage — et joue à faire la paix. Sa force, en casques bleus ou d'une autre couleur, est monopolisée à travers le monde avec des traînées de scandales racistes qui font dresser les cheveux sur le poitrail. Quant à Zinal, littéralement *le Beau*, il est d'un pays en voie de développement, autrement dit pauvre, où règne une croissance peu équitablement partagée. Son pays est un gigantesque chantier en pleine construction. Et des chances qui ne frappent pas à sa porte. Au tournant d'un lit d'hôpital, ils ont décidé d'entreprendre ensemble une nouvelle aventure dans les arpents de neige, là où le glacial tue et les crises et les microbes.

Que va-t-elle ramener, Twylla, au pays d'érable et de neige ? Un nouveau chômeur ? Un nouveau scribouilleur qui maîtrise mal la langue de la Reine et ne sait pas un traître mot de celle du Lys d'Or. Un condamné dans son pays qui peut vivre librement dans le sien. Une charge supplémentaire pour les services sociaux qui ne peuvent même pas payer ce qu'ils doivent aux autochtones ? Sachant que les voies seront souvent fermées devant son projet, Twylla décide, par un coup de tête, de jouer la carte de réfugié politique pour faire rentrer légalement Zinal dans son pays de cocagne et de *lay-offs* !

Vous voyez bien qu'il m'est difficile de garder un souffle linéaire ! Moi-même éclatée et branchée en mode simultané, — d'aucuns disent en mode FM — comme cette génération de la crise, je parle, en même temps, à partir des multiples coins de mes bouches antenniques. J'accumule les faits au petit malheur la chance! Absolument dissemblable à ce dicton saugrenu : «je suis à vous comme la sardine est à l'huile». Comment puis-je être sardinée dans de vieilles huiles ? Dans ces schèmes ancestraux qui manquent de flexibilité et d'adaptabilité, deux mots-devises qui me permettent souvent de changer de stratégie. Je ne prends pas la

fuite devant l'événement, j'adopte la philosophie du *jeu
de go*. Face à une société bloquée, je me fixe d'autres
enjeux. Ma fuite est offensive ! Ainsi, je laisse faire. Je
vous épargne l'histoire de Twylla avec l'Ambassade
du Canada où à peine lui a-t-on accordé un quart
d'oreille, son acharnement à tirer Zinal des griffes du
fatalisme, ses sollicitations auprès du Gouvernement
malais, ses démarches rendues bancales par Ottawa,
son rapport au Petit Napoléon qui a dû attendre le
dégel entre les époux amérindiens en instance de
divorce. Bref, les démarches de Twylla à des milliers
de kilomètres de Toronto n'ont abouti qu'à sauver le
Malais de la loi de son pays — ainsi lui a-t-il semblé.
Comme tant de bons Canadiens, elle pense aider les
autres avant les siens !

Et dire que dans cette ville reine, le paysage calme et
tranquille, la luxuriance des sites et des parcs, les larges
avenues à circulation fluide comme l'eau qui se moule
au verre, les parkings spacieux aux bouches de métro...
tout ce quadrillage ne mène qu'aux injustices les plus
intolérables, aux crimes, aux déchirements des êtres qui
s'aiment et, pour la première fois dans l'histoire de la
Province, à la prolifération des mendiants. Ainsi, les
exclus font légion... de déshonneur ! Aucun Malcolm X
ne lève la voix pour passer au laser le désespoir, la
tristesse, la misère... et surtout la solitude des dépareillés
du siècle. Au moment où Twylla a atterri à Pearson
Airport, les journalistes se sont précipités pour lui
extraire quelques informations qui meubleraient un petit
clin d'œil de leur quotidien vide :

— Que rapportez-vous de votre voyage en Asie ?

— Beaucoup de sagesse et surtout cette phrase qu'on m'a souvent répétée : Dites à vos morts-vivants de parler de nous.

— Pourquoi ? on ne le met pas assez dans nos nouvelles ?

— Et bien, non. Nous ne parlons que de nous. De nos accidents de voitures, de nos incendies, de nos vols, de nos détournements de fonds, de nos impôts... On dirait que le Canada et l'Amérique du Nord sont les seuls à produire des événements dignes d'intérêt. On dirait que nous sommes les seuls à régir le Globe! Le reste du monde existe-t-il pour nous ?

— Et eux, que font-ils ?

— C'est simple. Ils nous mettent à toutes leurs sauces. Comme s'ils ne pouvaient pas exister sans nous, sans notre point de vue. Sans notre approbation. Mais le *nous* pour eux, ce sont les Américains, bien sûr.

— Quoi ? Ne font-ils pas de différence entre Canadiens et Américains ?

— Si. Ils voient bien que les Canadiens sont toujours à la remorque des Yankees. Eux, c'est la tête de fusée. Nous, peut-être une petite manivelle. Un appendice qui ne sert pas à grand chose, mais dont on peut avoir besoin, un jour. On ne sait jamais.

— Expliquez-vous!

— Il n'y a qu'à voir les Chinois de Hong Kong. Le Canada leur sert de porte de sortie. Nous les accueillons avec des capitaux. Ils installent leurs propres banques partout, contrôlent un grand secteur du commerce et exportent leurs colonies dans nos réfrigérateurs. Et ils gardent un œil vigilant sur l'avenir. Entre temps, la Chine leur garantit les mêmes avantages et ils peuvent

143

y entrer, mais cette fois-ci avec un passeport canadien qui traverse toutes les frontières. Si jamais ça se gâte, nous n'aurions été qu'une passerelle d'arrière boutique qui leur permet de réaliser leur but ultime, celui d'atterrir aux États-Unis.

— Et comme ils sont coriaces et patients, ils réussiront sûrement. Mais dites-nous un peu le résultat de votre mission ?

— Et bien, j'ai été reçue comme une reine. Tapis rouge et tout ce qui s'en suit. Au fond, on a copié quelques-unes de nos trouvailles dans le domaine de la télécom-munication. Mais ils sont encore loin d'atteindre le ciel. Comme l'a fait notre Tour CN. Elle n'a qu'à fermer les yeux pour que toute la Comédie Humaine soit sur ses écrans. Au bout de ses micros et de ses amplificateurs. Je suppose qu'ils n'ont pas pu aller si haut parce qu'ils n'ont pas un Pete Deloon. Ce fils de lune qui marche en l'air, avec grâce et élégance, sous l'œil du Croissant.

— Ignorez-vous que votre Ex s'est mis en concubinage avec Kelly ?

— Vous venez de me l'apprendre. Je vous en remercie. Le procès est en cours, et j'en suis heureuse pour lui.

— Votre Ex est un homme qui montre une persévérance peu coutumière chez vous.

— Ça ne m'étonne pas de lui. C'est ainsi qu'il m'a conquise. En foudroyant l'Aigle, il va mettre du temps pour renaître de ses cendres! Je suis sûr qu'il tente de garder jusqu'au bout sa dignité qu'il porte en bandoulière : Costume de sa tribu, cimier grec, tunique de cuir coupé en lanières. Ne vous fiez pas au regard du Caribou... Quant à vous et vos clichés... Vous pouvez vous verrouiller derrière sa danse du scalp. Je suis persuadée que dans cette danse de guerre vous ne découvrirez jamais l'aigle!

— Et vous qu'avez-vous découvert à Kuala Lumpur ?

— J'ai testé l'immortalité de l'amour dans un lit d'hôpital. Et je l'ai sauvé de ses blessures.

— Comment vous sentez-vous à présent ?

— Mieux dans ma peau. Il m'a fallu quitter ma réserve, ma ville, ma province, mon pays... pour que je me regarde dans mon miroir du dedans. Et j'ai vu que mon chaos fait danser les étoiles. Tandis que le chaos de notre terre n'a pas fait bouger le moindre limaçon!

— Était-ce le but de votre voyage ?

— Non. Je suis allée vérifier et célébrer officiellement une Tour... J'ai rencontré par hasard l'asile de solitude qui se love en moi. Un journaliste malais m'a appris à la tuer d'amour. A force de tueries, nous avons inventé la paix.

— Et cette Tour ?

— J'en suis revenue. Mais je ne suis pas sûre si c'est une Menara ou Menora. Le premier mot en arabe veut dire phare, le deuxième en hébreu, bougeoir à sept branches. Celle du milieu sert à allumer les trois de chaque côté.

— Peu importe. C'est toujours une lumière ou une autre...

— En vérité, oui. La lumière, c'est ce qui nous guide... éclaire les ténèbres où nous vivons. Cela devrait être l'éclair qui jaillit des hordes humaines. Mais quand c'est une Tour, il faut s'en méfier.

La nuit tombe sur Toronto. Sa tunique sombre laisse percer ici et là quelques lumières qui jaillissent, en continu, des buildings et des réverbères et, en discontinu, des automobiles et des avions. Les journalistes se dispersent. En Tour omniprésente, je ne cesse la garde, je continue à divulguer les dernières nouvelles prises sur le vif. Quant à Twylla, avec un sang froid et une mine imperturbable, elle s'engouffre dans un taxi qui emprunte la 407 Sud, et la *Gardiner Express-way* pour remonter au *YWCA* où elle loue encore une chambre. Pendant ce trajet, elle parle à sa plume d'aigle épinglée derrière sa tête entre bandeau et cheveux noirs cascadant jusqu'à ses hanches :

Pourquoi ai-je répondu à ces charlatans des nouvelles ? Comment ai-je pu dialoguer avec ces langues de bois qui ne voient pas plus loin que leur portefeuille ? Ils ont essayé de me faire des crocs-en-jambe pour me désarçonner. J'ai tenu bon. Tant mieux pour Pete. En me perdant, je me suis retrouvée. Quant à Zinal, c'est un baume sur une plaie. Que serait la vie sans amour ? Et pourquoi sommes-nous sans cesse à la recherche de cet irradiant farceur qui donne sens à la vie ? Même s'il se joue de nous, son charme nous cloue à la chair.

J'ai parcouru des milliers de kilomètres pour traquer ce misérable danger qui n'existe que dans la tête d'une tour dont on est si fier. Quelle futilité ! Je ne dois pas m'écarter de mon chemin, celui de mes pères autochtones. Tête couronnée de plumes, je dois continuer à cultiver l'Esprit-Orignal, à sculpter la pierre, à tisser mon tipi, à fabriquer des mocassins pour pieds agiles. Je ferais ainsi jaser ces désappris de Fondateurs qui continuent à vouloir planter, dans notre sol, des coffres-forts remplis de balles et de dollars, butins de leur ennui que chantent à longueur de journée les publicités en néons multicolores...

Je ne suis ni rétrograde, ni un Zarathoustra qui persiste à vouloir enseigner le surhumain. Je n'ai de leçon à donner à personne. Mais je crois que l'exigence est mère de sûreté. Je tâche donc de ne point commettre de fausses tonalités. A chaque geste, je corrige, quand je peux, les maladresses de mes actes disparates. Même si je suis de la nature de la pierre, je ressens quand même les fibres vibrantes de ma rigidité, la respiration de ma plante, la succion de mes racines, les vertiges de mes fantômes, la dérision de mes douleurs, le pouvoir de la parole de l'Esprit-Orignal qui m'accompagne partout.

Twylla sort de ce rêve éveillé comme d'une forêt vierge après avoir fait l'amour avec les plantes familières et exotiques. Ses entrailles sondées la rajeunissent, lui donnent cet air rayonnant que l'on n'aperçoit que par clair de lune, au milieu d'étoiles qui scintillent de toute leur candeur. Elle passe près de moi... je lui fais un petit clin d'œil de reconnaissance. Elle vient d'ôter un gros poids à mon fardeau. Ce soutien spontané, venant de par-delà l'abîme, nous comble d'un plaisir que ni l'une ni l'autre n'arrivons à définir...

TOUR 12

Tellement couverte de brume, de brouillard, de nuages, parfois, je ne me fais pas voir. Puis j'émerge, fantôme d'une fille d'eau qui paraît et disparaît au gré de la météo. Le temps qu'il fait agit sur mon humeur et conditionne ma manière de voir les choses. Dans notre région, nous avons deux saisons. L'hiver dure six mois avec des températures inhumaines qui chutent parfois, à moins quarante degrés. L'été, il fait tellement chaud que l'on ne peut pas vivre sans climatiseurs. Quant aux printemps et l'automne, ils ne durent pas plus d'un mois chacun. Qu'il fasse froid, qu'il vente, ou qu'il neige, qu'il fasse chaud, humide et poisseux, le soleil est toujours de mise. Les orages et les perturbations météorologiques passent vite. Les hivers, on les supporte parce que l'on est équipé pour y faire face. C'est la période où l'on se reçoit les uns les autres et où l'on retrouve, enfin, un peu de notre humanité. On ne m'oublie pas, non plus. Nombreux sont ceux qui viennent se réchauffer sous mes arcades, dans mes salles de jeu, mon Q-ZAR, mon cinéma de simulation ou mon Restau-carrefour... D'autres, des curieux, tiennent à se rincer l'œil à mes terrasses et mes belvédères...

Cette journée qui me propulse dans l'anonymat est non seulement exceptionnelle, mais elle me permet de me reposer, de faire un tour à l'intérieur de moi-même. Je vais dévier les expectatives, brouiller les pistes et reprendre mon souffle, loin de la tyrannie des regards insupportables qui me scrutent de partout et me déshabillent comme bon leur semble. Me voilà fondue dans le ciel où apparaissent toutes les valeurs que j'incarne ! Emportée par toutes sortes d'inspirations, je me mets à labourer un monde de mes antennes intérieures, comme un soc qui creuse la terre pour la préparer aux semailles, ou comme un graveur de CD-ROM qui, en nébuleuse cybernitude, transfère des copies farcies d'informations. Toutes ces options récupèrent le passé et le présent, sans parler de l'activité primordiale, le saut dans l'avenir de la pierre parlante. Prise de Paroles dans les profondeurs de mes entrailles. En Super-tour, je polis et repolis mes galets. Des vagues écumantes s'écrasent sur leurs surfaces brillantes et gluantes. Une multitude de couleurs inédites couronnent les écueils proéminents de ma svelte silhouette. Cet acte gratuit laisse ses traces de créateur anonyme. Et l'on croit que je suis le point stratégique de la ville qui monopolise l'attention de tous les Torontois. Pourtant, je sais que j'agis comme l'épaisse viscosité de la Mer morte qui englue les membres des nageurs et fait flotter leurs corps et leurs esprits.

Le peuple canadien me voit Super-tour, vedette médiatique inamovible et sympathique, puisque je leur octroie une fierté qu'ils sont prêts d'endosser comme *a matter of fact*. Mais comme tout être humain, je n'ai pas demandé à naître. Cependant j'existe. C'est tout. Et, comme peu, j'ai cette chance du diable d'être née dans un pays riche, immense, puissant. Son espace me donne le vertige. Je donne moi aussi le vertige à tous ceux qui me regardent. Nous donnons, tous les deux, dans la grandeur. C'est ça le signe de notre candeur. Vous dites naïveté ? Que les jalousies soient larguées dans le triangle des Bermudes !

Mais sachez que, contrairement aux humains, je ne pense pas. Donc, Descartes oblige, je n'existe pas. J'avoue que ce problème existentiel ne me préoccupe pas particulièrement. Je le passe en revue, à présent, parce que je viens de basculer dans l'état fantomatique. Mon repli dans mes fantasmes fait peur aux gens. Franchement, je ne me cache pas derrière mon brouillard médiatique pour effrayer les uns ou les autres. Mais c'est quand même mon droit de ne privilégier de ma clarté que des élus parmi les hordes qui me fréquentent. A ceux-là je confie, en agrégat de mots, ma vérité — ou ce que j'ai fini par croire qu'est ma vérité. Pas celle qui continue à faire couler tant d'encre. La mienne est frappée du sceau de la liberté, hors du giron de Dieu. Comment voulez-vous que je croie en Lui, alors que je ne suis que pierre parlante ? Chaque fois que je déparle, comme à présent, on se méfie de moi. Chaque fois que je me confie à l'Esprit-Orignal, le seul qui m'intrigue — je ne dis pas en qui je crois —, on me soupçonne de jouer à la passéiste. Chaque fois que je fais briller quelques écailles d'un verbe que j'emprunte pour la bonne cause d'y voir clair, on me taxe de ténébreuse ou d'enquiquineuse. Chaque fois que... Bref, au moment même où j'ouvre ma bouche-antenne dans le bon sens, on me ridiculise. On m'assassine si je vais dans le mauvais sens. On me déteste si je vise juste. *You're damned if you do, damned if you don't.* C'est là où j'acquiers ma petite touche d'humanité. Encore faut-il qu'on me l'accorde. Et je veux bien que ce soit sur un plateau, pas nécessairement d'argent !

Parfois, je n'entends pas la rumeur des rues tellement je suis absorbée par tous les mots que je fais circuler nuit et jour. Je me retrouve seule, en tête à tête avec mes antennes, en intimité profonde avec le *feeling* troublant de mes pierres. D'ailleurs, un peu comme cet *Inukshuk* de macadam. *Ce fantôme de pierre [qui] monte désormais la garde, rue Sherbrooke, entre le Musée McCord et l'Université McGill : témoin du passage d'un peuple.* Nous ne sommes ni de la même taille, ni de la même ville. Lui est de Montréal et moi de Toronto. Nos deux citadelles se sont regardées en chiens de faïence pendant des siècles. Toutefois, nos affinités dépassent de loin nos différences. Je me sens proche de ce *revenant de pierre* qui, comme moi, se manifeste à lui-même dans sa solidité plus durable que les buildings de fer et de verre. Dans sa projection fantomatique, il est plus mobile que ces passants à la démarche amidonnée. Regardez les, ce ne sont que des pantins qui vaquent à des histoires de plus-value de *cents*. Pris à la gorge par un dollar dont les cours varient selon les caprices des déserts d'Arabie — ils feignent d'oublier ceux de la Mer du Nord —, ils ne dorment qu'après avoir vérifié sur les écrans de leurs ordinateurs les prévisions de Wall Street.

Même Pete Deloon n'a pas échappé à cette obsession d'épargne. Kelly King s'en est chargée. D'abord effarouchée par cet *Inukshuk* assemblé par le cœur ébloui de Twylla, elle a fini par le guider vers le chatoiement de sa vie dans mes entrailles. Sans même comprendre son langage, elle l'a métamorphosé en babiole. Au lieu de l'idole qu'il était pour sa femme. Et les voilà devenus guerriers de l'épargne : vivre mieux avec le compte en banque et toutes sortes d'assurances-vie qui vous garantissent des soins et un enterrement de première classe.

Pete conduit Kelly à son travail tous les jours. Il vient la chercher à la sortie à dix-sept heures pile. Un métronome règle le va-et-vient de son existence. Pourtant, contrairement à moi, Tour sans pensée, lui pense mais n'existe pas. C'est le robot qui se déplace galvanisé de la victoire de ses rouages. Je ne vous ai pas raconté comment Kelly s'est laissée charmer par le Pete. Celui-ci use d'atouts aujourd'hui rares : une sensibilité de peau mocassin, une tendresse d'ours et une poursuite du but avec l'obstination du caribou. Kelly King n'a pas résisté trop longtemps et la conquête de son cœur n'a pas été sanctifiée par une guerre. Il faut dire aussi que Kelly n'est pas sans cœur non plus. Pendant un certain temps, elle fut rayonnante comme une pluie d'or déversée par un soleil placide. Chaque matin, elle traversait mon entrée principale en reine de nuit. Amante comblée d'amour, bouillonnante de vie pareille aux jaillissements de nouvelles vérités, son corps a moissonné tant de caresses, des attouchements qui l'emparadisent et la transforment. Je ne la reconnais plus. Elle jongle avec les chiffres et les données comme une fée fécondée par les Dieux. La veille, roulant ses gerbes amoureuses par vagues dévastatrices dans les bras de Pete, elle s'est fondue en laves de désirs. Leurs corps se sont emportés, sensuelles faucilles abandonnant les épis de grâce. Pourtant le matin, en la quittant aux pieds de mes escaliers, Pete a l'impression de serrer des algues sèches au lieu de la sirène de la nuit, sortie des gouffres de l'enchantement.

Comme il m'est difficile de démonter les êtres, d'exprimer leurs ressorts complexes avec des mots alors que je ne suis qu'une tour de pierres et de ciment, de verre et de fer, d'acier et de béton... Pourtant mes antennes créent des mondes et les diffusent aux quatre horizons. Il ne viendrait jamais, non plus, à l'esprit des Inuits de déplacer un *Inukshuk* de sa *toundra*. C'est comme si on demandait aux enfants des Fondateurs de prendre les panneaux de signalisations de l'autoroute 401 et de les placer en plein désert ! *Un Inukshuk qu'on déplace n'est plus un Inukshuk puisqu'il n'indique plus rien et ne commémore plus rien. Ce n'est pas un mât totémique, mais la marque d'un passage, un signe, un témoin, une sorte d'écriture indélébile qui, hors contexte, perd toute signification.* Alors, si l'Inukshuk est capable d'indiquer le chemin dans les tourbillons de neige, pourquoi pas Moi, Tour CN ? J'aimerais que vous fassiez la différence entre ma vérité médiatique qui se veut objective, solide, fiable et ma vérité privée, déjà libérée de toutes ces contingences, tout en donnant un éclairage plus lumineux. Je me voue donc à ma vérité de tour qui essaie de survivre dans la douloureuse appréhension de moi-même. Car je ne veux pas, non plus, me laisser persuader par cette prétendue «préoccupation fondatrice», *Survival*, sur laquelle l'écrivaine Margaret Atwood a mis le doigt pour délier tant de bourses. Elle a fait fortune en nous larguant sa dernière vérité «d'ethnologue de soi». *Souchique* en son âme et conscience, sa parole devient l'essence de notre sagesse et de notre identité. Sa formule très sonnante : «La quête de l'identité canadienne, c'est comme un chien à la poursuite de sa queue", n'écorche plus les langues !

Mais que dira-t-on de mes personnages flottant dans leur cocon à modeler ? Devra-t-on les peaufiner à coups de pouce jusqu'à la fin des temps dans un scénario en béton où ils seraient coulés en formes inédites ? Comme je ne pense pas, je dispense. Ma parole épurée de la névrose du moi se fait granitique dans le bras-le-corps avec des fantômes qui s'entrechoquent dans les nuages pesants et noirs au-dessus de ma tête. Chaque fois que je quitte ma carcasse de béton, j'accomplis un détour dans la mémoire de l'Homme. Tour anglo-saxonne, au féminin — ainsi me l'impose le français —, je me vois phallus géant, tendu, arc bandé aux pieds duquel on a eu le mauvais goût de placer un *Skydome* : vagin béant qui s'ouvre et se ferme à volonté. Sexe féminin, masculinisé par une grammaire que je ne maîtrise pas, juste pour l'amour de dénaturer nos rapports. Mais chacun tient à son sexe. La peau du mien est granulée et grisâtre, la sienne lisse et blanchâtre. Je vous parlerai plus tard des liens que nous avons établis ; parce que, nous aussi, nous avons droit d'apprendre à nous lire par dessus l'épaule des êtres qui nous fréquentent. En réalité, je surveille la ville reine à partir de mes trois boules de base jusqu'au gland éjaculateur de nouvelles... en attente... et en appétit... de crises. En voici quelques-unes qui sont loin d'être du verbiage : le terrorisme de chair et d'idée... d'État et de particuliers...

les guerres fratricides qui se perpétuent en réseaux de vérité et que l'Internet n'arrive pas à pacifier.

Jadis, l'Esprit c'était le Soleil. Puis, il s'est fait pierre. Enfin, il s'est fait absence. A présent, il devient stridence à travers les instruments. Or, en tant que tour qui patrouille le ciel — sans se faire craindre ou obéir — je ressuscite Dieu aux sons du verre et du béton. Je rapporte le Globe, ou comme le nomme Marshall McLuhan, le *Village global*. Cet universitaire torontois a fait fortune en lançant quelques formules du genre : «Le Médium est le message», et d'autres perles que les héritiers mâchonnent encore sans pouvoir les renouveler ou les remplacer. Une fois que le monde jette son dévolu sur une phrase qui le résume, il la transforme en religion. Ainsi se détraquent les religions qui n'échappent pas aux contraintes du temps. Rien que pour prouver que Dieu existe. Comme si nous ne savions pas qu'il est en chacun de nous : hommes, arbres, animaux, pierres, objets animés et inanimés, herbe la plus infime, et tour la plus colossale... Bref, on crée des Sectes pour faire traverser les gens dans les tunnels ténébreux d'une foi volatilisée. A force de graisse monétaire! En attendant, les religions monothéistes ont figé les êtres en pierres jusqu'au craquèlement en fanatisme exacerbé. Tant de vacuité à combler. Tant de vide à remplir. Tant de manque à suppléer... Qui ne meurt d'envie d'être décodé selon sa foi ? Mais pas nécessairement celle de la croix, du croissant ou des papillotes...

Est-ce l'Esprit-Orignal qui me manipule de son pouvoir magique pour me faire parler ainsi ? Nul doute que je suis inspirée par ce Dieu de l'alternance qui infuse en moi son rythme et sa cadence. L'alternance c'est donner à chacun sa chance. Aux dieux, aux êtres, aux arbres, aux animaux, aux choses... Ainsi, moi Tour CN, miroir où les Torontois se regardent, je ne vois pas dans chaque regard les sept péchés capitaux consacrés par la Bible, mais le dos de chaque pénitent de la vie.

Kelly, par exemple, traîne derrière elle la culpabilité d'avoir arraché Pete de Twylla. Elle porte le sourire de la victorieuse minée par l'angoisse. Maintenant elle a peur de le perdre parce qu'elle le fait vivre chez elle comme un poisson rouge dans un aquarium. N'ayant aucun emploi, Pete se consacre, résigné, à sa maîtresse tout en affichant le masque de l'homme comblé d'avoir possédé cette femme mise sur le piédestal de la passion. Je ne vous fournis que ce que je vois à la surface. L'autre jour, ils se sont disputés juste devant la billetterie parce que Pete est arrivé en retard complètement saoul. Kelly qui avait passé toute la journée absorbée par son petit écran, n'a eu la force que de lui jeter un regard furieux l'arrachant à sa stupeur. Il l'a suivie comme un chien qui essaie de se faire pardonner après les pires bêtises. Quels sont les vrais sentiments des humains : Haine, amertume, dispute, lâcheté... ? Je vous laisse deviner ces parasites des corps. En prenant de la hauteur, et en m'enfonçant dans le brouillard, je suis incapable de vous rendre compte des agitations violentes qui secouent mes personnages, leurs turbulences internes, leur traumatisme ou leur bonheur invisible. Je sais qu'ils sont ébranlés comme l'érable par un vent violent. La vie quotidienne effeuille leur temps : aspirations qui tombent mortes, juste au moment où elles ont été inventées. Elles souhaitaient prendre leur envol, aigles planant dans la joie de l'air. Mais, elles ont cascadé le long des sentiers épineux des racines.

Irai-je jusqu'à dire que c'est l'Esprit-Orignal qui parle à travers moi ? Après tout, il parle dans la pierre à savon sculptée depuis plus de cinq mille ans. Il suffit de voir l'art esquimau illustrer ses légendes qui fondent l'essentiel de notre originalité. Il n'y a pas que dans la pierre à savon noire ou grise que cet Esprit s'exprime. Il le fait dans l'ivoire, le bois de caribou, l'andouiller et l'os de la baleine. C'est dans la matière que ce Dieu manifeste son souffle. A l'artiste, ensuite, d'y façonner les figurants... Mais ils seront toujours différents du *phoque endormi sur la banquise.* Quant aux miens, ce sont les immigrés récents, les hordes multicolores dont les mains se sont effacées après avoir planté mes racines en triangle, les trois facettes de ma personnalité, sculptées et projetées dans l'élan de ma silhouette. Aux deux piliers des *solitudes fondatrices* s'est accolée la troisième *solitude multiculturelle.* Mais ces trois facettes qui se touchent sans se parler ou s'additionner ne sont en fin de compte rien sans la base de la pyramide : les Autochtones, véritables et premiers fils et filles du pays. Et moi qui m'acharne à jouer le rôle de médiatrice entre ces quatre *solitudes exacerbées* qui se tournent le dos sans se croiser.

Cloîtrée dans une société de consommation et prisonnière de ma hauteur qui reflète l'ambition démesurée de mes constructeurs, je ne cherche plus la croissance dans ce midi brumeux de mes vingt ans. Ce n'est pas en recensant le nombre de congélateurs qu'on bannira le froid de chez soi, ni en informatisant les compteurs de voitures qu'on évaluera les distances intérieures parcourues dans la souffrance ou le bonheur, la tolérance ou la terreur…

Je veux tant refléter l'espoir de ce pays. Même en tant qu'Art architectural, je constate que je suis incapable de mobiliser les consciences. La rhétorique — vous le savez mieux que moi — entre par une oreille et sort par l'autre, sans dénouer les chaussures d'un piètre écouteur. Moi même, sans rien inventer donc, je ne fais que répondre à des vibrations de pierres qui me paraissent être dans l'air du temps.

Si je vous parle de l'intérieur de mon carcan de verre et de béton, cela ne veut pas dire que je n'y mets pas le cœur. Dans mes mots extirpés du ciel juste pour mon carnet de corps, j'avoue qu'il manque l'odeur de la mort. Il manque aussi la vue de l'écoulement du sang qui signale la vie…

Tous mes personnages portent, cependant, leur destin sur le dos. Dans leur aveuglement, leur vision et surtout leur mort, ils tentent d'en extraire la goutte qui fera parler d'eux. Dans ma grisaille d'aujourd'hui, je vois clair en eux, parce que je défie le ciel, ou plutôt, parce que, mieux que tous, je maîtrise le médiatique qui nous nourrit, nous tous qui faisons des transferts de mots. Ainsi je manipule aisément l'intime et le privé de quelques personnes qui gravitent en moi et autour de moi pour vous les livrer en vrac, sous forme d'anecdotes fragmentées. Ma curiosité de pierre n'étanche en aucun cas ma soif de connaître la vérité des êtres que je choisis parfois au petit bonheur de mes transes. Non pas pour

161

les juger... ni pour lire leurs miroirs, non ! C'est ainsi qu'agit l'arbitraire de mon existence...

Si je vous ai fait entrer dans ma coquille, c'est pour vous faire rire de mes folies de tour. Vous accaparer dans mes réseaux de connivence. Sans la complaisance du nombrilisme. J'ai extirpé de mon moi-raconteur toutes les lubies qui font gonfler en ballon dirigeable tout conteur digne de ce nom. Les temps modernes ont ouvert la «voix royale» de la «pensée jetable». Ce Kleenex torche bien les rhumes. Mais moi, Tour CN, je n'attrape pas de maladies contagieuses. En tourvision, je me laisse aller, sans censure aucune, à mes dérives. Des «électrons d'uniformité» qui ne savent pas manipuler le gène de la liberté, sortent de mes tripes à l'état brut.

TOUR 13

J'émerge d'un brouillard qui m'a enfermée dans ma coquille. Je viens de terminer douze tours sur moi-même pendant lesquels j'ai identifié quelques élus sur les quatre à cinq cents personnes qui travaillent sous ma férule. Je les ai suivis de ma parole de pierre. J'ai donné, à certains parmi eux, un travail stable, et je profite de quelques occasions pour les ravauder de mes airs inspirés. La réputation de ma grandeur fournit des pilules d'espoir. Ils seraient incrédules de ne pas les prendre. Parfois, je leur offre le bonheur et ils se vautrent dans le malheur! Parfois, je vivifie leur sang d'une liberté qui leur relève la tête. Parfois, un seul regard les chosifie...

A partir de ma tête clouée au ciel, les visiteurs peuvent voir à cent soixante kilomètres à la ronde. Du *SkyDome* bas et trapu épinglé au sol jusqu'aux chutes du Niagara. Sous leur regard défilent à la ronde le superbe Lac Ontario aussi vaste qu'une mer, le *Centre Island*, l'*Ontario Place*, la *Casa Loma*, le Village des pionniers *Black Creek*, *Canada's Wonderland*... et tant d'autres merveilles qui vous tordent le cou à force de suivre les reflets du couchant. A portée de main s'élèvent les «Tours jumelles en arcs» qui forment le nouvel Hôtel de Ville de Toronto, construit en 1965. On dirait un oiseau de bon augure qui prend son essor pour venir se percher sur mon antenne. Autrement, ce sont deux pages grandioses d'un livre ouvertes sur l'esplanade publique, «de rencontre et de rassemblement». Lieu de promenade parmi les sculptures de Henry Moore, pendant l'été, l'esplanade devient patinoire, l'hiver. Reconnu dans le monde entier comme un chef-d'œuvre d'architecture dont la conception revient à l'architecte finlandais Viljo Revell, ce nouvel Hôtel de Ville fait battre le centre-ville au rythme d'une modernité éblouissante. Quant à l'ancien, construit en 1888, il est écarté de la sphère des compétitions. Son air vieillot fait pitié. Avec ses sculptures détaillées, ses gargouilles menaçantes et son toit verdâtre, on dirait en papier mâché, ce château exhibe une architecture gothique victorienne. Sa tour à horloge qui sonne l'heure, semble aujourd'hui essoufflée. Pourtant on continue à garder les archives dans ce vieux manoir qu'on n'a pas osé détruire. Des pétitions ont été déposées pour lui sauver la vie. Courbant l'échine devant le nouveau, il cherche à se soustraire à la vue, à la course et à la comparaison.

Pourquoi je m'attarde sur le sort de ces deux bâtiments ? L'un est recroquevillé sur un passé révolu qui ne sait plus où se cacher, et l'autre affiche un présent arrogant qui croit que tout lui appartient. C'est un peu l'histoire de ma vie. Regardez côté ouest. On m'a flanqué un *SkyDome* pour me faire la nique et attiser mon penchant sexuel. Un Dôme du Ciel, dit-on. Mon œil ! C'est plutôt un gigantesque vagin qui s'ouvre et se ferme à volonté comme un fruit juteux, une excroissance de mon élan, depuis 1989, l'année du Bicentenaire de la Révolution française ! Pourquoi donc cette même année alors que nous n'avons déclenché qu'une minuscule «révolution tranquille» ? Sans grand chambardement, sans grandes tueries. Notre tranquillité ressemble à la solidité du mur d'eau des chutes du Niagara. Chez nous, tout se fomente à l'intérieur quand l'extérieur est placidité de pierre et de blancheur, comme celle du toit du Dôme du Ciel dont les trois arcs blancs s'emboîtent et se déboîtent progressivement sans bruit. Forum grandiose pour toutes sortes de jeux et de spectacles, et domicile fixe des *Toronto Blue Jays* et des *Toronto Argonauts*, ce *SkyDome* est venu se coincer entre ma jambe et le Palais des Congrès, *Metro Toronto*, pour tirer la couverture à lui. Mais il ne parviendra jamais à conquérir mon domaine à moi, Tour CN, celui d'exceller dans l'art de faire passer le faux et le vrai dans une mélasse d'ambiguïté. Et n'est-ce pas uniquement là que je bats de loin toutes les tours, et tous les buildings ? Ma force vive réside surtout dans ma parole de pierre, dans l'amour parfait que je voue à ma ville. Je les offre, en effet, à plus d'un million et demi de visiteurs qui viennent annuellement m'admirer, en plus de toute la population torontoise.

Le SkyDome fut incapable de donner cet amour lors du féerique Festival *Pow Wow* à la mi-mai. *Everyone is invited* ! Qu'on se le dise. Plus de mille danseurs en tenue amérindienne authentique. Régal de voir ces costumes bigarrés portés seulement pendant les fêtes ou les cérémonies. Pour une fois la Première Nation a pu se réunir. Exhiber son art, sa culture, son héritage, son artisanat, ses coutumes en défilé de mode, sa façon de manger du bannock, du pain frit, de la soupe au maïs... *Faites-en une affaire de famille*, dit la publicité. *Assistez au concert de Rebecca Miller, a country singer from the Mohawk*

Nation. Rencontrez vos aïeux spirituels, vos guérisseurs. Ce jour-là, Twylla s'est retrouvée, dans la foule colorée, parmi les siens qui faisaient beaucoup de bruit, non point par la parole, mais par toutes sortes de tintements de clochettes aux pieds qui rehaussent la personnalité. C'était l'amour de la terre que cette foule est venue célébrer.

Sûre de ne trouver que de rares participants de race blanche, Twylla est toutefois déçue de ne pas y rencontrer Pete et Kelly. Il est vrai que les Canadiens prennent de moins en moins le temps pour les loisirs. Ils se contentent de se planter devant le petit écran, une bière à la main. Un *zapping* qui donne la tourniole, les épinglent indubitablement à des feuilletons américains où l'action fuse de partout. Au menu : tueries, incendies, bagarres, interminables poursuites en voitures cabossées et sirènes de police ridiculisée.

Twylla se dirige vers un Indien âgé assis par terre. Un fluide les attire par une intuition inexplicable. Les voilà face à face. Le Chaman lui présente un encensoir qu'il balance de gauche à droite. Dirige la fumée vers cette inconnue avec une plume d'aigle. Elle l'attire vers elle. Fait comme si elle se lavait le visage de cette odeur bénie. Elle se joint les mains en signe de respect, ferme les yeux et se met à écouter la voix chantonnante de l'ancêtre. Voguant dans le rêve, elle ne sait plus si la voix lui raconte sa propre histoire, ou si c'est le conte qu'elle a déjà entendu pendant son enfance. Comme le chaman d'aujourd'hui, sa grand-mère la berçait jadis en lui murmurant des bribes de vie qui se confondaient avec la sienne. Cette voix mi-féminine, mi-masculine qui vient du fond du monde et qui lui procure un plaisir profond semble émaner des pierres chaleureusement blotties dans les mains de la grand-mère :

— *C'est en tenant ces pierres que je peux te raconter leur secret : une nuit parmi les nuits qui laisse son esprit traîner jusqu'à la pointe du jour, une femme descend d'un promontoire qui surplombe la rivière Humber. Celle qu'on appelle aujourd'hui Baby point. Juste au nord de la rue Bloor, et au nord-est du restaurant Old Mill dans la Toronto actuelle. La femme descend chercher une jarre d'eau. Elle accouche d'une baby-girl, au même endroit où les soldats du Roi français nous empêchaient, nous, enfants de la Première Nation, de vendre nos fourrures aux Anglais. Heureusement, Agah, la femme-médecine, l'a aidée à accoucher. Elle prend le bébé et le présente au soleil pour que l'Esprit-Orignal constate qu'une nouvelle vie a commencé sur terre. Elle chante quelques prières. Le bébé se met à dévorer tout ce qu'on lui offre. Il mange, il mange comme s'il avait toujours faim. Il mange et dort comme une pierre. Et la maman regarde sa petite fille. Elle lui sourit, la caresse, et la laisse dormir...*

On l'appelle Twylla parce qu'elle est différente des enfants de la tribu. Comme elle a les yeux bleu-gris, elle a peur de sortir et jouer dehors. Elle craint d'être ridiculisée par les enfants au rire cruel. Twylla préfère s'enfermer chez elle, manger et dormir comme une pierre. Seul le bruit que fait sa mère pour broyer le maïs la réveille. Autrement, elle dort et elle rêve.

Elle se sent flotter dans l'air. Sur une mer bleue sans limite. Il lui semble voir le sommet d'une montagne couronnée d'un brouillard épais. La montagne émerge de l'eau. Et la fille meurt d'envie de descendre et de jouer avec les galets, de se promener sur la plage où elle voit des personnes deux fois plus grandes que son père. Gens de couleur blanche, ils ne ressemblent pas à ceux qu'elle connaît.

Les pas de sa mère la réveillent. Elle avale toute la nourriture qu'elle lui a apportée. Toujours cette faim. Comme si elle n'avait jamais rien mangé...

— Tu devrais sortir, Twylla, sortir jouer avec tes cousins, dit doucement la voix de sa mère.

Son père s'inquiète pour elle. Il sait que même son neveu Suluk se moque de sa cousine en l'appelant «Yeux Pales». Il en a parlé à son frère aîné qui a défendu à son fils de dénigrer sa cousine. Suluk continue à encercler Twylla avec ses camarades. Criant tous : Yeux Pales... Yeux Pales... Les larmes coulent sur les joues bronzés de Twylla qui continue à refuser de sortir s'amuser avec les enfants de son âge.

Un jour, Twylla voit surgir du brouillard, près de la niche où son père gardait son pahos sacré, ses plumes de prière, et autres objets à mystère... un jeune garçon de très haute taille et du nom de Kamik qui lui dit :

— *Je viens d'une île lointaine. J'appartiens à un ordre de prêtres magiciens. Tu as déjà vu mon île. Et je t'emmènerai y faire un tour avant qu'elle ne sombre dans les flots.*

Kamik, ce géant de l'inconnu, a la peau pale et les yeux bleu-gris comme elle. C'est peut-être pour cela qu'elle s'est si bien sentie en sa compagnie. Il prend la main de Twylla, et les voilà planant dans l'air. Sur le brouillard et sur la mer. Et le jeune homme lui fait visiter son île, lui montre des oiseaux et des fleurs étranges et des plantes qui servent à guérir les maladies, comme ceux qu'utilise son père encore aujourd'hui. Twylla est enchantée.

Un jour Kamik lui présente une très belle femme. Aussi géante que lui. Twylla a remarqué que les yeux de la femme étaient aussi pâles que les siens. Lorsque la femme lui prit la main dans la sienne, elle s'est envolée. Et Kamik de dire à Twylla :

— *J'aime cette femme. Un jour nous aurons des enfants qui seront tes aïeux.*

Ce jour-là, Twylla n'a pas compris les paroles de Kamik, mais dans sa tête d'enfant, elle s'est dit : «Je me souviendrai.»

Un jour le Crieur public annonce que les Esprits vont visiter le promontoire. Le père de Twylla éparpille de suite de la farine de maïs sur le sol pour que les Esprits suivent le chemin du ruisseau clair, après la fonte des neiges, qui traverse la forêt de pins jusqu'aux tipis. Le battement des tambours et tambourins atteint des crescendo jamais entendus. Apparaissent les Esprits. Des géants autour desquels dansent des arbres verdoyants. Dieu de l'air, l'Aigle les accompagne sur terre et mer. A l'aller et au retour au Quatrième monde. Ses plumes servent de pahos où des messages et des prières sont gravés pour le monde de l'Ailleurs.

— *De loin, loin, dit Twylla, comme ces étoiles qui scintillent dans le ciel, nous pouvons mettre de l'ordre dans nos maisons. L'Aigle et l'arbrisseau, au pouvoir magique, transportent les pensées de ce royaume à d'autres.*

Elle est éblouie par la procession des Esprits. Son père mène la marche. Tous les corps sont peints en noir avec des symboles en blanc. Des branchages d'arbrisseaux sont pendus à leurs ceintures, des grelots autour des bras et des pieds et des clochettes autour des tailles. Des masques aux couleurs de l'arc-en-ciel et décorés de duvet, de plumes d'aigles et de plantes sauvages frémissent à chaque pas. Une brise légère les ranime à chaque arrêt. Derrière, viennent les femmes portant des masques orange. Sur leurs robes noires une couverture blanche et rouge. Des bottes en pur daim blanc relèvent le prodige de ces couleurs. Ces femmes font la musique avec des coquilles de potirons, des bâtons en os de daim.

171

Proche et lointaine, Twylla regarde cette scène. Comme si elle était dedans. Comme si elle en était exclue. Au lieu du promontoire, elle se voit sur une plaine aride. Un désert ouvert à toutes les directions. Pas d'arbres. Pas d'eau. Pas d'herbe. Quelques épis de maïs fanés. De la poussière partout, et un soleil déchaîné! Quelques affamés. Pauvres hères tournoyant sur eux-mêmes sans pouvoir se rassasier. Grâce à leur mariage aux Esprits, les visages sont radieux de joie. Tout le monde danse dans cette transe des taudis...

Twylla raconte tout cela à son prêtre de père. Lui connaît déjà les mystères qui attendent sa fillette. Distinguée ou bannie par un sort qui l'exclut. Quand elle lui conte par le menu détail cette cérémonie curieuse et familière, il lui dit :

— J'ai entendu parler de la fin du Quatrième monde et l'éventuel surgissement du Cinquième. Le Quatrième finira par une catastrophe. Simplement parce que les gens ont dévié du droit chemin. Le Tout Puissant aurait voulu qu'ils prennent un tout autre voyage sur terre. Ils passent tout leur temps à acquérir des choses et des objets. D'où des envies et des guerres pour se les procurer. Négligeant les cérémonies pour ne partir qu'à la chasse au matériel, ne demandant pas de permission au daim quand ils lui ôtent la vie, ils tuent sans regret et sans cérémonie. Ils oublient de remercier les Esprits pour l'eau qui babille dans les ruisseaux quand elle remplit leurs amphores. Quand on les a avertis, ils ont tous répondu: «Nous avons tant et tant de biens qu'il ne nous manquera jamais rien !»

Le père place Twylla seule dans une chambre pour qu'elle puise rêver à sa guise. Sans être dérangée. Prévoir peut-être des événements pour sauver... ne serait-ce qu'une partie de ce peuple de goods and merchandise assoiffé. Il décore ce lieu calme de pierres sacrées que les gens ont transportées depuis des générations lorsqu'ils étaient venus de l'Ouest. Ces pierres à la forme brute sont de grosses pépites turquoises ramassées de la Terre Mère et soigneusement conservées dans des pochettes spéciales en cuir de daim. Il savait de son père, prêtre lui aussi avant lui, qu'à un moment donné une de ces générations saurait s'en servir pour aider la tribu. Privilégiée dans sa nouvelle demeure et gavée par ses parents Twylla aura pour unique devoir de pourvoir son père de ses rêves. Il les déchiffrera pour le bien de ses Semblables et des Différents.

J'arrête cette voix séraphine d'une pierre qui infuse sa parole dans la paume d'une main divine. Je la reprendrai, un jour. C'est certain. Car sur ma peau bétonnée, elle a tracé l'authentique destin des origines.

Si au début je me suis préoccupée de ma naissance, c'était pour voir clair en ma nature de pierre. J'avais le vent en poupe. Des hordes de diverses nationalités, prises dans le labeur, n'avaient pas le temps de se quereller. Harmonie des couleurs qui se complètent. Pierre-Elliott Trudeau a fait le reste en instituant un ministère de multiculturalisme qui partage la pomme des discordes entre toutes les bouches otages de quelques articles de presse. Quant à moi, Tour CN devenue *Inukshuk* citadin, je guide l'inertie qui traîne des gratte-ciel sans volonté et quelques humains figés d'amour en mal d'objets. N'étant ni lyrique, ni stratège, je capte les ondes qui parlent en langue de pierre, d'acier et de verre, tout ce qui se conte sur ma ville, tout ce qui me parvient du grand large. Faite comme je suis, je prête une oreille aux exclus, aux malades, aux bien-

portants, aux nécessiteux, aux riches et aux impotents...
parce que je suis capable de prévoir l'éventuelle
catastrophe de fin de siècle, et que je suis l'écho de ce
fragment de conte extirpé du ventre géant du *SkyDome*,
par ma perception extrasensorielle de pierre.

Dans le silence dense, il n'y a que la pierre qui peut
communier avec la pierre ! Dans la béance qui ne
franchit pas l'enfer de la pensée, il n'y a que la pierre qui
peut révéler à la pierre le secret des êtres et des choses,
les liens ténus que le temps tisse au rythme des
métamorphoses. Seule la pierre dégage les portraitures
endormies dans la pierre : ces mises en relief des
géométries de nos traits qui coulent en alphabets des
langues égorgées sans les bonnes manières. Elles
saignent en dehors des rites de passage qui révèlent
l'homme à lui-même et à son entourage.

Si je me suis attardée sur ces cris qui fuient de la pierre,
c'est que j'ai voulu m'imploser dans les bras de Twylla.
Elle est venue m'enlacer juste après son retour de
Malaisie. Ses bras nus ont caressé ma peau cristalline. Mes
mots se sont glissés dans sa chair. Comme ce conte qu'elle
a écouté au revers des pierres. Alors, j'ai su qu'elle m'a
défendue au tribunal des pensées compétitives. Ainsi, elle
envoya son rapport au Ministre de la Communication,
Rocco Cacciapuoti qui n'avait pas le temps de la recevoir.
Une fois sa mission accomplie, plusieurs coups de fil sont
restés sans réponse. Sans rappel. D'où cette lettre qu'elle
m'a livrée dans l'anneau de ses bras :

Monsieur le Ministre,

*Je vous écris d'un pays proche qui n'est rien d'autre que le
vôtre et le mien. Grâce à Souleyman Mokoko qui sillonne la*

174

Tour CN à temps partiel, j'ai pu me rendre compte des enjeux auxquels nous devons tous faire face. Laisser sa trace sur ce guide phallocentrique qui aiguillonne notre bonne Ville Reine, pour ne pas la nommer. Toronto enturbannée de ses gratte-ciel féroces à la conquête du dollar. A chaque Building une stratégie architecturale qui s'échine à vouloir dévorer le Ciel. Mais aucune crainte de ces bâtiments qui courbent l'échine devant la Tour, indépassable à n'importe quel prix. Au fait, la Tour est la seule structure libérée du blindage des banques dans l'isoloir du ciel et qui reflète notre puissance économique et notre savoir-faire architectural. Sa capacité dans le domaine communicationnel fait halluciner le monde. Et nous, Canadiens, sommes hantés par la neutralité pour, soi-disant, ne point s'embourber dans les guerres où nous sommes toujours les soldats de la paix, et les querelles intestines où nous excellons à nous faire rabattre le caquet.

Je suis navrée que mon ex-mari, Pete Deloon, n'ait pu obtenir un job dans cette même Tour qu'il a érigée de ses propres mains. Sa plaisanterie ou sa prouesse de sauter du sommet de la plus haute Tour du monde a, en quelque sorte, tronqué sa vie. Le saut de l'absurde qui, au lieu de lui rapporter le dépassement de soi, n'a fait qu'aggraver sa déchéance. Mais il arrive que l'on «shift» de valeur. Au lieu de l'étalon de travail qui mesure les talents de tout un chacun — c'est à dire l'argent qu'on fait — Pete a suivi, de son flair de buffle, la femme rayonnante. Celle placée en haut du sommet. Que voulez-vous ? L'impuissance l'a forcé de commettre un moindre mal. Au lieu de la violence, il a opté pour l'amour. En devenant l'esclave d'une tyrannie! Je lui souhaite d'épuiser jusqu'à la dernière corde l'illusion grossissante du bonheur parfait.

Contrairement à ce que l'on a propagé, je ne compte pas arracher Pete aux griffes de Kelly. J'entame un procès, dans *l'ordre des choses, juste pour assurer une pension à mon fils. Cet amour de fils qui va bientôt basculer de l'adolescence au monde des adultes. Il reste toujours la prunelle de mes yeux pâles. Comme les siens qui me rappellent ceux de mon père. De ce côté, j'avoue être comblée de bonheur de savoir qu'il n'a aucune ressemblance avec le sien. Quant à l'Embaucheuse, elle a débauché mon ex-mari, en l'humiliant d'abord pour lui faire payer sa chute scandaleusement gratuite de la Tour CN — en Amérique on ne vous donne rien pour rien! — puis en le gobant comme une mouche dans une toile d'araignée. Entre-temps, elle lui a fait goûter le doux-amer de l'attente. Pour que puissent naître des liens solides qui résisteraient à l'usure du temps... Et qu'a-t-elle fait pour lui tenir la sucette haute et le bec sous terre ? Elle ne l'a même pas aidé à déclarer son unique saut courageux aux assurances pour qu'il soit reconnu en accident de travail. Comme vous le savez, Monsieur Le Ministre, les Assurances sont, pour tous Canadiens, la seule monnaie courante qui leur garantit leur mort. La Directrice de l'embauche de la prestigieuse Tour CN n'a pas levé le petit doigt pour lui trouver du travail ou lui obtenir une assurance quelconque. Elle veut qu'il reste le petit chien dépendant de sa bonne volonté, toujours fidèle à ses caprices.*

J'en viens à ma mission en Malaisie. D'abord, j'aimerais vous remercier de m'avoir choisie pour cette tâche importante. L'inauguration de la Menara K.L. Tower s'est déroulée presqu'à merveille. Exception faite du petit incident avec Zinal (ma nouvelle connaissance) qui n'a en rien gâché la cérémonie. J'ai été reçue comme une Reine de Sabbat. Mieux que je n'aurais été accueillie dans mon propre pays. L'hospitalité venait du cœur, et non des bouteilles de

Champagne. Comme le pays est dans la mouvance musulmane, j'aurais dû dire des bouteilles de jus de fruits. En tout cas, la chaleur des contacts s'évalue aux frottements des esprits et non en faisant circuler les amuse-gueules.

Il n'y a donc pas à s'inquiéter que la Menara K. L. nous vole le premier rang de notre tour. Ni du point de vue hauteur, ni du point de vue technologie de pointe. Rassurez-vous. Je tiens cependant à vous transmettre le malaise que j'ai ressenti au contact de cette Tour lorsque j'ai pu la comparer à la nôtre. Tous les Malais que j'ai rencontrés, du nord au sud et de l'est à l'ouest, portent leur Menara K. L. dans leur cœur. Ce qui les irrigue d'une source intarissable de bonheur. Ils font d'elle leur foi et leur fierté. Et en plus-value, ils lui ont donné pour mission d'être «le point focal» de toutes sortes d'activités culturelles locales et indigènes, mais aussi internationales et universelles. Ajoutez à cela qu'à chaque fois qu'un visiteur se présente dans cette Tour, on lui offre le «SALAMAT DATANG». Ce Salut de la Paix est sur les billets, les brochures, les sourires, dans l'architecture, sur l'entrée, et sur la tête même de l'édifice. Leur Tour possède donc un vernis mystique puisque The whole tower head is clad in glass... arranged in the traditional islamic form of the «MUQARNAS». *Toute la structure devient alors une entité harmonieuse reflétant la renaissance de l'héritage architectural islamique. La Tour de Kuala Lumpur est dotée d'un Esprit que, malheureusement, la nôtre ne possède pas, et ne semble pas vouloir posséder. Pas par manque de moyen, mais parce que nous ne tournons le regard vers le passé que pour le dénigrer. Nous nous contentons de scruter bêtement l'avenir. Sans aucune référence aux galaxies perdues dans le passé infini ou dans le présent maladroit. Figés que nous* sommes dans ce que «rapporte» l'entreprise. Et non dans les couleurs variées de nos composantes profondes et superficielles. Nous donnons de l'importance au temps quand il est monnayable. Et nous ne profitons pas de ce même temps pour lui extraire et lui faire dire ce qui fait notre originalité. Personnellement, je sens l'Esprit-Orignal rôder autour de la tour au lieu d'en émaner, comme des prières de cœurs incrédules.

Excusez-moi, Monsieur le Ministre, de m'être ainsi confiée à vous. Chose qui ne se pratique absolument pas dans notre société stiff upper lip. Je le sais. J'ai tenu à partager avec vous tout ce que j'avais sur le cœur parce que vous êtes la première personne qui m'ait chargée d'une mission. Aussi temporaire soit-elle. Vous le savez aussi que l'on préfère que je ne sorte pas de ma Réserve. Au Canada, ne survivent que les transactions de langue de loup au lieu de celles de l'Orignal qui unit les élans.

En comptant sur votre indulgence méditerranéenne et votre compréhension, je me permets de vous informer que j'ai décidé de ne pas rentrer dans ma Réserve pour me faire free lance à Toronto. Si jamais vous considérez que je peux couvrir un événement quelconque, je vous prie de penser à moi. Cela me permettra de mettre un peu de graisse de caribou dans mes spaghetti.

Sincerly Yours
Twylla Blue

TOUR 14

Pluie verglaçante. Ma peau se couvre d'une véritable *sheet of ice*. Mon bulbe acquiert la blancheur scintillante du papier glacé. Au lieu de se faner, il fleurit de plus belle et retrouve la couleur naturelle du pays. Ma tige n'augure rien de bon pour Souleyman Mokoko. Seul jour où il manque de se pointer au travail. Au tournant de Jane et Finch, il perd le contrôle de sa voiture. Glissade d'une traîtrise monstrueuse. Dérapage et tamponnage avec grand fracas de cinq voitures qui, au lieu de s'embrasser légèrement comme des amoureuses de fer, se sont rentrées les unes dans les autres, allant jusqu'à défoncer les coffres et leurs secrets, comme des voleurs furtifs. La Chevrolet, «bâtie pour plus de résistance à la torsion...offrant à son conducteur une parfaite maîtrise, même dans des conditions difficiles», s'aplatit dans le coffre de la vieille Ford de Souleyman. La Ford, à son tour, écrase une Honda qui s'enfonce dans une Fiat qui fait voler le *design* le plus fonctionnel d'une Acura... Accident où la ferraille prend sa revanche dans une entre-pénétration jouissive. Seuls le fer et l'acier peuvent s'amouracher de la sorte. Dans une violence passionnelle de possession..

Le verglas ne pardonne pas. Les lignes gracieuses d'une chaîne de voitures, sans distinction de couleurs ou d'état, se sont payé le luxe de s'enchevêtrer dans une orgie d'éclats. Personne ne peut les démêler pour qu'ils reviennent à leur place initiale. Cette jouissance de tôles qui s'entrelacent fait pleurer. Tôle et mécanique, fierté de l'homme, ne le servent plus. Elles prennent plaisir à défier son esthétique et sa volonté. Alors qu'elles se sont pliées à son pouvoir pendant des siècles, voilà qu'elles ont réussi leur coup. Un accident où cinq personnes qui ne se connaissaient ni d'Adam ni d'Eve se retrouvent dans une situation inextricable. Récriminations déclenchées par la ferraille qui fait des siennes à cause d'un sale temps minable.

Au niveau 5, je possède l'équipement télévisuel le plus perfectionné du monde qui diffuse une dizaine de stations, de CTV, TV Ontario... à Global. Au niveau 6, le même genre d'équipement pour la radio FM : là également une dizaine de stations telles que CHUM-FM, CKFM-FM, CJRT-FM... CBC. Avec toutes ces batteries de pointe tous azimuts, personne n'a rapporté cet accident spectaculaire et coûteux, si ce n'est aux nouvelles du soir. On a simplement dit «un accident a perturbé le trafic pendant la matinée au carrefour de Finch et Jane. Pas de mort ou de blessé grave». Cette phrase sibylline est passée inaperçue. Fait divers qui ne touche plus personne. Ne nomme personne. Ne retient l'attention de personne. Je sais à présent pourquoi je me suis mise à narrer ce récit de corps où je donne libre cours à mon inclination antennique. En vibrations qui me font frémir de mes fondations à mon sommet, je les transcris en alphabets de pierre. J'y censure l'effusion des sentiments pour ne pas être trop personnelle, et que mes «écouteurs» ne me mettent pas sur les planches pourries de la mode. Je laisse les autres créateurs s'étrangler dans leur popularité du jour !

Je reste donc à l'ombre de mes récits qui ne sont que des tatouages dans ma chair de pierre. Car depuis fort longtemps le verbe s'est fait galets que les vagues du lac Ontario ont poli. Un passant les ramassera, peut-être, pour l'amour de faire des ricochets dans l'eau... Chaque pierre en effleurera la surface deux ou trois fois, puis rejoint le fond, l'abîme d'où on ne la tirera plus jamais !

Comme ma vision est panoramique, et que ma première fonction est la transmission, je ressens déjà à l'âge de vingt-cinq ans une indigestion de communication qui me retourne les boyaux. Mes rouages continuent néanmoins à fonctionner. Après chaque message transmis, je m'efface. Mon rôle finit là où la parole s'éteint. Je quitte ensuite le théâtre du verbe. Je n'ai plus rien à faire sauf à servir d'intermédiaire. De cette évidence, personne ne fait cas. On oublie que je ne suis pas un lieu de *show*, mais uniquement une transmettrice de verbe-en-pierre. Ce rôle que je joue depuis un quart de siècle a introduit dans ma chair en béton une myriade de vibrations humaines. C'est sans doute ça qui me rend proche de quelques-uns de mes personnages. Bref, je ne suis pas toujours neutre... Lorsque je raconte, par exemple, le sort de Souleyman Mokoko, ma narration est colorée d'une subjectivité qui anime agréablement mes sentiments de pierre. C'est ainsi, je n'y peux rien !

C'est vrai Souleyman ne me laisse pas indifférente. Paralysé par le froid, il n'a pas pu, après plusieurs tentatives au téléphone, avertir la Direction. Il aurait tant voulu assumer sa tâche d'envol spectaculaire dans l'un des quatre ascenseurs qui décollent à la même

183

vitesse qu'un jet en transportant plus de mille deux cents visiteurs par heure. A l'abri de son engin qui ressemble à un «cocon», Souleyman se sentirait au chaud comme dans le tronc d'un baobab qui le nourrit de ses feuilles et de ses racines millénaires.

Consciencieux, digne et honnête, il glisse sur les arêtes verglacées et sordides de son travail quotidien. Heureusement que, de là, son imagination fertile d'Africain dérape et prend un bain d'air donnant vue inoubliable sur le Lac. Il s'imagine avoir trouvé «une place au soleil», à Toronto Island. Juste une petite maison où il pourrait vivre avec sa famille l'été. Un coin de paix pendant trois mois. Le reste de l'année, il est bloqué en bonhomme de neige, sans force pour s'extraire de son corps. C'est le fils de Twylla, Moki, qui viendra le secourir et lui apprendre à vivre dans cet Igloo.

L'Administration saute sur le prétexte de «la faute grave» : Souleyman n'a pas assuré son service. Il n'a pas prévenu pour un remplacement possible. Les méchantes langues font le reste : «les Africains ne possèdent aucune notion du temps. Des paresseux qui veulent tous être assistés. Des têtes en l'air, sans aucun sens pratique. Tous sont des mangeurs de piments atrocement pimentés qui les font suer... sans effort, pour ne pas dire des mangeurs d'hommes à la sauce béarnaise. Ils fabriquent des enfants qu'ils confient à la rue pour les élever...» Selon le Dr. Ronchon, «*le cyberdépendant* — et tous ces Africains sont des cyberdépendants ! — *doit être traité comme l'alcoolique ou le toxicomane...*»

184

Souleyman ne dépend ni de Cyberspace, ni du Gouvernement. Souvent, il oublie même de remplir les formulaires pour les allocations familiales qui ne sont, à ses yeux, que des dislocations d'individualités. Et comme il porte sa dignité en écusson sur le front, il ne risque pas de ramper. Il n'a jamais profité de son poste pour me rendre visite avec sa fille aînée, Amanicha, âgée de quinze ans. Mais maintenant qu'il ne travaille plus dans mon enceinte, il l'a amenée, à mon Restau-carrefour, manger son *lunch* préféré : un *Mac*, des *French Fries* et un *coke*. Dès que Amanicha m'a vue de près, elle s'est exclamée :

— Baba, Baba... pourquoi cette pyramide se termine-t-elle par une tête d'aiguille qui porte un turban ?

— Ce n'est pas la même pyramide que celle dont je t'ai parlé. Et ce n'est pas un turban, c'est un cercle parfait.

— Raconte-moi encore les pyramides de nos ancêtres.

— Je t'ai dit pourquoi je t'ai donné pour nom celui de la Reine Amanichakhéto. Je te rappelle que sa pyramide funéraire remplie de pièces d'orfèvreries, de parures précieuses conservées dans une écuelle de bronze, fut pillée par un Italien qui, après la campagne au service de Napoléon, est revenu saccager la pyramide et en extraire un butin d'une grande valeur. D'abord, il a vendu à bas prix une première moitié parce que les experts n'ont pas pu vérifier l'authenticité de ce trésor. Ce n'est qu'après trois ou quatre ans qu'un archéologue de renom a pu témoigner de la valeur exacte de ce vol. Le prix des pièces est monté en flèche et l'Italien l'eut amer !

— Alors le Royaume de Koush est riche et puissant ?

185

— Oui. Et même illustre ! Nous avons été des conquérants et, à notre tour, nous avons été conquis. Mais le vol et la malhonnêteté, nous ne les pardonnerons jamais... A partir de Djebel Barkal, «la Montagne sacrée», encore flanquée aujourd'hui par une aiguille rocheuse qui ressemble à cette Tour, nos princes nubiens partaient à la conquête de l'Egypte. Nos aïeux venaient du Royaume, aujourd'hui le Soudan, qui s'étalait entre le confluent du Nil Blanc, du Nil Bleu et de l'Atbara. Ses dynasties de Pharaons noirs venaient du Sud. Au début (vers 2500 ans av. J.-C.), c'était le royaume indépendant Kerma. Peut-être le plus ancien d'Afrique. Et j'ai hésité lorsque j'ai choisi ton nom entre Kerma ou le diminutif du nom de la Reine. J'ai opté pour celui-ci parce que tu es ma richesse. Plus que l'or, l'ivoire, l'ébène ou l'encens. Plus que les peaux de bêtes sauvages nécessaires au culte. Toutes ces richesses se négociaient, et s'échangeaient sous la surveillance d'énormes forteresses construites par les Pharaons du Moyen Empire sur le «Batn el-Haggar», le Ventre de la pierre, autour de la deuxième cataracte engloutie dans les années 60 de notre siècle sous les eaux du Lac Nasser.

— Dis, Baba, le *SkyDome* qui lui-aussi ressemble à un ventre de pierre, ne sera-t-il pas englouti par le Lac Ontario ?

— Amanicha, tu ne vas pas me dire que la Tour CN est la fille de l'Aiguille rocheuse ?

— Justement... Baba. Mais pas tout à fait... Je viens de te dire que la Tour est une pyramide en aiguille. Et tu m'as dit que l'Aiguille rocheuse servait de symbole religieux pour les Pharaons. Elle leur permettait de croire à Dieu et indiquait en même temps, le temps.

C'était aussi le point de départ de toutes les aventures. Le point d'où l'on mesurait les distances parcourues.

— Oui, le point qui indiquait l'origine. Il était fixe et immuable. Tandis que la Tour CN est un lieu de passage. L'information circule à travers les quatre directions de la terre. Et elle passe sans laisser de trace. On l'écoute d'une oreille distraite. Qui ne pèse ni son poids de silence, ni la mesure de son ton. Alors que notre langue, le Méroé, a été gravée en or par Taharka, au sommet du piton rocheux. Une inscription méroïtique dont la transcription à la fois hiéroglyphique et cursive n'a pas, à ce jour, trouvé son Champolion et reste en majeure partie indéchiffrable.

— Mais qui se souvient de Méroé ?

— Peu de gens. Et certainement pas les Canadiens! C'est pour cela que nous sommes venus ici. On nous avait promis de garder notre héritage, nos cultures, nos langues... et puis, on s'est retourné contre nous. Disant que les «Ethniques» doivent s'intégrer, s'assimiler, se purifier, s'anéantir... pour prendre racine *icitt*. Et nous nous sommes rabotés de la tête aux pieds. Cela n'a pas suffi. Quoi que nous plantions, baobab ou érable, notre arbre ne prendra jamais «de souche». Aux yeux des Bilodeau, Durocher, Miron, Tremblay et autres, il ne portera jamais de fruits !

— Alors pourquoi sommes-nous venus ici ?

— Nous avons été forcés de quitter notre pays. Justement, parce que les turbans ne se portent que sur les têtes de citrouilles. Celles qui veulent le retour en force au tribalisme, aux lois religieuses accommodées à la sauce intégriste, à l'obéissance à la Nation... la suprême ensorceleuse qui a détrôné les Blancs. Ces blancs que tous les peuples d'Afrique ont singés pour bien se remplir les poches. Et ils font comme eux. Pour sauver leurs peaux gravées d'or et d'ivoire, ils vident les inépuisables mines, tuent à tort et à travers les éléphants…

— Tu m'as dit que le Canada passait des publicités dans tous les pays étrangers pour inviter les gens qualifiés à immigrer dans ce pays. «Devenez Citoyens du Canada», disent-ils. Tu as immigré et tu es devenu citoyen, alors pourquoi as-tu perdu ton travail ?

— D'abord, c'est le *Mektoub*. C'est écrit dans les cieux que l'on trouvera le bouc émissaire des coupures budgétaires! Et ensuite, il faut dire que, par derrière la scène des tractations chauvines et hypocrites, les têtes sont coupées. Juste pour satisfaire un budget que personne ne connaît.

Voilà que Souleyman s'est soulagé un peu en parlant de son pays d'origine à sa fille. Il n'aurait jamais pu ouvrir son cœur de la sorte à un Canadien pelure de laine ou pureté de chevreau ! Moi, Tour CN, je ne vais pas, non plus, chez les hommes. Ils viennent à moi, admiratifs ou en désarroi. A qui, sinon, les hommes peuvent-ils confier leur peur de vivre sans amour, les jours que le destin a comptés pour eux ? Mes rapports avec eux se mesurent à l'aune de la pierre. J'étais sensible à «l'aiguille rocheuse» et au «ventre de la pierre» dont parlait Souleyman. Du coup, je me suis vue installée dans une tradition millénaire. Grâce à cet étranger, devenu Canadien, qui ne trahit pas sa mémoire !

Au lieu d'être une vertigineuse antenne plantée au bord d'un grand lac, il me plaît en effet de me voir, parmi les pyramides, une très haute pyramide. Cela me console, car ni le *Skydome*, ni les rails de chemin de fer, flanqués à mes pieds, ni *Front Street*, *Spadina* et *University Avenue* qui grouillent d'aventures, n'ont su me procurer l'élixir qui m'abandonne aux rêves. Les prouesses technologiques pèsent moins dans ma balance que celles de jadis. Peu importe si mes ascenseurs grimpent mes 500 mètres en quelques secondes, ou si le toit du *Skydome* peut soulever 3700 voitures et s'ouvrir en moins de vingt minutes !...

Si j'étais une sculpture inuit, je vibrerais du chant des animaux, des récits des constellations, de l'agonie des royaumes et de la maîtrise joyeuse de la Terre-mère. Heureusement que Twylla vient parfois me caresser, m'entourer de ses bras tendres. Ne suis-je pas le jet de son Pete renvoyé ? Enfant de son malheur, je lui procure du bonheur.

Le renvoi de Souleyman de mes arcanes a pesé lourd sur mon cœur jusqu'au jour — et je ne sais par quel miracle ! — où il est embauché comme chauffeur de taxi. Bardé de son Doctorat, il amène devant ma porte les hordes de visiteurs qui comptent des ignares, des égarés et, parfois, des illuminés. Il m'arrive, de temps à autre, de capter des bribes de paroles qu'il échange avec ses clients. Le temps d'une course, ayant pour seul témoin la ferraille roulante, Souleyman se confie :

— La Tour ne me trahit pas, mais ses *managers*. Eux ne l'emporteront pas au paradis ! Je lui suis reconnaissant de m'avoir fait travailler dans sa chair vive. L'ascenseur m'a mené à la dérive. Nous n'y sommes pour rien. Le système règle tout. La soif de vie, la soif d'amour. Personne ne peut trancher l'aorte du système ou détraquer ses rouages. On ne peut rien y changer, même pas la graisse qui lubrifie la machine infernale. Dans mon pays aussi, les choses sont ainsi. On s'ingénie à bâillonner toutes les bouches, celles qui crèvent de faim comme celles qui jettent le surplus de nourriture aux chiens. Cousues du fil blanc de la frayeur, elles ne s'ouvrent que pour siroter une concoction aussi amère que la vie. Mais là-bas, au moins, j'avais le désert dans les yeux. Ici, je ne possède que la crotte au nez ! Là-bas, la parole coûte cher, et parfois la vie. Ici, elle ne vaut rien. On possède la première liberté de dire à haute voix ce que l'on pense. Que dis-je ? Le droit et le devoir de hurler ce que les gens pensent bien bas. N'en déplaise à l'État ! On critique tout, le pouvoir et la démocratie, et personne ne s'en soucie. Je me suis même plaint à l'Office des Droits de la Personne. Et on m'a fait entrer par une porte et sortir par une autre. Toujours libre de croire et de mourir dans l'espoir qui fleurit dans la parole, dans le mouroir du repentir...

Les citoyens d'ici ont consacré le mois le plus froid de l'année, Février, le mois des Noirs ! Et l'on nous a invités à développer toute notre *Kuumba*, notre créativité swahilie qui est censée nous unir alors qu'elle s'acharne à nous diviser. On la met en vedette ainsi que l'héritage africain au Centre *Harbourfront*. Tout un programme : Revue historique *Black in Time*, concert Coca-Cola, et vas y danse mon pot, danse Garth Fagan, danse immersion et chante Souleyman, chante et goûte à ta cuisine exotique... Alors, pris dans le tourbillon de l'exorcisme, j'ai mis la main à la pâte et j'ai crée une amulette «Tour-aiguille-Ventre-pierre» pour éloigner le mauvais œil de ma Tour CN. A elle, je veux tant donner, une âme, sans pour autant que je vende la mienne au marché international de la fripe. Même à elle, je refuse de perfuser les artères de la rime tigresse de ma parole. Ma tigritude rythmale, je la voue à tout le monde, une main tendue à d'autres. C'est ce geste dont a tant besoin cette terre d'accueil qui congèle les cœurs les plus aimants. Pourtant, d'aucuns croient qu'en couronnant la Tour de mon amour inédit, j'agis en sorcier africain qui cultive le dialogue avec les ombres ! Alors tant mieux, si c'est ça que je fais. Car dans le désert qui ne rejette personne, fleurissent et survivent, pour toujours, les plus belles roses de sable.

Vous savez, le Prophète, que Dieu le bénisse mille fois de sa miséricorde, a dit : *Une pierre est descendue du Ciel plus blanche que le lait, mais les péchés des hommes l'ont noircie*. C'est l'objet le plus vénérable du Saint Lieu. Une pierre céleste de couleur noire, remise par l'ange Gabriel au patriarche, Abraham, aidé par Ismaël. Ici aussi, une Tour, Mecque des Torontois et des touristes, a surgi de terre. C'est une *Ka'ba* grise comme l'aube qui accomplit, avec ferveur, la performance scrupuleuse des règles édictées par les hommes. Elle possède, sans doute, une parcelle du génie de l'Esprit-Orignal que la Nation première a émoussé. Oui ! Il n'y a que les déserts d'amour qui sont capable de passion ; ça aussi, vous le savez, n'est-ce pas ?

Souleyman dépose à mes pieds d'innombrables visiteurs émerveillés par mon rayonnement bétonné qui donne aux hommes un avant-goût du panoramique. Cette vision fantastique, envoûtante, sur les gratte-ciel et les plantes, les hommes et les animaux, ne révèle aucun mystère de la ville la plus dynamique et la plus cosmopolite du monde. Personne ne se doute du drame que vit chacun de mes personnages replié dans sa coquille du sans-emploi, des amours tragiques, ou de la drogue qui remplace la foi. Chacun est une bulle de savon en retrait. Chacun a besoin de s'évader dans un bout de ciel afin de méditer sur son sort. Solitude dans une multitude placide. Quant à Souleyman qui eut l'audace d'imbriquer sa main noire dans l'ascenseur, pour protéger la Tour de la magie blanche, on l'a renvoyé sous prétexte qu'il est maudit, un portefaix de la guigne.

Maintenant, il n'y a que Twylla qui vient m'enlacer chaque jour et transmettre à ma chair de granit des bribes d'histoire.

— Toronto existe depuis l'âge de glace. Vers l'an 900 ans de notre ère, mes ancêtres ont commencé à cultiver le maïs, les haricots, les citrouilles, d'autres légumes et céréales. En 1787, le gouvernement britannique a acheté cette région pour mille sept cents Livres sterling, payées comptant et en marchandises aux Indigènes locaux. Lors du transfert du Canada aux Anglais en 1763, après la défaite du Québec en 1759, Toronto comptait des négociants en fourrures, des *United Empire Loyalists* et des réfugiés fuyant la Révolution Américaine. Claironnant une période d'industrialisation à outrance, le chemin de fer n'arriva qu'en 1850. Depuis la ville est prospère et un dynamisme cosmopolite s'y est installé. Hier, en 1950, trois-quarts de la population étaient de souche british, mais aujourd'hui trois-quarts sont de souche multiculturelle.

C'est à cette même Twylla que Souleyman, le nouvel arpenteur de neige, a remis le trousseau de clés supplémentaires qu'il n'a pas rendu. Elle le renvoie par courrier à Rocco Cacciapuoti. Ce jour-là Souleyman crut avoir rendu l'âme. Les clés aboutiront sur la table de Kelly King qui voit dans ce geste la remise du secret du cœur de Pete Deloon. Quant à Rocco, il y lit un signe prémonitoire de retour au pays des origines, à cette Italie qui l'a vu naître et dont il a de plus en plus besoin pour comprendre ces mutations égrainées en rosaire du temps.

Et qu'attend le calice ébréché, expédié, en fragment effilé de l'éternel, à une autre mer intérieure dans le nouveau monde ? Ce Lac Ontario qui reçoit encore les quêtes infinies, se demande si elles vont ouvrir les cavernes de l'avenir...

Quant à moi, je sais que chacun de mes personnages est un infatigable nomade, un «Canadien errant», qui ne détrempe point de sa solitude.

TOUR 15

Ce matin, un soleil radieux s'écoule langoureux sur la ville. Engourdie d'habitude, elle assume à présent un autre visage. De Victorienne ou Édouardienne, elle s'est subitement transformée en Méditerranéenne. Les différentes «Petites Italies» qui forment des poches immenses sont mises en relief. Les briques rouges luisent d'une intensité à faire honte aux enseignes publicitaires qui vantent la nourriture et autres produits italiens. Et à la remorque, s'embrasent les quartiers portugais ou grecs, chinois ou israélites, polonais ou hongrois... La communauté italienne est haut-la-main majoritaire, dépassant de loin celle des fondateurs britanniques. Et c'est l'ivresse des folles promenades. Les rayons de soleil abreuvent au mieux ce demi-million d'Italiens qui sécrètent dans l'air terne et monotone anglo-saxon un zeste de *lemoncello* embaumant l'atmosphère.

La rigidité de cire des masques se déride et fond en larmes de joie de vivre. Le soleil s'amuse à faire ressortir les zones d'ombre dans l'archipel des buildings. Toute angularité brisée. Ne se maintient que ma verticalité heureuse, accueillant un ciel serein. L'église *St. Andrews* projette sa façade sur un bâtiment miroir qui assouplit la puritanité des lignes de force. Certaines sont estompées, d'autres mises en exergue. Et tandis que la forêt de béton et les marais de verre quadrillent les rues et les avenues de leur ombre, les Torontois affairés vaquent à leurs occupations. Contrairement à leur habitude, ils paraissent détendus, sûrs d'eux-mêmes. Pour une fois, ils ne se prennent pas au sérieux. Ne se pressant pas du tout comme à l'accoutumé. Se traînant plutôt. Le pas léthargique et le visage démasqué. Même le *Hi* qu'ils se lancent les uns aux autres semble rempli d'espoir, débordant presque d'enthousiasme et de félicité. Les regards affligés ont abandonné leur douleur. Sous la lumière aveuglante, ils reflètent ce grain de bonheur qui ne trompe pas.

A mon tour, je sors de mon asile de pierre neutralisant et je donne dans l'étincelant. Le soleil me léchant de partout me réchauffe. Mais ses rayons en langues sèches me paraissent calomnieux et outrageants. Que trament-ils, ces envieux à qui j'ai enlevé un peu de leur rayonnement grâce à ma verticalité qui capte, en toute liberté les mots de tous les jours. Je ne fais de l'ombre à personne, même pas à Symphorien Lebreton qui croit m'incendier avec ses bouts de papier. C'est Twylla qui, le temps d'un éclair, a fait disparaître ce Symphorien de ma mémoire transmettrice. Pourtant, je devrais l'avoir toujours à l'œil parce qu'il ne cesse de m'adresser de virulents messages de haine, dans un langage d'amour que les mortels savent si bien manier.

Mais ma verticalité transcende toute forme d'ignominie. Ce Symphorien, je le connais mieux que quiconque. Il n'est pas fou. Il ne vit que pour sa pensée en escalier. Si les escargots sortent en masse après la pluie, lui s'engouffre dans ma coquille au moindre rayon de soleil. Il sait que par beau temps les gens adorent se prélasser. Nourri et soigné par sa mère, il se consacre à

198

moi, jour après jour, sauf une fois par an lors des compétitions loufoques qui consistent à monter mes escaliers, trois par trois, en ayant un œuf sur la tête. Ce jour-là, les fous de records ne craignent pas les glissades sur le jaune. En ce jour de gloire, Symphorien évite de se montrer. Il se recroqueville dans mes entrailles et se donne à sa passion épistolaire : bribes intimes d'un assoiffé de tendresse.

«*Hélas, Toronto n'est plus le bastion de la culture anglo-saxonne mais de celle des nouveaux immigrés... Ville des Blue Jays et de la Tour CN. Peu savent que ses quartiers chantent chacun sa personnalité... De Rosedale où la richesse bourdonne de tous ses pétales... à Cabbagetown où les vieux Choux badigeonnent leurs fleurs... Des quartiers se colorent par les gens qui y vivent. Chez nous, les couleurs font la nique à la blancheur... Moi, le Blanc, je suis perdu dans ce trop plein de caractères. Quel cratère fait acte de diamant ?... Je cherche ma boule dans l'extravagance de l'architecture. Parfois, je la trouve dans celle qui manque d'ardeur. Qu'en dites-vous, Tour de mes trois ? Vous qui sortez du tonnerre des immigrés!... Tour noix de coco. A casser pour boire son lait. La biberonner nuit et jour. L'avaler souffle de mon amour... Je t'aime Tour comme l'amour qui tourne au vinaigre. Pas comme cet Africain débarqué de la lune. Il ne sait même pas patiner aux pieds de tes escaliers... Et ces Chinois qui encombrent de leurs légumes les trottoirs de Chinatown. Eux savent glisser sur les peaux de bananes. Dundas, la nuit, avec ses lumières scintillantes fait penser à Hong Kong... Ma ville s'est débridée dans le jaune et rouge. Tout bouge : les étalages et les habits. Les dragons des enseignes et les baguettes entre les doigts. Choc des épices sur l'autre versant de l'Orient, l'odeur extrême collée aux vêtements... Ça vaut le coup d'œil, pour questionner l'univers qui déplace ses globules multi-couleurs, sans le savoir et qui, sous ton regard pervers, Tour de mon œil, prêche une philosophie de terroir... Mais pour qui te prends-tu, Tour de mon... qui palabre sous un érable ?... Ton verbe de cailloux est plus hideux que le cri du hibou... Qui, d'ailleurs, écoute ta stridence, sauf les coqueluchés du crédit, les multinationales en flagrant délit... A ton verbe, tout le monde fait la sourde oreille, même ces ethnies que tu chéris. Regardes les se bousculer à Chinatown pour se remplir le ventre à bon marché, de riz blanc ou cantonnais, de sauce piquante ou aigre-douce. Quant à moi, ton fidèle serviteur, rien ne m'est donné dans ce pays de cocagne... Dans tes entrailles, je me masturbe avec les mots, et mes jets séminés s'évaporent dans tes silences... Pourtant, je ne peux détacher mon regard de tes élans vers le ciel. Seuls les Happy Few l'escaladent en catimini. Je ne sais qui remportera le prix... Et je continue à te prodiguer les caresses vives de mes mots. J'éjacule en toi mes paroles de pierre pour t'ensemencer de nouvelles lois d'hospitalité. Est-ce peine perdue ?»*

Symphorien enroule ses papiers dans du coton, puis les place dans les recoins de mes marches. Il croit ainsi empierrer en moi des parcelles d'amour qui m'éviteront, un jour de colère, d'être réduite en une poussière satellitaire par une détonation mystérieuse.

L'imprévisible et insaisissable Symphorien m'est fidèle jusqu'à la nuque. Qui peut en douter ? Hélas, il demeurera l'incompris ; ses éclats d'amour comme ses écueils de pensée ne sont admis de personne. Mais moi, la Tour de pierre, je le comprends. Je le capte là où il est avec mes sens de béton. Je le vois à l'instant se faufiler dans la foule, rejoindre, sa propre salle de concert, *La Scala* de son *Milano* qu'il a inventé sous mes aisselles. Il arrange ses bouts de papier : rectangle près du rectangle, carré après carré et les boules selon leur grosseur. En chef-d'orchestre, il place les instruments de musique qui s'animent, lève sa baguette phosphorescente et stabilise l'autre main au niveau des yeux. Des profondeurs de mes entrailles parviennent, en vagues successives, la mélancolie des violons, la gravité austère des basses, la stridence des trompettes joyeuses, la fraîcheur pastorale des flûtes, le tendre ruissellement du piano, les caresses jouissives de la harpe, la clarté serpentine des clarinettes, le blues des saxophones... Puis les deux mains de Symphorien marquent le silence, et dans un déchirement soudain qui fait secouer mes parois en verre, explose la colère des batteries, la violence éjaculatoire des cymbales. La foudre tombe du ciel.

Symphorien joue sa vie. Ses mains évoluent en gestes lyriques, font vibrer les doigts pour extraire des trémolos, adoucissent les contre-altos. Sa baguette valse et fait tourbillonner le cœur des notes musicales. Il prend un immense plaisir à rendre vie à chaque note, à l'extirper de ces objets collés et répartis sur vingt-quatre escaliers. Son imaginaire active les instruments de musique en chœur. Rayonnant de bonheur il leur prête ses voix qui passent sans transition d'un Pavarotti débitant *La Traviata* puis *Carmen* à un Duke Ellington

201

extirpant des blues en mal de continent. Symphorien regarde autour de lui et voit une salle comble. Il arrête la musique. En un solo, sur l'air du rien, il entame sa chanson de tous les jours : *Only you…*

Ce Symphorien, moi, Tour CN, je l'abrite et sais le protéger. Je ne le dénonce à aucune galaxie. S'il s'est réfugié dans mon antre en perdant son corps d'homme, ce n'est que pour retrouver sa voix et la faire évoluer au rythme de mes tourments. Volcan aux rares éruptions, Symphorien est un chaos de glace et de feu dont l'unique dessein est un «dur désir de durer».

Je ne peux réserver que quelques instants d'antenne pour vous rapporter un choix des paroles chantées par Symphorien. En le récitant, j'ai l'impression de creuser le langage de son intérieur, de sa souche spéculaire dont il est lui-même incapable d'extraire la mine précieuse. En scribe de fréquence, je transcris ce que j'ai capté, sans pour autant être sûre que des interférences n'ont pas perturbé mon écoute. Et même si cela est arrivé, l'humanité ne gardera que ce texte comme l'authentique élégie du maître-chanteur :

O Dame des Tours caméléonnes, ayez pitié de moi
Accordez-moi la danse des mots défunts
l'air qui raille les prétentions de la vie
Je veux mon quota d'éternité
Disparaître en toi
Épouser tes mots de pierre,
pour être le ciment qui retient le lierre
Je veux pousser au gré de ton épiderme
dans l'insondable chair de tes phrases
Transformer nos mots en pachydermes

des animaux qui embrasent le calcaire

Tes élans m'ont trahi/ Tu m'as pris dans tes bras/ Tu as souris à ma jeunesse, vite fanée/ En un quart de tour, elle est devenue ma détresse/

Je laisse derrière moi les assassins de ma vision que transporte/ en ricanant ton insaisissable médiation/ Sur les écrans. A la télé./ Rien de ce qui est gravé au mortier mélodieux qui va durer

Ma langue tentée par l'éternel est mystère
Je lui ai consacré ma vie/
Avec le zèle de l'abeille et celui de la fourmi.
Et que me fournit cette langue vermeille
perdue dans l'arc-en-ciel des quatre saisons ?
Une tristesse sans pareille
J'en ai fait une fois ma chanson.
Only you can make me believe…
au temps de la dérive qui dure à l'infini
Only you *peut m'aimer dans ta matrice céleste*
Au-delà des chicanes et des tortures
Only you *me cajole dans ton antre modeste*
Inconnue du dedans qui perdure
Mais pour perdurer, il faut éclater terreur effroyable
Louange à la violence qui plie les genoux de l'intolérable
Qui a horreur du sacrifice, n'a qu'a fermer son édifice

Symphorien hurle tout son saoul. Il croit inciter à la révolte ses auditeurs-spectateurs qu'il voit entassés autour de lui et sur les escaliers. Ses hurlements qui ressemblent à ceux des loups dans les déserts glaciaux du Nord, ont ameuté les autorités de la Tour. Alertée, la police l'embarque de force. Les visiteurs attroupés assistent à cette scène, le regard vide.

Symphorien n'a fait que mutiler le temps qui me sépare de lui. Il croit que mon cœur n'a pas vibré. L'amour compte et se partage. S'il se déverse autour de mes contours pour me plaire, il fait fausse route. Parce que je sais qu'il se dirige vers une fin incertaine. Ce n'est pas que je me méfie de lui, car seuls les mesquins naviguent dans le doute et la méfiance. Mais il en fait trop. Pour me manifester son amour, il se prend pour Roméo, *Mac the Knife*, et Torero.... Non, je n'ai pas besoin de cet amour qui, à la fois, juge et se venge du jugé !

Quelle planète, dans sa course effrénée, a jeté ce Symphorien sur terre ? Malgré les sévices que les humains lui infligent — parce qu'il sait danser avec moi et qu'il connaît l'art de faire passer son souffle dans la pierre de la nuit — il s'obstine à me voir étoile labourant le ciel, *Inukshuk* dirigeant les traces sur la neige, ou Cantor qui prête sa voix pour chanter l'amour aux abois des heures défavorables. Et au moment où il se met à régaler mes escaliers, on l'accuse de danger public. Pourtant il ne fait qu'effiler les maux de l'humanité sur le déclin, croyant ainsi la sortir de ses labyrinthes et la placer dans l'ornière de l'éternité.

Symphorien ne sera pas, non plus, traité comme le «fou» de ma cousine germaine de New York, *The Empire State Building.* Mais celui-ci est un vrai et de surcroît un Palestinien de nationalité Israélienne âgé de 69 ans qui sait hurler à perdre la voix :

— J'adore l'Amérique. J'aime l'Amérique. Je l'ai dans la peau.

Et il pointe son revolver Beretto, calibre 38 et tire à bout portant sur les touristes. En un rien de temps, le monde s'embrase. L'enfer à la tête de New York. Épouvante et sang à 300 mètres d'altitude, sur la terrasse d'observation. Un coup porté à la sécurité américaine! L'enfer entre terre et ciel. Tirs à moins d'un mètre de distance. Le feu continue. Le doigt sur la gâchette danse sa folie. La main a perdu tout espoir. Elle détruit la vie avec le parti-pris de tout saccager, à tort et à travers, y compris ses économies d'instituteur qu'il a investies, en toute perte, dans la sûreté des banques américaines. Un musicien danois atteint d'une balle au front succombe. Six autres personnes sont touchées à la tête, au cou, au flanc... Parmi eux, deux petits enfants : l'un âgé de cinq mois, l'autre d'un an et demi. Celui-ci tombe inerte dans les bras de sa maman, laquelle reçoit, à son tour, le projectile meurtrier. Aucun moyen de se sauver. Tous les visiteurs sont prisonniers des balles d'un désespéré qui, pour en finir, se fait sauter la cervelle avec la dernière cartouche, *made in America*. Et on a vu son dentier jaillir hors de sa bouche ensanglantée. Neuf blessés pataugent dans leur sang. En moins de vingt secondes, la tragédie s'est déroulée sans entrave. L'inattendu a ébranlé toute l'Amérique qui fut touchée dans sa plus haute gloire par un démonté du sort, pris par la démence de plein fouet.

Malgré ce carnage, la prétentieuse tour, *The Empire State Building*, n'a rien enregistré. Mais mon antenne, à moi, est plus vigilante, probablement parce que je suis de nature plus réceptive. En fait, depuis que Symphorien rode dans mes entrailles, je m'attends, chaque jour, à ce genre d'hémorragie. Est-ce donc le hasard de la vie qu'au moment où il triturait son chant lugubre, dans une tentative de suicide joyeuse, un autre visiteur de tour décide d'abréger la vie d'autrui et la sienne ?

Dans le massacre de la tour New-yorkaise, les anonymes tués n'ont pas gravé leur nom sur la paroi de la terrasse. Et moi, je ne saurais traduire l'horreur qui passe pour un simple fait divers. Mes mots de pierre ne disent pas la subtilité du désarroi. La ruée vers les toilettes, les persiennes, les portes de sortie de secours... était bloquée sur le champ par la police dont le seul souci était de retrouver le criminel !

Après le meurtre qui ne cache plus ses conséquences, la plus riche, la plus fameuse et la plus contrôlée des avenues du monde, jusqu'à l'infime poussière, la 5e Avenue, s'est investie à la recherche d'un indice. Le tirage des journaux a sensiblement augmenté. Une polémique exacerbée a exclu l'hypothèse du terrorisme dès que la nouvelle est tombée sur les écrans. «Qui titanise les Américains ?», était la question du jour. A l'évidence, les systèmes de sécurité ont failli. Où sont les légendaires efficacité et pragmatisme américains ? Le système le plus performant en matière de détection des êtres mentalement dérangés n'a pas su lire les intentions de ce Palestinien qui, avec un passeport israélien, a effectué plusieurs voyages au pays le plus fermé aux nationalités africaines et moyen-orientales. Il y venait faire augmenter en bourse les chances de ses 300. 000 US $. Mais les bourses chutent et avec elles la vie de quelques-uns dont les détecteurs de sécurité, aveuglés par «le bisness est roi», ne prévoient pas la colère meurtrière. Venant de Ramallah qui subit l'enfer israélien au quotidien, il avait bien l'intention de s'arroger, à la veille de Noël, le droit de tuer, lui-aussi, des innocents dont on ne cherchera même pas les os.

Faut-il que je me prépare à pareille éventualité ? L'horreur ici n'a pas encore atteint son paroxysme. Mais sait-on jamais ? Symphorien a semé le trouble autour de moi. Pour l'amour de moi. Mais il faut que je sois vigilante. Toutefois, je sais — intimement — que le trouble de Symphorien, bénin à la racine, n'est qu'une réaction au manque d'affection dont il souffre. Si, aujourd'hui, il a failli mourir pour moi, c'est que ce pèlerin du concert-qui-parle-en-mots-de-pierre veut vivre à mon ombre. Au lieu de vociférer ses chansons de démence, il ferait mieux de s'abîmer dans le silence.

Le silence ? Il en a l'habitude.

TOUR 16

Même quand je dégage une chaleur insupportable, on dit que je suis froide. Les personnages que j'effile de ma langue de pierre se pétrifient. Aucune tendresse ne les désarticule. Aucun amour ne les unit. Comment dois-je me narrer pour vous faire sentir les désirs de laves qui bouillonnent dans mes artères de cuivre ? Comme le chef du restaurant-tournant qui se creuse les méninges pour varier ses menus [aujourd'hui, il vous en propose un succulent, *Du Chateaubriand sauce béarnaise au soufflé maison* : «petit plat français *made in CN Tower*»], je tente moi-aussi, à chaque tour panoramique, d'affiner les nuances de mes récits. Pour que vous sachiez que les paroles de la pierre qui enregistre les vibrations de mes personnages, je vous les transmets ici, chargées de cette part d'invisible qui dit la vérité du monde.

Dans ce journal de corps cimenté, je prends plaisir, de temps à autre, à livrer quelques secrets que les antennes ne daignent pas capter. J'ai appris que Twylla s'est aventurée dans l'immense forêt profonde du nord de l'Ontario, parmi les lacs étincelants et la densité des arbres géants : chênes et sapins, ormes et bouleaux. Armée de sa camera, elle cherche à saisir l'instinct divin qui anime la Nature et immortalise l'orignal. Twylla n'est pas de ceux qui pratiquent la chasse à courre où le bruit des maîtres d'équipage, des veneurs, piqueurs et meutes de chiens rapporte au seigneur la trace du gibier lancé jusqu'à l'hallali. Aux aguets du silence, elle avance, à pas feutrés, vers l'orignal en train de méditer.

Twylla flaire le passage de cet animal si sensible et intelligent, capable de capter le moindre bruit. Est-il de la famille du daim avec ses bois aplatis ? De celle du chameau avec sa bosse sur le dos ? De celle du cerf avec ses pattes fines ? De celle du cheval avec son mufle dilaté et élégant ?... Mais ce qui l'étonne le plus, c'est que son poil est mêlé de gris, de brun, de rouge et de noir... de tonalités qui s'harmonisent avec la couleur du terroir! Elle avance et le voit barboter dans un lac. Elle se fige, l'enlace de son œil de caméra. L'animal frissonne et au lieu de détaler, reste cloué, comme sous hypnose. Sa propre décision est prise à coups de mufle dans l'eau.

Twylla sait que l'orignal est maître de sa destinée. Contrairement au cerf qui s'affole et suit le cours du troupeau, l'orignal suit sa nudité virtuose. Jouissant de la nature et de l'espace qui se soumettent à lui, son âme paraît suspendue à la roche, à la terre, à l'univers des plantes et des animaux. Twylla ajuste, focalise et tire. L'orignal pose, laisse montrer ses atours et lui jette un regard admiratif. Elle a osé l'affronter. Ou peut-être parce qu'elle a deviné l'ivresse qui baratte dans son cœur. Une paix semble les envahir tous les deux. Ils restent un long moment à se fondre dans la matrice ondoyante de l'amour de la terre. Twylla n'est pas venue voler l'Andouiller de l'élan, mais emprunter son esprit pour le transmettre à mes élans de Tour. J'en ai besoin pour être apte à communier avec cet être glorieux qui règne dans nos forêts du nord. Son nom d'origine basque, *l'oregnac*, a été importé au Canada par les premiers immigrants. Chateaubriand qui l'a décrit sous toutes les coutures, relevait sa course rapide et effrénée, et son corps bricolé de plusieurs corps.

Digne rencontre de la fille de la Première Nation avec l'animal qui l'accueille dans son sein. Maîtrisée. Cette symbiose retenue est devenue rituel de recueillement.

Twylla dont le visage de pleine lune trahit maintenant une joie fulgurante, emporte l'orignal, à bras le corps, en mon sein... Sans tarder, l'animal se marie à ma chair de pierre, et fait de moi une *ville prévoyante* et non «flamboyante» comme d'autres Capitales. Lorsque la lourde chape de brouillard noie la ville, je reconnais sa noirceur. Je me mets à clignoter pour prévenir mes concitoyens. Je porte en moi les multiples présages d'une joie de vivre. Bientôt le soleil reviendra, la neige sera déblayée des balcons, des trottoirs, du devant des portes.

Mon âme d'orignal s'est mise à regarder la ville et ses myriades de fenêtres illuminées. Le centre ville est devenu une gerbe de fleurs que je broute d'un regard fraternel. Leur assemblage crée sa propre galaxie de flammes qui réchauffent mon être de pierre. A *Chinatown*, le plus exotique village ethnique de la ville cosmopolite, les chants stridents, les bousculades dans l'indifférence, les étals de poissons frétillants, de poulets et de canards déplumés s'entrechoquent dans une joie orientale qui bafoue le rouleau compresseur américain. Entre *Dundas and Spadina*, *Gerrard and Broadview*, l'Asie est présente toute la journée. Elle met en scène son marchandage proverbial, sa bouffe à bon marché et l'exubérance d'une foule qui se gave de *chow mein* et *chop sui* arrosés de milliers de tasses de thé parfumé au jasmin. *Greektown,* autour de son artère, *The Danforth,* ne sent pas uniquement la *moussaka* ou le «mouton-aubergine-salade» fortement aillé, mais un bouquet d'épices indiennes, chinoises et latino-américaines : Clou de girofle, muscade, gingembre qui relèvent tous les goûts.

La Petite Pologne, entre *Lakeshore and Dundas West,* est parsemée d'imposantes maisons victoriennes que des arbres majestueux et touffus abritent tout en les égayant. Roulades de choux farcis et *pirogues* embaument l'atmosphère. Cette odeur de l'Europe de l'Est est venue se gorger de liberté canadienne et de condiments. Le *Portugese Village* s'étale entre *Ossington avenue, Augusta and College Street* et exhibe fièrement ses azulejos sous lesquels il fait bon déguster un porto au goût du terroir. L'odeur des boulangeries vous enivre. Le pain ici n'a pas goût de caoutchouc comme dans tout le reste de la ville. Fromageries et poissonneries, coincées entre boutiques de crochet et de dentelle, vous font vous lécher les babines. Que de villages compte ma ville : indien, caribéen, italien, israélite, ukrainien, gay... On y fait le tour du monde. *Forest Hill and Rosedale* sont si huppés. Le premier, fidèle à son havre de verdure, cache les résidences les plus prestigieuses de Toronto. La richesse qui s'étale ici est couronnée par *Upper Canada College.* C'est l'un des lycées privés les plus réputés de mon pays et qui a révélé des écrivains comme Stephens Leacock et Robertson Davies. A l'origine, *Rosedale* appartenait au Shérif William Jarvis, et depuis que sa femme, Mary, l'a inondé de roses sauvages, on lui a donné le nom de «Vallées des roses». Hélas, il n'y demeure aujourd'hui que ruelles en lacets jonchées de demeures aux styles les plus diversifiés.

Quant à *Cabbagetown*, jadis le plus grand quartier anglo-saxon, pauvre et mal réputé, représente de nos jours le dessus du panier de l'embourgeoisement torontois. On n'y cultive plus le chou devant les maisons, comme le faisaient les Écossais, immigrés au milieu du dix-neuvième siècle, mais des plaques commémoratives sur de pittoresques maisonnettes victoriennes. *The Annex* lui aussi porte bien son nom. Quartier annexé à Toronto en 1887 et développé selon un plan bien précis, il affiche une architecture homogène qui bafoue celle des quartiers en débandade. Ici, pignons, tourelles et corniches s'alignent le nez courbé à distance égale de la rue. *The Beaches* étale ses plages des plus charmantes. A distance de tramway du centre-ville en effervescence, plage, sable, promenade au bord de l'eau vous procurent un mirage californien ! Là on peut faire trempette, lèche-vitrines puis s'attabler à une terrasse et contempler des couchers de soleil merveilleux.

Pourquoi le feu de la pierre ne peut-il embraser les esprits ? D'autant plus que j'ai assimilé toutes ces ethnies. Je suis sortie de leurs mains, de leur inspiration taillée dans une volonté de fer. L'incarnation de leur miroir ouvragé jaillit de moi comme une lame de ciment émerveillée. Et à cette ville qui m'a plantée pépite d'un monde éblouissant, je renvoie la gratitude du symbole fourmillant d'ethnicités. L'Esprit-Orignal qui me

215

possède depuis que Twylla m'en a pénétrée, acclame le retour à mon âge d'aujourd'hui, celui de la pierre, d'un passé qui existe à peine. De l'origine, lorsque le gravier des différences crissait de joie.

Je ne suis venue sur terre que pour dévier le cours de l'histoire du pays qui a vendu son âme au hockey. A témoin, l'ex-gardien Star de la *N. L. H.*, Ken Dryden : «le hockey c'est notre théâtre national». Là, les Canadiens déclinent ce qui fait leur identité. A travers le hockey, ils dramatisent tous leurs thèmes favoris : l'Est du pays contre l'Ouest. Les Franco contre les Anglo. Le Canada contre l'Oncle Sam. Le Canada blanc contre le multi-couleur. Ceux qui tournent la veste contre ceux qui la portent de travers. Les souverainistes contre les fédéralistes. Les francophiles contre les francophones. Les Ontarionistes contre les Péquistes. Les homosexuels contre les hétérosexuels. Ceux qui désirent détruire le pays contre ceux qui le veulent intact. Ceux qui restent au pays contre ceux qui s'expatrient aux États-Unis, quelque part en Europe ou en Asie, pour faire bon cas de leur conscience originelle, ou bonne mesure de conquête dans les esprits.

Comme ce Marc... Qui ? Mais c'est le plus célèbre Canadien sur terre ! Marc Rowswell, comédien, nul en français au lycée d'Ottawa, qui fait rire deux millions de personnes en chinois. Torontois, bon teint bon ton, qu'on appelle *Dashan* ou «Grosse Montagne», célèbre en Asie et inconnu dans son propre pays, eut foi en ce dicton chinois : «l'homme réputé stupide est souvent le plus brillant». Tout a commencé par une rigolade. Sorti du ghetto chinois d'ici, il parcourt toutes les terres de

Chine. Ainsi, il maîtrise le *xiangsheng*, une joute oratoire avec des calembours très difficiles à prononcer. Depuis il garde le sobriquet, «Grosse Montagne» que n'importe quel paysan illettré donnerait à son enfant. «A Toronto, dit-il, je suis Monsieur tout-le-monde. Pour entretenir la flamme, je dois continuer à sortir de ces traquenards de mots».

Le bonheur c'est quêter les obstacles devant soi pour les conquérir. Se mesurer à l'épreuve pour en saisir la valeur. Comme la nouvelle génération, je vis dans la guimauve. On m'achète tout. On me mâche tout. Je possède tout sauf le sens de la vie. Que faut-il faire pour vivre un petit grain de bonheur durant cette parenthèse entre les deux néants : Naître et mourir ? Alors j'ai choisi de voyager, à travers les êtres qui me fréquentent, dans les strates de l'histoire, des mythes et des rites que l'humain lit entre les lignes de la main. Grâce à Twylla, encore, j'ai appris à lire l'esprit-orignal qui, se situant dans l'entre-langue, prône la séparation entre le temporel et le spirituel au lieu de celle du Québec avec le reste du Canada. Synthèse des religions et des cultes, l'esprit-orignal s'accommode des différences parce qu'il est tolérance.

Depuis que Twylla est revenue de mission de Kuala Lumpur, elle s'est attachée à moi corps et âme. Aussi a-t-elle répandu la bonne nouvelle sur mes prouesses matérielles et techniques. De nos jours, seules ces deux vaches sacrées sont prises en compte pour juger la valeur humaine. À travers elle, le Ministre de la Communication, Rocco Cacciapuoti, me comble de gâteries que je prends avec pudeur et circonspection. Elles ne me sont pas prodiguées pour entretenir la paresse et le refus de me salir les mains, ni parce que je vis de la sueur de mes parois, mais pour que je puisse me contempler dans le miroir qui ne renvoie que la vieillesse et la détérioration. Heureusement, je sais qu'il existe des médecins qui réhabilitent le vieillissement naturel de la pierre. Cependant, personne ne se rend compte ni des vibrations, de l'érosion, de l'éclosion de la nature, de la pollution, ni des mini-tremblements de terre et du temps qui passe…, de toutes ces calamités qui s'acharnent à m'enlaidir. Et encore, je n'ai pas de gargouille érodée qu'il faudrait, à tout prix, rajeunir ! Moi-même, je ne connais pas tout le mystère de la création de la pierre.

Ma silhouette svelte et élégante m'enferme dans une lourde solitude. La surabondance de moyens et ma hauteur de vue m'isolent. Aucune tour jumelle pour dialoguer, même dans notre langage de tour. A défaut d'autres écoutes, je me trouve dans la nécessité de confier ma parole à l'oreille absolue. Celle-ci sait recevoir l'intime récit d'une vie de pierre. Car si le malheur délabre, l'épreuve muscle. Je laisse donc aux oreilles qui ont perdu le sens de l'écoute le privilège de me savoir murée dans l'élancement d'un seul jet de pierre. Mais sauraient-elles que ce cri que j'étouffe, déborde d'amour pour les êtres et les choses. Forcée que je suis de réprimer. Pour ne pas trop choquer…

Le flot d'informations médiatiques ne me suffit plus. Par l'intermédiaire de Twylla, je m'étais penchée sur d'autres pierres nouvellement nées en Asie. A présent, je me tourne vers des pierres nettement plus anciennes. Rocco vient à mon secours. Me rappelant la Tour de Pise. D'ailleurs, il la porte dans son cœur. Avec malice, avec stupeur. Profitant des grèves générales dans les hôpitaux et les universités et d'une conjoncture politique défavorable, il s'octroie une mission dans son pays d'origine pour replonger dans la «légèreté d'être méditerranéenne». Rocco n'a réussi dans le nouveau monde que parce qu'il porte en lui le monde ancien. Même s'il vit au Canada depuis l'âge de six ans, il sait lire, à travers la pierre taillée, la pierre sculptée, les murailles crénelées, le marbre soumis aux lois des corps et des visages et les tessons de verre qui zigzaguent dans l'émail et les couleurs..., les images que les artistes ont ramenée à une vie marquée au sceau de l' éternel.

Dès son arrivée à Piazza dei Miracoli, Rocco Cacciapuoti note plusieurs monuments imposants qui jaillissent, majestueux, du vert tendre d'un grand pré : la Cathédrale, le Baptistère, le clocher ou la Tour penchée, et le *Camposanto Monumentale*. Rien de la sorte autour de moi. Ni verdure, ni lieu de culte, ni sonorité réveillante, ni rite de passage vers l'autre côté. Je pousse Tour CN dans les limites précises de la pierre et à distance calculée de gratte-ciel dont l'uniformité cubique crie vengeance sur l'art des formes. Seul le ventre du *Skydome* attire l'attention sur de possibles naissances. Des foules à la queue-leu-leu rentrent et sortent de sa matrice comme des fourmis. L'on dit qu'elles viennent assister à des jeux où les vainqueurs sont mis à nus avant d'empocher des sommes qui leur font fuir la foule. Tout le monde nage dans l'illusion. Même moi, je me surprend à admirer mon édifice se refléter dans une aube à peine née, à peine disparue. Et l'on me dit que plus grande est l'illusion de l'Unique.

Pise projette une simplicité imposante. Par la variation des lignes et des styles qui marient roman, musulman et gothique, elle donne naissance au style nouveau, le Pisan. Et moi, qu'ai-je créé comme style ? Du nouveau dans la hauteur et une trouvaille : une grosse tête bien posée sur une aiguille. Est-ce la trace derrière moi qui me fait écrire ?

Voulant être l'exemple du grandiose, j'ai poussé «mes constructeurs» — auxquels j'échappe depuis, et ils s'en mordent les doigts — à faire table rase d'un passé qui encombre et n'ajoute rien à leur ville. Je suis donc de mon temps. Peu importe si je donne dans le laid ou beau! En réalité, j'essaie de sacrifier le style parce que je ne suis pas l'Homme. L'essentiel c'est mon élan vers le ciel, vers l'esprit-orignal, cette force motrice de l'invisible. Elle fulmine en moi et égrène le chapelets des mythes qui tissent la trame de mes vingt-quatre tours. J'ai dit «mythes» ? Ah, oui ! Ce sont les seuls havres pour ma tête qui balaie l'espace torontois où l'on ne cesse de traquer le pouls des ethnies.

Je m'égare encore une fois dans les méandres du moi, alors que j'ai décidé de donner la parole à Rocco Cacciapuoti pour qu'il raconte sa propre histoire. La même que continue à transmettre à la manière du conteur populaire, depuis l'esplanade de Venise, la main gigantesque aux quatre doigts boudinés et immenses qui parlent au ciel. Qui, visitant Venise, n'a pas connu cette main dont le pouce livre à chaque passant le secret du passant précédent ? Etendu par terre et écrasé par des pieds distraits lorsqu'il n'accueille pas les corps avides de se reposer face à l'estuaire, le pouce raconte, gémissant, ce qu'il a entendu d'un passant du nom de Rocco Cacciapuoti qui croyait fouler de ses pieds torontois sa terre natale :

— *Je suis béat d'admiration devant ces œuvres qui glorifient Dieu. Plantes de marbre aux couleurs de troncs, tiges et fleurs poussent naturellement dans l'harmonie. Toutes les lignes qui semblent figées, au premier coup d'œil, vibrent de couleurs et d'ombres. Etonnantes sont ici la simplicité et la pureté.*

Mais pourquoi cette Tour qui, sous le poids du temps, s'incline face au Créateur, continue-t-elle à exciter mes sentiments à tel point que je confonds art et vie, alors que la verticalité de la Tour CN me laisse froid comme un stalagmite en mal de pesanteur ? Œuvre gigantesque à l'époque, cette tour de ma terre natale est aujourd'hui une naine qui n'atteint même pas un dixième de la Tour CN. Et dire qu'on a mis trois siècles et demi pour la couronner de sa cellule campanile aux sept cloches accordées sur les sept notes musicales. Je comprends mieux la tentative de Symphorien qui voulait que la Tour CN chante la gloire de Dieu du fin fond de ses escaliers. Je me suis occupé de ses balayeurs jusqu'au sommet de son administration, mais je n'ai jamais pensé ni à sa mystique, ni à sa beauté. D'ailleurs, en a-t-elle ?

Debout et rectiligne notre Tour CN provoque le monde par sa rectitude. Et je comprends mieux maintenant l'intention de Twylla d'insuffler à cette farouche partisane de laïcité l'esprit-orignal ! Elle ne penche pas comme la tour de Pise. Et moi, alors, de quel côté vais-je pencher pour triompher du cœur de ma Tour et l'arracher à la glace qui le fige ? De quel côté vais-je m'incliner pour sortir moi-même du marasme où je me suis placé ?

J'ai fait la politique des Libéraux depuis l'avènement de Pierre Elliott Trudeau avec le cœur bien ancré à gauche, et je suis arrivé au pinacle du pouvoir. Ministre mais quand même fils de maçon, comment puis-je aller vers les Conservateurs, faire leur jeu des coupures budgétaires pour tout ce qui est du social et laisser s'enrichir les multinationales qui accaparent tout... Si je ne me convertis pas à la droite, je perdrai mon poste aux prochaines élections. Mais le pouvoir me ligote et je ne peux rien décider par moi-même dans ce pays de liberté et de démocratie. Même la mission de Twylla, il a fallu la faire approuver par un vote à la majorité! Et le retournement de veste en me penchant vers ce que je déteste va me nuire. Peut-être dois-je aller plus loin dans le libéralisme et appuyer la cause séparatiste de Marc Durocher ? Le laisser décider en son âme et conscience du sort de sa Province. Encore faut-il qu'il aille la rejoindre, puisque «hors Québec point de salut», et qu'il assume le défi que la Belle Province a lancé au Fédéral. Je respecterai son projet si c'est ce qu'il désire. Pourquoi lui résister ?

«Torre pendente», Mea culpa ! Tes cloches ont jadis annoncé que le Comte Ugolino della Gherardesa allait mourir de faim, — et à sa suite, ses fils et ses petits neveux — parce qu'il a trahi. J'ai déjà trahi Pete en ne plaidant pas sa cause. Quel prix devrais-je payer si jamais je trahissais le parti qui m'a placé au sommet de la Tour ?

«Torre pendente», c'est de ton sommet que Galileo Galilei faisait ses célèbres expériences sur la gravitation des corps.

222

Jean-Paul II vient juste, en ce tournant du vingt et unième siècle, d'absoudre les découvertes du Génie qui a révolutionné notre vision du monde. Le Pape est bien en avance sur son temps. Et moi qu'ai-je inventé ? Rien, même pas une machine à avaler la poussière ou un système à corriger les injustices que je vois défiler devant mes propres yeux. Souleyman, je l'ai fait embaucher pour un travail temporaire pour qu'il se retrouve au chômage en fin de ligne. Et Pete maltraité toute sa vie parce que c'est dans l'ordre des choses. Les autochtones, premiers enfants de la Première Nation, écartés une fois qu'on a occupé leur terre, massacré leurs ancêtres, parqué le reste dans les réserves avec défense d'en sortir. Oui, j'ai largué une mission à son ex-femme et je n'ai même pas lu son rapport. Une secrétaire s'est chargée de le lire et de lui répondre. Une petite note de politesse inodore et incolore. Et je ne suis même pas intervenu pour défendre l'innocent Symphorien, un rêveur qui ne voulait en aucun cas nuire à sa Tour adorée qui nous gave, à longueur de journée, d'informations souvent inutiles. Tout roule sur les rails pour ceux qui travaillent, jour et nuit, sans même penser à faire l'amour une fois par semaine. Cependant tout déraille vers l'angoisse, l'amertume et la faim pour ceux qui sont chômeurs, je veux dire ceux qui sont coupables de l'être : «Mais c'est de votre faute si vous n'avez pas trouvé d'emploi», «Vous êtes trop qualifié !» «Vous n'êtes pas qualifié pour ce travail !», «Vous êtes trop âgé !», «Votre profil…».

Pour la première fois j'ouvre des yeux aussi grands que la lampe de Galileo, encore suspendue près de la Chaire del Duomo située à côté du premier pilier de la coupole construite par le fils de Nicola Pisano, Gianni qui a dépassé largement les prouesses du père. La chaire du baptistère n'a pas été

223

touchée par la pollution automobile et garde donc toute sa patine. Froid d'habitude, le marbre ici s'anime d'une grave vivacité figurant avec fracas le dilemme de l'humain. Je continue à vivre l'ambiguïté : un coup par-ci, un coup par-là et je me débats avec l'existence, ne partageant pas le malheur d'autrui. Ou plutôt je ne lutte contre le mal qui ronge les autres que lorsqu'il m'atteint. Comme pour la pierre : au lieu d'apprendre à lutter contre son vieillissement inexorable avec des moyens naturels, je la fais laver de produits chimiques qui la défigurent. Pourtant cette Chaire est portée par onze colonnes de marbre brun foncé, certaines reposant sur des lions, d'autres sur des socles. Les statues de St. Michel, Hercule, les Évangélistes soutiennent le Christ et les quatre Vertus Cardinales. Tous ces supports indéfectibles de l'église sont fermement ancrés en moi. Patine du temps qui ne dément pas ici, mais transplantée là-bas, elle se meut en oppression pour convertir les soucis en promesse de paradis.

Je lis le drame se déployant devant moi en figurines qui prennent à leur compte les événements qui ont précédé et suivi ma naissance. L'Annonciation à maman : on a prédit qu'il lui viendra un fils qui sera porté au pinacle du pouvoir même s'il doit commencer au plus bas de l'échelle. Le savoir-faire à acquérir avant le savoir qui ne sert que l'esprit. Ce dernier est le seul à assouplir le corps et non la foi qui descend sur soi sans le savoir. Je suis né prédestiné à avoir la mèche au vent, Leader qui vivra l'ambition dans la chair de sa chair, toujours croyant en son pouvoir à conquérir le monde. J'ai su m'entourer d'ennemis sages qui m'ont conseillé, aidé, taillé à leur mesure. En jouant le rôle de Reine mage, Kelly m'a ouvert les yeux tout en gardant le sourire. Peu savaient la lire de par-devant ses paroles. Seuls sa silhouette et ses gestes la trahissaient au regard perçant du plus grand juge. Quand elle ne disait pas la vérité, je voyais sa croupe se bomber et ses seins rentrer dans un buste plat où le regard patine sans accroc. Puis elle ne remuait que les cils, jamais les bras, les mains ou les autres parties du visage. Momie traditionnelle qui refusait de larguer sa véritable pensée par delà ses intérêts. Et pour la déchiffrer, il fallait plus que la charité chrétienne! Elle n'offrait l'autre joue que pour faire enfoncer celui qui lui tient tête. Elle passe sa vie à collectionner les victoires non pas pour que ses ennemis chantent sa gloire et sa renommée, mais pour qu'elle puisse rafler les mises. Mais, moi, je lui ai prouvé ce dont je suis capable.

Par ma latinité qui a pignon sur rue, et mon action, je me suis engagé dans le rythme d'une épopée de la tolérance. C'est là que l'avenir ouvre sa cadence du plus bas au plus haut sans distinction de race ou de religion. J'ai parcouru les arpents de neige à la sueur d'un solfège inédit. La ruée vers l'or du moment s'est essoufflée. Fausses notes et vacuité dès que l'on s'endort sur ses efforts du jour. Au réveil, l'absent a toujours tort! Et il ne faut jamais laisser sa place se refroidir car on vous oublie à l'instant même où vous tournez le dos. J'ai appris que le froid conserve mieux les choses et les objets que les êtres. Il sert de toute la blancheur de sa foi tous ceux et toutes celles qui sont déjà morts à force d'avoir changé de camp. Et je suis pris dans les disputes interminables entre Marcel-Marie, le Franco-Ontarien et Marc, le Québécois. «D'où viens-tu ? Et pourquoi ne reviens-tu pas à la Belle Province ? Quand es-tu venu ? Et quand comptes-tu revenir au Québec ?» Et tous les deux répètent : «Un Québec souverain n'abandonnera pas les minorités francophones du Canada». Who are they kidding ? Et puis ils se rallient derrière la bannière d'une certaine solidarité pour échapper aux lourdes difficultés qu'ils veulent infliger au pays. *Devant tout le monde, ils disent seulement : «les appréhensions subsistent», simplement pour qu'on ne leur lance pas la serviette sur les homards qu'on leur a servis en entrée. Quoiqu'il en soit, nous sommes tous des Canadiens errants. Tous venus plus ou moins tôt dans ces immensités infinies qui effraient. La page blanche doit «parler blanc», mais on n'a jamais su que le blanc a plusieurs teintes ! Qui sait que le blanc pur n'est qu'hérésie ?*

A force de jouer sur l'échiquier des teintes, des services et des corvées incalculables, l'on finira par perdre son innocence et répondre présent à la compétition et à la concurrence ! Alors j'ai levé ma voix dix fois plus fort que tous les conquérants récents en me retroussant les manches et en brûlant ma chandelle des deux côtés des langues officielles. Et, chemin faisant, j'ai même opté pour la citoyenneté à part entière comme le prescrit la Constitution rapatriée du Royaume de Sa Majesté. Voici ce que je me suis fait dire : «Maintenant que vous êtes coupé de votre origine, vous n'êtes plus Italien et vous ne serez jamais Canadien. La souche que vous avez arrachée de vos mains sales, ne pourra plus jamais pousser dans ce paradis des souches élues. Il ne vous reste plus que ce strapontin où, sans souche, vous trimerez jusqu'à la fin de votre vie».

C'est comme ça que j'ai embrassé Judas. La première langue officielle qui est un peu moins chauvine que la deuxième. Mais mon cœur n'a pas fini de mariner dans le latin de mes ancêtres, et voilà que je me trahis sans le savoir. Comme le philosophe de Molière et qui ne peut le croire. De haut en bas, je me débats et je combats l'injustice infligée à cette langue minoritaire. J'investis mon énergie jour et nuit pendant des années. A chaque tournant, on me répète :

—*Vous avez beau tourner, retourner, détourner, ou contourner les faits et les gestes, nous autres, premiers citoyens de première classe dans ce premier et plus grand pays de glace du monde... nous sommes contre vous et nous n'aurons jamais confiance en vous.*

Il est vrai, je n'ai jamais été arrêté, ni flagellé. Rien que des blessures profondes dans la chair de ma dignité. Seul, je lèche mes blessures comme la louve qui a nourri Romulus et Rémus. Ces frères se sont entre-tués pour l'amour d'une ville et dont la mémoire n'a gardé que la légende. Mieux vaut, d'ailleurs, le mensonge d'une légende qu'une vérité mort-née. C'est ainsi que j'ai versé dans la réputation de la Tour la foi qui me manquait et celle en laquelle je crois. Je me suis même effacé des intérêts de ma propre existence pour servir la reine des tours dans la ville-reine. Malgré les frustrations et les dénigrements, la souffrance et la malédiction, je me suis muni d'une nouvelle peau pro-destin. «O vera pelle o niente.»

A l'art défini par un grand auteur français comme un anti-destin, je fournis l'ultime ressac du pro-destin qui émane de toutes ces sculptures parlantes. Et on m'appelle Rocco Cacciapuoti crucifié dans ce pays des merveilles. Béni d'ail et d'huile d'Olive vierge comme la Tour de pierre et de ciment qu'un esprit-orignal importune pour s'y instaurer, perle aimante qui fait sa fortune dans la longévité. Je suis dans la cathédrale et une jeune Canadienne croque sur papier arche le portait d'Hercule nu, massue en main gauche et feuille de vigne cachant son sexe. Colosse copieusement barbu et chevelu à faire jouir les femmes en mal de mâle.

227

Quello che voi siete noi eravamo
Quello che noi siamo voi sarete

Corps d'homme façonné dans la pierre pétrie d'éternité. Son phallus masqué par une de feuille d'érable fait la grimace. Nous vaincrons cet œil qui louche dans deux trous immenses qui font rêver les femmes d'amours anciennes. D'amour à venir... une marée élégante de fleurs, étoiles de souvenir. Miracle des miracles, j'émerge sentant l'encens et le pardon des réprouvés. Le temps s'égrène chapelet d'espoir. Les doigts les identifient un à un à chaque instant de leur errance.

Per raccontarvi meglio Toronto, facciamo mattina...

TOUR 17

Contrairement à mon habitude, j'ai lâché brides et laissé Rocco Cacciapuoti inscrire sa propre autobiographie. Ce n'est pas que je raffole de ce genre de littérature. Mais on ne pourra plus dire que je ne permets pas à mes personnages de s'exprimer. Pourtant, comment peut-on évoquer toute une vie en quelques strophes ? Même le plus talentueux de orateurs n'est pas capable de réussir ce tour de force. Moi non plus, je ne pourrai pas vous communiquer tout ce que mon cœur de pierre contient d'amour et de fierté, de tolérance et de paix, surtout depuis que Twylla m'a investie de l'esprit qui l'emporte toujours sur l'oubli, la grisaille, le gel et l'ennui. Et me voici entrain de répéter, machinalement, ce que Rocco ne cesse de chantonner à longueur de journée.

« Bella è la vita in una citta piu pulita.
La liberta è una scatola di sardine.
Ma il commercio, ce l'ha un'anima ? »

Pourquoi ces trois phrases sortent-elles de mon *screen* parlant, à cet instant ? En quoi servent-elles le flot de ma narration ? Peut-être pas à grand chose, sinon à vous donner en peu de mots l'essence de ce nouvel immigré. S'étant investi, corps et âme, pour occuper la fonction de Ministre — face à une foule qui ne répond que par le silence de l'indifférence — Rocco sera expulsé du Caucus Libéral pour avoir voté contre le maintien de la fameuse suceuse des bourses déliées par farce, la Taxe sur les Produits et Services.

231

— Il est regrettable que le Parti Libéral du Canada ait choisi d'ignorer la démocratie, a répondu Rocco à ses critiques ce jour-là. Depuis, il a des difficultés à surmonter le dégoût des autres. Lui qui s'est alors baigné dans la mer d'huile de son ministère, peut bien dire maintenant : «La liberté est une boîte à sardine». C'est l'occasion pour ses chefs de cabinet de le manger au petit couteau de boy-scouts.

Investi, à son tour, par l'esprit-orignal, Rocco s'en prend aux vertiges du politique et lance à qui veut l'entendre : «Dites-moi, le commerce a-t-il une âme ?» C'est la magie de la beauté multiple de l'Esprit-Orignal qui convertit sans violence et fait adhérer les cœurs aux forêts et aux fleurs : seule chance pour les humains de construire un monde nouveau. Je suis en train de dire une chimère, ou un quelconque préjugé de pierre qui refuse d'opposer nomade et bâtisseur sédentaire.

Je sens cet élan novateur qui engendre les chefs-d'œuvre. C'est pour cette raison que je suis prête à respecter les réactions les plus primaires, les strates archaïques de cet Esprit unificateur. Il incarne la rectitude de la nature et de ses élans créateurs. Lieu vital de la mémoire, il offre la possibilité à vous autres de vous épancher, de réaliser vos désirs lancinants. Non en solo, mais en chœur avec toutes vos couleurs.

C'est l'Esprit-Orignal qui habite la langue de Pete, mais celui-ci le sait-il ? Les êtres de ce bas monde ne cessent de surprendre. Pete qui a fait croire à tout le monde qu'il a avalé sa langue, s'est, du coup, mu conteur ayant conseils à donner à ses auditeurs assemblés devant la statue de Henry Moore, juste devant l'hôtel de ville :

— *Oyez! Oyez! Gens d'ici, assis sur chaises ou fauteuils, gens debout, érectiles à merci. Gens venus des quatre coins du monde. Oyez! Oyez! Gens sous terre transformés en poussière. Gens à peine surgis du ventre de vos mères et qui êtes sur le chemin du retour à la terre...Oyez, Oyez !*

Enraciné dans l'histoire d'une terre millénaire où mes ancêtres se sont approprié l'ensemble du continent, j'ai vu des Nations groupées transhumer vers les régions boréales de l'est canadien. Iroquois et Algonquiens se partagent le territoire de la rive septentrionale du lac Ontario. Depuis l'aurore du temps, nos Chaman qui sont allés sur l'Autre Rive, nous ont enseigné que chaque objet fabriqué par l'homme possède une âme. Aujourd'hui, hérésie des temps modernes, la Tour CN négocie avec l'Esprit-Orignal pour qu'il vienne nomader dans ses espaces de pierre et de béton. Pourtant je suis perdu dans cette même communauté qui refuse de me reconnaître.

Je veux comprendre mon aventure... dans ce monde des sans-emploi. J'ai aimé, sans dire je t'aime. J'ai fait l'amour à deux femmes aussi différentes que le soleil et la lune. Chacune m'a caressé avec une tendresse inouïe. Enchantement à goût de rose et de giroflée. Mais cela ne m'a pas nourri. Ni moi, ni mon fils Moki qui continue son errance dans le monde du high speed. *Et je n'ai pas su mettre* the fucking brakes *à notre dégringolade pendant que la Tour continue à clamer du bout de ses antennes l'ordre mondial avec sa* Pax américana.

A chaque orage, Twylla consulte et interroge ses pierres. Comme une petite fille encore sur la réserve, elle palpe de ses

233

mains potelées la turquoise, la bleue, la noire nervurée en blanc, la blanche striée de noir et de bleu, la grise tachetée de rose et de blanc... Elle caresse ces pierres. Sensuelles mélopées de peaux. L'énergie monte des strates de granit et des fougères bleues, et se déverse soupirs. Twylla se met à des berceuses sur le rythme des pas qui avancent dans la solitude. Paysages en jachère rocailleuse. Et de sa gorge limpide jaillit la prière orignale :
«Pierres, vous chuchotez au vent.... le souffle d'antan.
Vous parlez à la mer... des vagues du passé et du présent.
Vous en gardez le secret... dans les algues du moment.
Vous murmurez au silence... ce que ne dit pas l'or du temps.
Pierres, racontez-moi votre histoire.

Un ciel noir se déverse sur nos têtes. Des galets de glace plus gros que le poing tombent sans se fracasser. Ma peau assume la noirceur d'un ciel préparant un déluge qui emportera mon fils, Moki, si jamais il s'aventurait dans les rues. Je transmets cette peur à sa mère. Elle ne le laissera pas sortir. Twylla n'a jamais cessé de croire en moi, à mes lubies. Mon centre de gravité vient de basculer.

Je ne peux m'extraire des échecs et des intempéries ! On s'attroupe autour de moi, et je flotte dans l'orage à travers gratte-ciel, lacs, bâtiments et forêts. En procession, la foule s'avance vers moi. Sept enfants sont élus pour extraire de mon cœur, en moins de trois heures, sept boules de pierre, de papier, de granit, de coton, de ciment, de verre, de tissu... J'invoque l'Esprit-Orignal pour les aider. Les boules sont nichées dans des interstices de mon corps. En les délogeant, avec une précaution robotique, une voix ténébreuse de tonnerre opaque secoue la foule. Sept oiseaux gigantesques planant au dessus des têtes des enfants quêtent l'instant propice pour leur arracher les boules et leur secret.

La foule se précipite sur les boules, se les fait rouler dans les mains, une à une, afin d'en extraire l'énergie. Je me dirige alors vers l'est, je trace un cercle par terre, et je place les sept pierres du nord à l'est, puis du nord à l'ouest, trois de chaque côté. Il en reste alors une pour boucler le cercle vers le bas. Mais je m'aperçois que je ne l'ai plus. Soudain Moki apparaît tenant dans la main une pierre émeraude, la boule perdue, transformée en pierre de clarté. De la pierre émeraude se dégage une brume qui enveloppe Moki et serpente vers le ciel. A cet instant, j'ai su que l'Esprit-Orignal lui avait légué le pouvoir immiscé dans la pierre.

Moki se tourne vers l'Esprit-Orignal, l'ancêtre qui l'a initié à agir en parfaite concordance avec la nature pour pouvoir vivre en paix. Il saura alors sacrifier le sang du matériel à l'autel de l'égoïsme et ramener la Province en particulier, et tout un chacun, dans le giron de l'Esprit.

Oyez ! Oyez, il en faut de l'intuition pour vivre en humain !

Nous, Amérindiens et immigrés récents, nous en faisons notre foi qui est ancrée au Créant,

Oyez, Oyez ! La remontée à l'origine des origines n'est qu'une malédiction. Attendez donc que l'Orignalitude reprenne ses droits d'égard, ses droits légitimes sur toutes les Nations.

Je suis heureuse de savoir que Pete a fait un long chemin pour revenir à la matrice depuis son saut périlleux dans la béance, dans le *vide* où il désirait tant prendre naissance avec Twylla. Elle est sa libératrice d'antan et d'aujourd'hui ; moi aussi. Nous n'avons jamais quitté ni son cœur, ni son esprit. Mais un détourraccourci par Kelly lui était nécessaire. Il a appris auprès d'elle les secrets de l'hypocrisie et les bonnes manières des gens bien élevés qui savent parfaire les mensonges sous le masque de la convivialité. Le saut dans le lit de Kelly était une aventure d'amour en dents de scie. Leurs peaux ivres de tendresse répercutaient le faste des jours qui passaient dans l'euphorie. Mais l'insatisfaction est l'ennemi de la passion, l'enfer qui tue les éclats de rires. Sa langue de flamme réduit en cendre les secrets du repentir. Pete est secoué d'un désir brûlant de revenir à ses premières amours. Trop tard. Il n'a au bout du fil que la voix d'un répondeur automatique : «Vous êtes bien au XYZ-ABCD, veuillez laisser un message après le bip sonore. Merci.» Twylla ne rappelle pas. Sa passion, à elle aussi, a suivi un autre raccourci-détour. Elle a pris place dans le cœur de Zinal. Elle avait peu de temps pour regarder en arrière. La régularisation de la situation de Zinal dans son pays d'immigration l'accaparait totalement. Des jours à faire la queue, à remplir des formulaires, à passer devant les commissions de l'anonymat, à quémander les droits de la personne et ceux de la nation... pour que l'élu de son cœur obtienne son passeport et sa citoyenneté.

Puis vint une autre galère : Trouver un travail de *free lance* pour payer des impôts au trente et un Avril avant minuit. Mais Zinal n'aura aucune bourse pour se recycler. La grosse patronne du Conseil des Arts de l'Ontario — nommée par le Gouvernement non pas pour ses compétences, mais parce que c'est une de Souche notoire, née francophone au Québec, convertie pour la bonne cause en Franco-Ontarienne — ne peut

236

tolérer des noms à consonance bizarre. «Faites vos soumissions et nous verrons plus tard», dit-elle, à chaque immigré dont le nom lui écorche les oreilles. Et plus tard, elle appelle toutes sortes d'organisations bidons pour leur larguer le surplus du budget de fin d'année. Après tout, personne ne peut mieux apprécier le gâteau que les filles et les fils réels du pays.

Devant le désarroi de Zinal, Twylla trouvait le mot qu'il fallait pour lui éviter de patauger dans l'inévitable :

— *Il n'est de démocratie que celle qui attend son logis. Celle qui poursuit son cours dans la lutte des oppositions. Quiconque s'en approche pour l'instaurer reine de clarté aveuglante, c'est son assassin qui, le jour J, s'en lavera les mains. Sursitaires, nous croyons tous que nous fabriquons notre propre histoire. Nous la réglons comme un puzzle, surprenant d'abord, de plus en plus facile par la suite, quand nous avons réussi à trouver en tâtonnant le petit morceau qui s'imbrique à l'autre.*

De bon matin, Moki vient offrir les sept pierres dénichées dans mes entrailles à sa mère. Twylla en choisit trois : une en forme d'ours, l'autre de loup et la troisième de tortue. Sur leur surface qui ne laissait rien deviner, elle lit des figures d'animaux insoupçonnées. La plus grosse est grise et striée de traits couleur terre. Celle-ci, se dit-elle, servira de *Lead Stone*, la meneuse du jeu qui la renseignera sur l'ordre mondial. La deuxième, comme éclairée par des rayons de soleil, est de couleur turquoise zébrée d'orange. La lumière qui émerge de ce corps sombre réchauffe et fournit l'énergie. Quant à la tortue, elle est d'un noir tacheté de blanc. Twylla sent que de cette pierre émanent la sagesse et l'ordre naturel. Avec une foreuse électrique fine, elle fait des trous dans chacune des pierres puis les enfile, en collier, autour d'un fil de daim. L'ours, le loup et la tortue en plein centre, et les quatre autres, deux de chaque côté. Twylla porte son collier et invoque le monde :

«Ô pierres
Voix qui murmurent au délire du vent
Voies qui mènent en pleine mer
Chants profanes et liturgiques qui bénissent
La terre et les transhumances,
Inspirez-moi !
Que vos visions de lumière soient avec nous
Au départ et à l'arrivée.»

A cet instant, Amanicha s'avance vers Twylla avec un couffin rempli de nourriture qu'elle a préparée avec sa mère. Twylla dîne puis se perd dans ses rêves :

Je me sens allégée. Je navigue comme un nuage sur la ville et sur le lac. Ne pointe à mes pieds que l'antenne de la Tour. Petit à petit, comme sous l'effet d'un zoom, j'aperçois une barque qui quitte le large de Harbourfront et s'avance vers une île en forme de larme. Loin est la tempête. De ce côté du lac une eau placide. Une mer d'huile. S'approchant de la barque, je vois deux hommes qui ressemblent à Pete et à Zinal. La barque est pleine de provisions de toutes sortes. Et je me souviens que l'Esprit-Orignal m'a prédit que je verrais mon île avant que je ne disparaisse. La barque glisse vers l'est et côtoie une chaîne de petites îles. Je remarque que tous les habitants sont rouges comme moi. Ils portent des plumes colorées et des habits très voyants. Comme ceux que les commerçants importent du sud pour les vendre à mon peuple. Puis je vois un vieillard portant un chapeau à plumes immenses de toutes les couleurs. Il doit être le Sage ou l'Homme médecine comme mon père. Tous les gens se rapprochent de lui pour l'entourer et l'écouter. Alors, il pose sa main par terre et marmonne une prière, un poème, ou peut-être un dicton ? Les deux grands hommes à l'image de Pete et de Zinal débarquent. Ces scènes se déroulent devant mes yeux. J'entends les couples enseigner à leurs enfants le comportement des cycles de la nature, l'apparition des aberrations et des maladies et le secours que, par ses herbes, la nature porte aux êtres. Ils leur enseignent aussi les fonctions du corps et de l'esprit et, surtout, la plus haute fonction : En animant ce qu'Il a créé de ses propres mains, le Créateur agit à l'intérieur des êtres et des choses.

Chaque génération donne naissance à un enfant (fille ou garçon) aux yeux pâles comme ceux de mes ancêtres. Chaque enfant devient un Voyant-voyageur capable de saisir les mystères. Comme moi ou le vieil homme médecine qui tire son pouvoir de la pierre. Mais qu'est-ce qu'un Être vivant ? Une pierre cabossante et cassable vibrant d'un zeste d'égoïsme qui ne sert que des intérêts éphémères. Un coup de pouce la fait dévaler sur le chemin ardu de la finitude, un autre l'orbite ; et dans sa trajectoire, elle déclenche soit le bonheur de milliers d'êtres, de choses, de plantes et d'animaux, soit le cataclysme.

Je me plonge — Est-ce la chute cauchemardesque ? — en méditation orignalitaire. Je vois des gens allant d'un village à l'autre, construisant de grands temples aux Esprits des mondes d'ici et d'ailleurs. Ces lieux de culte ressemblent à la Tour CN comme deux gouttes de rosée. Un corps en larme qui s'égoutte. Une île qui s'élance en point d'exclamation renversé. Les gens s'y rendent pour prier, chanter, danser,

239

aimer et se taire... Puis, peu à peu, ils partent vers d'autres villes, d'autres villages, d'autres temples, à la recherche d'une vie simple. Les visages se tournent vers la Tour. Ils désirent la chevaucher dans tous les sens, sans être punis ou récompensés pour avoir joui de ses atours de première Dame de la cité et du monde. C'est à ce moment-là que la liberté de Pete s'est heurtée à la sienne, et elle l'a fait basculer par dessus bord de son antenne. Mais lorsque Zinal est parvenu à ses pieds, la Tour a érigé entre eux l'Orignal en père fondateur. L'Esprit-Orignal les guide tous les deux, à leur insu, vers l'acceptation de chacun pour ce qu'il est. Aucun mot pour le dire !

Depuis, toute une tribu traverse un désert de glace, des plaines et des lacs d'où il lui faut tirer sa substance, sans arbres ni ruisseaux. Un voyant-voyageur lui indique où placer les trappes, dépister les tracas et les traquenards. Chacun de ses mots annonce la vie. Ils arrivent à une agglomération de pierres, de rochers, de bâtiments, de routes goudronnées, de macadam et de pistes. On ne peut rien y planter, sauf une tour. Mais une fois construite, les gens sont devenus paresseux, dépendants d'elle pour toute substance et toute information. Ils ont oublié et le Créateur et les esprits qui les ont aidés.

Twylla sent des bouffées de chaleur l'envahir de la tête aux pieds. Elle a l'impression qu'elle devient triplement rouge, que ses joues en feu incendient tout son corps.

Cette nuit la terre trembla, par fortes secousses, de haut en bas, de gauche à droite, comme un serpent qui se love en rampant. Quelques bâtisses désuètes craquèrent. Aucune mort déclarée. Twylla est tirée de ses rêves, inondée de sueur... Elle demeure silencieuse.

240

TOUR 18

Je suis une tour froide comme le pays qui m'a érigée. La neige y tombe six mois durant. Je ne crée pas de surprises, non plus, car la scène de mon pays n'a connu ni révolution, ni crise collective, sauf celle montée de toute pièce, du séparatisme qui sert de chantage pour justifier l'histoire d'une compétition linguistique. Mais que l'on finisse, une fois pour toute, par admettre la réalité. L'anglais domine et dominera toujours sur ce continent. Quant au français, il n'est toléré que pour relever le goût de la sauce linguistique du pays. C'est pour cela que je me suis décidée à me placer dans ce petit goût. Et n'allez pas croire que j'ai opté pour la langue de la minorité francophone par esprit de contradiction ! En tant que Tour, je dois toujours me distinguer par quelque chose. Narrer mon histoire en français, *It's different* comme on dit ici. Cela ajoute du goût à ma solitude, à mon mal d'être.

En outre, Je n'ai pas inventé les personnages de mon histoire. Ils existent bel et bien et travaillent dans mon sein. Je les vois rentrer et sortir en moi. Ils sont plus ou moins rattachés à ma personne. Par intérêt, il va sans dire. Car on ne fera pas bouger une pierre si on n'en tire pas quelques avantages. *Self-centredness*, dites-vous ? Peu importe ! Rien n'est mu sans pulsion. Moi je me suis mise à me mouvoir et à m'émouvoir en faisant de la parole mon arme secrète, mon cheval de Troie. Mon dire tantôt trébuche, tantôt hésite, dans l'opacité ténébreuse

243

du réel de tous ces personnages. Autrement, comment réfléchir et faire réfléchir sur ce monde qui n'est qu'un *Holiday Inn* où vivent une douzaine de races en conflits perpétuels. Dans ma ville natale qui développe et étend ses espaces verts, elles semblent vivre en harmonie. Même les rues leur donnent un sentiment de sécurité. Bien sûr, ce n'est pas le rêve. Dans une ville du futur, une immigration massive importe ses différences, ses passés… et quelques âmes nostalgiques se cramponnent à ces drôles de velléités ! Il en résulte parfois des dégâts. Mon béton sensible capte et transmet ce qui est devenu, par l'usure du temps, mon être total. Alors ce que je vous raconte n'est finalement qu'une sorte d'autoportrait, au mode collectif, fait à la manière d'un peintre qui se regarde dans l'œil de l'autre, et fait de lui-même son propre sujet.

Tous mes personnages sont donc des parties de moi-même. Mais comme ils ont du caractère, ils devienent autonomes. Chacun est une *tour* à son image. A vrai dire, ils participent tous à la même histoire, la nôtre. Cependant, tout individu tient farouchement à son identité. Je n'y peux rien. C'est ainsi qu'ils sont faits et n'ont nullement l'intention de participer à une quelconque intrigue dont ils ne font pas partie. Pourtant mes personnages sont là, proches et distants, participant aux vies des autres et, en même temps, enfermés sur eux-mêmes. Ils travaillent dans mes tripes et se parlent si peu, — parfois un «bien !» en écho à un «*Hi !*» tellement ils sont pris par la frénésie de se faire un petit pécule pour les jours de retraite. Chacun continue à porter, seul, les «problèmes» qui le minent. Sans pouvoir se décharger sur les amis, ils ont fini ou presque par perdre le sens de l'écoute.

Alors, j'ai transmis — parce que c'est mon rôle — leurs soucis et leurs joies comme si je les avais entendus sortir de leurs bouches. Tout en permettant à chacun d'apporter sa part de silence à cette «auberge de vacances» qui n'est autre, en fin de compte, que moi-même. En m'octroyant le droit de transmettre ces silences, je me suis prise pour Zarathoustra qui, de ses tremblantes lèvres de pierre, largue sa sagesse des solitudes.

Je reviens à ce nouveau venu sous ma coupole, le Malais, Zinal. Trapu et délié, riche en amour et pas pauvre du tout en deniers, il débarque d'un pays du tiers-exclu qui a su remonter la pente financière. Les Malais ont «quitté la planète du sous-développement et pris leur envol vers la prospérité». Avec cette recette simple comme bonjour qui a accompli le miracle du siècle : [H.W. + L.T. + H.S.R. +M. G. = E. B. : *Hard Work + Low Taxes + High Saving Rates + Minimum Government = Economic Boom*]. Si Zinal a pris son vol vers notre pays, ce n'est point pour s'enrichir, comme on le croit, mais uniquement pour conquérir le cœur de Twylla. Il a déjà trouvé la clé de ce cœur brisé. Se jurant de continuer d'exercer son métier dans notre pays, il a pu obtenir un visa d'immigrant reçu.

Dès ses premiers pas dans la ville reine, pas pressés du tout, ce promeneur s'est aperçu de la menace qui pesait sur mes épaules. Quand les enfants ont emporté les pierres — Vous vous souvenez de ce cauchemar

Hédi Bouraoui

lorsque les bombes ont été désamorcées ! — personne n'a prêté attention aux fils conducteurs qui serpentaient tout le long des escaliers. L'intention était bel et bien de déboulonner les escaliers de secours qui, une fois écroulés, auraient formé un tunnel dans mon édifice. Que cherche-t-on par cet acte vandale ? Découvrir mon inconscient de Tour qui a fini par digérer humainement les nouvelles ? Ou simplement miner mon aspect solide par un vide dont le but est de désarticuler ma parole anti-babel ?

Je me réveille face à cette nouvelle donnée douce-amère. Un intermédiaire, encore moins incarné en moi que mes personnages, vient de me mettre les points sur les i. Je ne suis que la compagne d'infortune, pacifique et triste, bienveillante et maternelle, face aux êtres que j'ai moi-même créés. Je suis perdue comme une enfant apeurée. Je me suis donné la mort en leur insufflant la vie. Est-ce la voix de mes personnages que j'entends crier à ma dépouille : «*Nous sommes tous là, Tour CN, nous ne t'abandonnerons pas.*» J'acquiers un nouvel élan par cet encouragement. Je me tiens de plus en plus droite, même quand je regarde ma base bien décrépie. Mais qui a placé ce fil reliant les explosifs de la mésentente ? A-t-il pensé à l'irréparable déflagration ?

Jusqu'à présent personne ne s'est posé la question ! Les soupçons, maladies contagieuses de mots, n'ont pas fini d'être colportés. Ils ne font, d'ailleurs, qu'augmenter le prestige des vantards. Je fais un tour sur moi-même. Je me demande si ce n'est pas Pete qui a agit de la sorte pour se venger de son amour transi ? Son échec avec Kelly ? Sa déception qu'on ne m'ait pas nommée, en amérindien, «Tour Tarantou» ? En effet, je suis debout sur le «point de rencontre» d'où son peuple pouvait se rendre du lac Ontario au lac Huron ! Ce n'est peut-être que l'ironie du sort qui a bafoué l'histoire : La naissance de l'Ontario après la guerre d'indépendance américaine. On aurait souhaité que mon nom soit l'écho de l'ancien Haut-Canada, la Province de l'Ontario, sous sa forme définitive à la Confédération de 1867. Mon nom serait alors, «Tour Ontario», que l'on traduirait en iroquois par «Belles eaux». Ce n'est pas du tout incongru. Ne suis-je pas écoulement de pierres liées par le ciment de la parole ? Le jet qui irrigue le ciel du savoir par la parole médiatique ?

Est-ce Marcel-Marie qui rêve de m'appeler «Tour Etienne Brûlé», du nom du premier Français à se rendre jusqu'aux Lac Ontario et Huron ? J'aurais eu pour acronyme «T.E.B.», la *Tèbes du Canada* qui aurait préservé l'appartenance à ses origines françaises. Marc Durocher aussi voulait ressusciter «Fort Rouillé» ? Mais ce fort, après avoir été détruit en 1759 par une féroce poussée britannique, a été érigé dans l'excellent port de la Toronto actuelle. Me nommer «Tour Fort Rouillé», il y a vraiment de quoi narguer les Anglos et de creuser le fossé de la séparance ! A un moment, Souleyman était plus sage en pensant m'attribuer le nom de «Tour Multi-Cult». Il prétendait que cette appellation me sied mieux parce que je suis sortie de la sueur des races de toutes couleurs. Et si c'était la Mafia italienne qui voulait sauver l'honneur de Rocco Cacciapuoti, déchu de ses fonctions aux dernières élections ? Bon, oublions cette question qui était déjà à l'origine de plusieurs susceptibilités. En tout cas, c'est le nom du Chemin de fer *National Canadien* qui me colle aujourd'hui à la peau. Mais, au fait, pourquoi ne m'ont-ils pas appelée «Tour Grand Tronc» — à la mémoire des Irlandais qui ont établi le chemin de fer, *Le Grand Tronc,* reliant les grands centres canadiens. Ce nom est plus approprié à l'arbre à parole que je suis.

Ce sont donc des enfants qui ont désamorcé le drame. En retirant les boules symphoriennes, ils ont signalé la présence d'un petit bout du fil qui aurait causé la détonation, tué des dizaines de personnes et semé la discorde. C'est horrible. Ce qui se passe dans la tête de Symphorien vous donne la chair de poule. Mais, sans doute pas à sa mère qui l'étouffe de son amour. D'ailleurs, après maintes tractations, Madame Lebreton l'a enfin sorti de l'asile. Plusieurs interventions ont abouti sur le bureau du Maire. Elle voulait arracher son fils aux structures rigides et à la surveillance qui aurait aidé Symphorien à retrouver quelques repères. Les siens, plus brouillés, seraient suffisants. Pour elle et pour son fils !

En réalité, Symphorien n'avait qu'une idée en tête : m'excaver le cœur et faire sauter la cervelle de mes escaliers. Il installerait à ma place une «Tour Eiffel», grandeur nature, qui serait le symbole de l'humiliation constante. Il est trop aveuglé par ses obsessions. Car, même si je dois à cette tour de 320 mètres sa façon de pointer le doigt, elle n'est plus, depuis longtemps, qu'une quatrième tour. Symphorien avait tort de penser que j'allais épouser sa pensée cartésienne parce que je déparlais sa langue dans mon corps de marâtre.

N'ai-je pas fait assez en m'exprimant dans sa langue qui est sur le point de s'évanouir ? Classée au énième rang des langues de pointe, elle ne sait plus où aller, sauf à lécher les babines de son chauvinisme qui, lui non plus, n'a plus cours dans le circuit des gens bien élevés, depuis que les Hurons — les Français leurs vendaient des armes à feu pour s'entre-tuer ! — ne les appellent plus «les têtes de fer».

Mon cœur à moi, Tour CN, bat pour la parole intime qui passe la rampe de l'égoïsme. Je ne jouerai pas à la sorcière qui fait briller le séparatisme de tout son éclat. Je ne suis ni un Marc Durocher pour le vouloir, ni un Pete qui croit rectifier l'histoire. Quant à l'injonction de l'inconscient pratiquée par Symphorien, ou la subventionnite, méthode chère à Marcel-Marie, ou l'assimilation forcenée vécue par Rocco, elles sont des pratiques étrangères à mon esprit. De mon antenne fulgurante, je diffuserai l'idéal de l'intégration, douce et spontanée, revendiquée par Souleyman, et celui de la réhabilitation de l'Esprit-Orignal que vit Twylla dans sa chair. Pourtant, je sais bien que tous les deux vivent leur solitude face aux deux caprices fondateurs.

Symphorien est pris d'une frénésie débilitante. Il quitte son appartement, vient s'agenouiller à mes pieds, puis retourne chez lui et se met à me contempler derrière la vitre de sa fenêtre. En adorateur, il prie face à l'Est, en direction de Jérusalem et de la Tour Eiffel. C'est là, dans la lignée ancestrale qu'il a inscrit sa foi. On lui avait prédit qu'il ne pourrait jamais s'en affranchir ! Trêve de cocasserie. Il sait qu'il chantera tout rêve venu d'ailleurs, dans ma nef, ma chaire, mon abside et mon autel…

En fin de compte, c'est sans doute moi qui souhaite l'écroulement de mes escaliers de secours. L'effondrement désiré n'empêchera pas l'Esprit-Orignal d'emprunter les ascenseurs agiles pour implanter dans mes nervures son «principe intérieur». Ainsi je serais encline à faire entendre ma propre musique intérieure. La balafre au cœur de ma structure serait mon point d'orgue. Au lieu de dégrossir, décaper ma surface de pierre, on laisserait parler mon visage du dedans. De la grisaille qui m'étouffe, je libérerais tous les chants d'amour. Mon histoire et celle de la famille que j'ai créée de mes mots. De ces tranches de vie, j'éclairerais les élans. Je me sentirais pareille à ce vieux voyageur qui, assis sur un banc, à mes pieds, lit son livre avec un couteau à cran d'arrêt. Suivant les lignes de sa pointe d'acier, il maintient, parfois, la page relevée avec le côté tranchant de la lame. Parfois, il incise le papier quand une phrase lui plaît. Il l'éventre pour vivre dans son antre. Goûter la succulence de son orchestration. Savourer les métaphores troublantes et les images qui hantent. Son cerveau avale des bribes de phrases afin que leurs traces ne lui échappent plus. Dans le livre, il ouvre une brèche comme une fenêtre sous l'effet d'une trombe d'eau. «la porte ne peut rêver que de fenêtre», se dit-il. Ainsi se creuse le vide en moi.

Le vieil homme pose ses lunettes et son couteau sur deux pages ouvertes. Le temps de sourire à une passante. C'est à ces pages que commence l'histoire d'amour de Pete et de Kelly, tombée en flocon de neige.

Et vous auriez voulu que je vous en raconte quelques traces de ces salissures sur les banquises du rêve ! Je n'avais qu'à bien me plier à vos souhaits. Me préparer à faire revivre les jérémiades et les récriminations. Les déchirures des cœurs. Ces lacérations d'où l'on ne sort qu'atrophié. Hélas !, le vieux lecteur a coupé les feuilles de son livre. Les pages saignent. Des bavures de papier, comme la chair taillée en lamelles, voltigent. Rien que pour l'amour d'une page de destinée qui se décolle de la suivante sans rien annoncer de la suite de ce destin.

Je ne veux pas décerveler les phrases, ni leur infliger mon ordre nouveau. Passeuse de manuscrits oraux sur disquette, je braque mes projecteurs du dedans pour scruter ma ville, Toronto, la Belle, l'élégante, à peine sortie étincelante de son papier cadeau. Et que le monde écoute les voix multiples !

Mais va-t-il, pour autant, changer de regard ? Emerger de l'imposture des média ? Couper le cordon de la médiologie ? Malgré que notre histoire soit trop courte, personne ne s'en souvient. Je vais vous défricher le sentier de la mémoire. C'est parce que la Révolution américaine battait son plein que les Loyalistes, perdants, sont venus se réfugier au Canada. Désireux de conserver les liens avec l'Angleterre, suite à leur défaite cuisante, cinq à six mille d'entre eux s'installèrent dans ce qu'on appelle aujourd'hui l'Ontario. En 1791, deux provinces furent crées de toute pièce : le Haut-Canada (l'actuel Ontario) et le Bas-Canada (le Québec). Le premier sera régi par les lois civiles anglaises, le deuxième par la «Coutume de Paris». L'Angleterre introduit, par l'Acte Constitutionnel, les bases du parlementarisme. Elle crée une Chambre d'Assemblée dans chacune des provinces. Les colons du Haut-Canada continuent à se méfier de leurs voisins du Sud.

Au début du dix-neuvième siècle, les Américains déclarent la guerre à la Grande-Bretagne et donc au Canada, croyant ainsi que la défaite des Britanniques mettra fin aux menaces des Amérindiens. Toujours le Talon d'Achille! Les Autochtones à l'autel des Européens qui s'arrangent toujours pour les écarter de leur propre terroir. Prise dans l'engrenage des guerres napoléoniennes, la Grande-Bretagne n'a pu tourner la tête et venir au secours de ses défenseurs attitrés dans les colonies. Contre les attaques américaines, seul Fort York prend la défensive principale du Haut-Canada. Des escarmouches et des pillages. Des incendies et des morts. Une guerre de Blancs qui laisse encore, chez les uns et les autres, des traces de méfiance et d'antagonisme vis-à-vis de l'Oncle Sam. L'anti-américanisme est encore vivant parmi les Anglos, bien sûr. Le reste de la population, plutôt passive, s'accommode de cette présence américaine qui les ronge à quatre-vingt-dix pour cent.

Ce n'est qu'en 1814 que le traité de Gand instaure la paix et les frontières entre le Canada et les États-Unis. L'afflux des immigrants, poussés par la récession, le chômage et la pauvreté, est depuis croissant. Alors, on exploite les terres agricoles pour subvenir aux besoins élémentaires. On crée le marché hebdomadaire, *Open Market*, qui deviendra le *St. Lawrence Market*. Les artères de la ville garderont les vestiges de la Royauté : *King Street, Queen, Duke, Duchess, Princess,* sans parler des

Queen Victoria ou *Elizabeth II*... Vingt ans plus tard, *York* devient la Municipalité de Toronto avec ses cinq *Wards* : *St. Andrews, St. David, St. Lawrence* et *St. Patrick.* Tous des Saints, pour que fleurisse le commerce de fourrures, de bois et de céréales... Ces produits sont exportés vers l'Europe en échange de produits manufacturés, surtout par l'industrie britannique ! Demeurant isolé, le Haut-Canada doit être désenclavé. Des canalisations ont rendu la circulation libre entre le Lac Érié et la rivière Welland, la rivière Niagara et le Lac Ontario. Toronto est enfin reliée à l'Atlantique. Que de bouleversements ! Après que le Gouvernement britannique ait perdu ses 13 colonies (devenues désormais les États-Unis), le Gouverneur Simcoe tente de reproduire à Toronto le système de classe britannique. Juste pour éviter «une seconde révolution américaine». D'où l'Acte Constitutionnel de 1791 fondant l'oligarchie gouvernante connue sous le nom de *Family Compact* au Haut-Canada et la «Clique du Château» dans le Bas-Canada. Pourtant *chauvin* est un mot purement français !, mais le pouvoir est convaincu que tout ce qui est bon au pays ne peut être qu'essentiellement britannique. Le monopole politique, aux mains de la *Family Compact,* assurait indubitablement le monopole économique. Et rien n'a changé depuis que deux partis ont émergé : les *Tories*, conservateurs, et les *Réformistes*, des libéraux qui plaident pour un gouvernement démocratique.

Les Canadiens français choisissent Louis-Joseph Papineau comme porte-parole. Il va jusqu'à affirmer que «l'autorité du Bas-Canada doit revenir aux

Canadiens français». Dès les premiers pas, le séparatisme inscrit au fer rouge dans la mémoire : *Je me souviens*. A Toronto, le Chef réformiste, William Lyon Mackenzie, lance ses premières attaques contre le Gouvernement. Élu Maire en 1835, ses idées inquiètent les plus modérés. Il finit, comme Papineau, par s'exiler aux États-Unis. De là, ils tenteront, chacun de son côté, mais en vain, de regrouper leurs troupes et de gagner l'appui des Américains. Inutile que je ravive maintenant les vieilles querelles entre Catholiques et Anglicans. La violence s'est peu à peu émoussée. L'antagonisme place silencieusement un masque dur sur son visage.

La Confédération de 1867 instaure une division des pouvoirs entre deux piliers du Gouvernement : le Fédéral, situé à Ottawa, et le Provincial, à Toronto. Ainsi la Ville Reine devient le centre économique incontournable qui relie les quatre points cardinaux de la prospérité et de l'efficacité. A l'américaine comme il se doit !

Comment ai-je pu assimiler cette page de notre mémoire, moi qui suis née du béton depuis quelques lunes ? Vous ne vous doutiez pas qu'elle circule dans chacun de mes grains de sable. Mes souches puisent dans les sédiments immémoriaux qui font mon essence. Tant de vies, tant de morts... irriguent mes veines... Tant de faits et gestes traversent mon ciment et mes pierres. Avec eux tous, je transcris, en mon for pierreux et excavé, ma ville et mon pays.

Mais pourquoi mes compatriotes ne font-ils confiance qu'aux paroles qui transitent en l'air ? Celles que je diffuse et qui s'éteignent au moment même où elles sont émises. Pourquoi s'obstinent-ils à ignorer les silences de pierres qui nous unissent au-delà du mortier, du paysage intérieur des êtres qui m'habitent avec leur tumultueux quotidien ? Peu avares en éloges : «Notre Tour est l'un des principaux attraits de la *Mégacitée*», etc., ils conseillent tout un chacun de me rendre visite par temps clair afin de mieux voir ma carcasse et les paysages environnants. L'on oublie, cependant, le silence de mes pierres dont l'éloquence est de loin plus raffinée que celle des mots et des images diffusés par mon antenne. Ces pierres érigées en moi seront plus sévères dans leurs jugements que les églises qui sermonnent pour un monde de l'au-delà, en vous faisant oublier le monde d'ici-bas.

Je ne me pencherai pas vers la terre comme la vieille Tour de Pise. Ce serait un prélude à la visite tombale. La mort ne m'effraie pas, car je suis toute forme de vie qui donne naissance. Voilà, le mot est lâché. Effectivement, je ne crois pas à la séparation de la mort et de la vie. Toutes deux vivent ensemble et éternellement. C'est pour cela que je m'étonne que mes concitoyens ne veuillent se baigner que dans le présent «piquant et pittoresque», futile et passager. Ce faisant, ils détournent leur ouïe du monde des mots taillés dans la pierre bétonneuse où chaque éclat réclame la conscience.

Ces mots au présent ne servent ni à gagner une guerre, ni à nourrir des bouches menacées par la famine. Ils savent, cependant, faire de la conscience une «commodité sociale» ! Et moi qui suis à la page du futurisme, j'avoue que cette vieille manière de voir, chère à l'Esprit-Orignal, ne sied pas à mon image. Vieille donc elle mourra, mais sans doute pas dans le silence de la pierre qui ne cessera de célébrer l'anti-babel futuriste.

J'ai beau chuchoter dans les oreilles de mes Symphorien et Madame Lebreton — dont je partage sans complaisance les tourments et les angoisses — mes paroles de pierre, je me rends bien à l'évidence que le mal de leur temps a sclérosé leur conscience. Ils n'ont plus rien à voir avec les «Bons Sauvages», leur convivialité, leur sens inné du familial, bref, avec la Nature.

Et moi, Tour CN, quelle émouvance dois-je suivre ? Que sais-je ? Je suis, pour le moment, en quête d'aventures à raconter…

— Esprit-Orignal, toi qui fonce dans le troupeau, inspire-moi les paroles actives qui balisent les chemins de la création !

TOUR 19

Twylla est là. Elle paraît si petite, accrochée à ma base. Le front contre ma paroi, telle un minuscule insecte de lumière. J'entends souffler l'Esprit-Orignal. Il prend possession de mon être par la voix de l'Indienne. Ce qu'elle chante, c'est le rythme de la vie : les saisons succèdent aux saisons ; les bisons, les élans, les hommes migrent. Twylla entre dans le brouillard de son imaginaire et percute les nuages qui y roulent... Assise en tailleur dans le SkyDome vide, au fond de la tente prévue pour les petites manifestations, son chant me parvient pur.

Elle tire de son sac les pierres sacrées, les caresse sensuellement et se trouve entrain de flotter si haut qu'elle voit mes antennes aussi minuscules que celles d'une abeille. Twylla soupire profondément et redescend vers la terre. De nouveau, elle caresse les pierres et voit Pete qui court à perdre haleine, comme un voleur de femmes dans le camp des Blancs. Une flèche parvenant de nulle part, se plante dans son dos, puis une seconde... oscillant sous la trépidation de la course. Pete ralentit le pas, perd le souffle et d'une voix agonisante dit à Twylla :

— J'ai perdu la bataille. Mon amour s'est envolé dans le bec de l'Aigle. Les chiens ont sonné l'alarme, mais personne n'est venu à mon secours. Ni toi, ni la Tour... Je me vengerai !

Twylla frôle encore les pierres et Kelly apparaît. Non loin d'elle, Twylla distingue le professeur d'histoire avec lequel Kelly, très jeune, eut, avant mariage, une fille qu'ils abandonnent devant l'église anglicane. Monsieur King n'aurait jamais accepté une petite-fille bâtarde. Se rendant compte que le monde des lois n'appartient qu'aux hommes, Kelly quitte et son cabinet d'avocat et son professeur d'histoire. En célibataire, elle cherche chaussure à son pied.

Twylla passe la plupart de cette journée à rêvasser. Des membres de la tribu lui apportent de quoi se nourrir. On lui verse dans la boisson une mixture sensée la faire accéder à des visions inouïes. Mais Twylla s'abstient de boire la boisson droguée, car il lui suffit de «doigter les pierres» pour que l'épaisseur du brouillard augmente dans sa tête et qu'elle voie d'autres scènes de la vie :

Kelly King dîne avec Suzy McNally qu'elle a rencontrée la semaine dernière dans un Congrès d'Études Canadiennes. Suzy l'a impressionnée avec son air de roc bien planté sur ses pieds, ses cheveux courts taillés à la garçonne et ses yeux étincelants qui vrillent les regards osant leur faire face. A brûle-pourpoint, elle demande à Kelly :

— Es-tu mariée ?

— Oui et non. Je fus mariée à un professeur pendant cinq ans. Et nous avons divorcé. À présent, je vis avec un acrobate de l'air. Le mariage, une fois, cela suffit. Nous nous sommes entendus de faire comme si... et toi ?

— Moi aussi je me suis mariée à mon professeur. Mais nous n'avons pas divorcé. Nous avons trois enfants. Nous vivons chacun de son côté et nous faisons comme si... la famille était unie.

Elles sont comme deux petites filles dans un grenier. Chacune déballe ses souvenirs. Kelly marque une pause, puis interroge Suzy :

— Ecoute, Suzy, je veux te raconter le rêve que j'ai fait la nuit dernière.

— Vas-y, j'adore écouter les rêves des autres…

— C'était juste avant l'aube. Je flottais dans des nuages noirs qui m'étouffaient. Je voulais m'en dégager mais j'ai reconnu le poids du corps de Pete sur moi. C'était le jour de son anniversaire et il était furieux. Au lieu de manger le gâteau à la rhubarbe et aux framboises — c'est ma spécialité —, il s'est mis à me harceler et à m'insulter : «*You fuck-head*, conasse de l'année, quand est-ce que tu seras prête à l'heure ?». Dans ce cauchemar, je me sentais, à la fois, coupable et piétinée jusqu'à mes fibres les plus intimes. Pete claque la porte. Un verre se casse. Le liquide qu'il contient semble irriguer un trou dans mon crâne. Je me mets sur l'escalier qui conduit à notre chambre. Je rentre en moi-même. Je me recroqueville dans la terreur, me rapetissant jusqu'à disparaître. Pete flanque de nouveau son visage contre le mien avec sa terrifiante grimace de Kamikaze, puis m'envoie de toutes ses forces deux paires de gifles. «Tiens, salope, dit-il. Ça t'apprendra à *fucker* notre mariage.» Mon Dieu, que ce cauchemar me perturbe encore !

— Laisse tomber ce mec, Kelly !, lui dit Suzy. Tous les hommes sont pareils ; ils veulent toujours avoir le dessus sur nous. Moi, j'ai compris maintenant… J'agis comme un gars indépendant, et que tous les hommes aillent se faire enculer les uns les autres !

Au moment de se séparer, Kelly tend la main à Suzy pour la saluer, mais celle-ci lui dit :

— «Je préfère te serrer dans mes bras, Kelly !»

Twylla entend maintenant la voix de Kelly, comme provenant du fin fond des solitudes :

«Quelques semaines plus tard, j'ai invité Suzy à passer un week-end chez moi, durant l'absence de Pete. J'avais une soif inassouvie de lui parler, d'écouter sa voix, de savourer ses conseils et ses anecdotes. Pour la première fois, je sens une affection aussi chaude qu'un poussin, qui vient de naître, souffler dans mon cœur. Suzy monte l'escalier en pénombre pour se coucher dans la chambre d'invité que j'avais bien aménagée pour la recevoir. Nous avons la même taille. Nous nous sommes dit bonsoir en nous enlaçant un bon moment. Comme si nous ne voulions pas nous détacher l'une de l'autre. Je me suis sentie emplie de bonheur, douillettement confortée et protégée dans ses bras. Elle effleura ma joue avec délicatesse. Je brossai un baiser de politesse sur sa nuque et nous nous séparâmes. Dans ma chambre, je ne pouvais m'empêcher de penser à Suzy. Je voulais tant la surprendre dans son lit, glisser auprès d'elle, me blottir dans ses bras. J'inventais toutes sortes de caresses veloutées pour qu'elle m'aimât d'avantage. La nuit fut longue. Je m'assoupis, accroupie au pied du lit, jusqu'au matin. Personne d'autre ne m'avait mise à genoux comme elle.

Le lendemain, elle prit l'avion pour aller à Halifax où elle devait assister à une conférence. Je ne savais pas comment la rejoindre. Prise de panique, je téléphone chez elle à Sudbury. Son fils me répond et me donne le numéro de l'hôtel où elle est descendue. Je prends mon courage à deux mains et j'appelle. Elle est au bout du fil. D'un seul trait, sans reprendre mon souffle pour que mon courage ne flanche pas sous mes pieds, je lui dis tout de go : «je veux coucher avec toi.»

Pete boit canette de bière après canette de bière de son lever à son coucher, et grille trois paquets de cigarettes. A tout instant, il pisse sur les murs. N'importe où. N'importe comment. Sans se soucier de qui va éponger toutes ses averses ? Mais il me fait le plaisir de ne pas salir les verres car c'est à moi de faire la vaisselle selon notre «convention familiale». Lui fait la cuisine, et moi, tout le reste. Même le *shopping*. Et comme il ne travaille pas, je suis obligée de ramener un salaire pour deux familles : la notre et celle qu'il a eue avec Twylla. Je paie une pension mensuelle à sa femme divorcée pour élever leur fils. Si Moki Deloon va à l'école, c'est beaucoup grâce à moi, Kelly King. Et pour que notre *Love affair* marche comme sur des roulettes, je dois l'entretenir en séances de traitement psychologique : graisser l'esprit, et rembourser les frais d'une conseillère familiale pour gérer à notre place les différents, pour ne pas dire les querelles commencées seulement quelques mois après notre décision de vivre sous le même toit.

Une nuit Pete se lève en sursaut et me réveille pour me dire qu'il a fait un cauchemar. J'ai du mal à ouvrir les yeux. Je sais qu'il ne se rappelle pas ses rêves. Mais cette fois-ci, il se met à hurler : «j'ai rêvé que vous, vieilles salopes, toi et ta merde de Suzy, vous vous êtes mariées derrière mon dos. Je ne veux plus que tu la fréquentes,

263

que tu lui adresses la moindre parole.» Je me tourne pour me faire toute petite, n'occupant que le bord du lit. Et Pete s'étend sur les neuf dixièmes du matelas et se met à ronfler! Impossible de me rendormir.

Au mois de juin de cette année je voulais emmener une vieille tante, à *Niagara on The Lake,* prendre l'air et revivre le temps d'un week-end quelques souvenirs de son enfance. Je ne l'avais pas vue depuis des mois, et la pauvre était rentrée et sortie de l'hôpital sans que je ne lui rende visite. Pete m'a d'abord donné son accord. Puis la semaine où je devais entreprendre ce projet, il se retourna comme une crêpe. Me reprochant de le laisser tomber, de négliger mes promesses de ne m'occuper que de lui.

— Et moi qu'est-ce que je vais faire pendant tout ce temps que tu vas passer avec ta merde de tante ?

Le week-end arrivé, il m'annonce qu'il a réservé quatre jours à la Martinique pour se détendre et voir du monde. A son retour, j'attendis plus de trois heures son avion en retard. Il en sortit, le dernier, et je vis tout de suite qu'il était saoul. Pendant le trajet, je lui demandai comment il avait passé son temps dans la belle île ? Il me fit comprendre qu'il s'était fait des dizaines d'amies, qu'il avait été gavé de massages par des femmes nues. Il avait dansé tous les soirs, fait l'amour sur la plage... Je n'étais pas jalouse parce que les deux choses qu'il avait sans doute pratiquées, l'alcool et la drogue, il ne les mentionna pas. En arrivant à la maison, il me força à m'étendre sur le canapé, me dit d'écarter les jambes, criant qu'il «voulait avoir du sexe avec moi». Je réussis à me réfugier dans la chambre d'amis. Le lendemain nous sommes allés chez la conseillère thérapeute. J'ai expliqué tout ce qui s'était passé. Pendant un quart d'heure, Pete n'a pas soufflé mot. Puis quand on lui demanda sa version des choses, il dit d'un seul trait :

— J'ai passé un excellent week-end avec l'approbation de Kelly. Elle n'a pas voulu venir avec moi. Et j'ai eu du plaisir comme je n'en ai eu depuis longtemps. Je n'ai rien fait de mal à personne. J'ai dansé et me suis bien amusé. Au fond j'ai trouvé mon centre... une expérience mystique. Elle préfère baiser des lesbiennes au lieu de s'occuper de moi. Toute cette thérapie, c'est de la merde. Vous n'êtes pas objectives, alors que moi, j'ai changé, abandonné ma vie parmi les miens, pour me mettre avec cette face de Blanche qui n'a pas changé d'une once. Puis d'un ton imprévisible, d'une voix fluette et chantonnante, il se tourna vers moi :

— On n'a vraiment pas besoin de cette thérapie, nous pouvons régler nos problèmes nous-mêmes. Kelly, je te demande d'oublier tout cela. Je t'en supplie, ne me quitte pas. Je t'aime.

Je n'ai jamais vu Pete de la sorte. Doux, avenant. On aurait dit qu'il avait vieilli de dix ans. Mais j'avais déjà pris la décision de le quitter. Arrivé à la maison, il changea de ton. Il se gonfla comme un pigeon mal nourri, se mit à hurler, à casser tout ce qui lui tombait sous la main, à me battre. Pour la cinquième fois depuis que nous vivions ensemble, j'appelle la police qui dresse le procès : coups et blessures infligés à une tierce personne. J'appelle Suzy pour l'informer de ce *mess* où je me suis mise. Je croyais lui faire découvrir la partie cauchemardesque de ma vie privée, mais après un long silence, elle m'a répondu :

— Mais Kelly, il y a longtemps que je savais que ton Pete est un salaud. Il m'a proposé à maintes reprises de coucher avec lui. Tu ferais mieux de venir avec ta fille passer quelques jours chez moi.

Les vibrations de la pierre viennent de révéler à Twylla un autre Pete que celui qu'elle a connu. Où est-ce donc la vérité ? Elle n'est, sans doute, ni dans ce que vous avez entendu de la bouche de Kelly, ni dans ce que je suis entrain de rapporter. Elle serait dans ce que révèle l'Esprit-Orignal, au moment où l'on s'y attend le moins, à propos des êtres et des choses.

Quant à moi, je n'ai pas besoin de palper les pierres, comme Twylla, pour voir. Mon Esprit-Orignal caresse les nuages. Je vois un petit garçon perdu. Il ressemble peu à Moki, mais c'est lui. C'est comme dans un rêve, des figures inconnues assument des noms familiers. On croit y reconnaître des personnes que l'on connaît de longue date. Ainsi de ce Moki qui porte à peine quelques haillons. Je le poursuis dans ses errances, à travers nuages et canyons, les gratte-ciel en ruines et le lac Ontario qui est à sec. Point de verdure. Il marche dans une ville qui semble avoir subi un désastre nucléaire.

Moki contemple avec effroi ce paysage de désolation. Debout sur le bord de *Harbourfront*, face à l'île de Toronto, il lève son regard vers un oiseau géant qui vole autour de moi. Pour lui, c'est Lord des Airs qui poursuit, comme un élan de l'esprit, son magnifique vol. Moki lui fait une prière. Sa voix fluette traverse le vent et remplit de son invisibilité les canyons entre buildings et maisons. L'Aigle semble chercher l'adolescent. Il plonge finalement vers la terre et se pose sur le bras de celui qui l'a sollicité. Moki trébuche sous le poids de l'Oiseau géant, retient son équilibre, puis lui caresse le plumage. Sensation splendide que ne pourvoit que ce Maître sauvage des airs. Moki lui murmure des mots doux, les mêmes, rassurantes et berceuses, que Twylla lui susurrait à l'oreille lorsqu'il était enfant.

L'Élan des Airs fixe Moki d'un regard aimant, arrondit ses ailes et, aussi vite qu'il s'est posé, il s'envole dans le ciel serein de la ville. Moki suit son vol majestueux en se demandant s'il ne va atterrir là où son peuple puise sa source. L'Aigle survole le HMCH, Haïda, un destroyer de la Seconde Guerre transformé en musée naval flottant, les terrains de jeu de *Wilderness Adventure* avec leurs toboggans nautiques, piscine, bateaux et toutes sortes d'attractions. il se dirige ensuite vers *Ontario Place*, un autre lieu de promenade et d'amusement conçu en 1971, cinq ans avant ma naissance, par Eberhard Zeiler, et qui s'étale sur trente huit hectares en bordure d'eau, au sud de l'*Exhibition Place* et à l'ouest du centre ville. L'Oiseau se pose enfin sur l'énorme *Cinesphère* qui abrite le cinéma Imax avec son impressionnant écran, haut de six étages.

Au pied du *Cinesphère* Moki voit un attroupement d'Amérindiens, d'hommes et de femmes de couleur. Les uns mangent des sandwiches, les autres bavardent. D'autres vont et viennent et paraissent impatients. Tous attendent que les portes s'ouvrent. Il avance à petits pas et se trouve rapidement encerclé par des adolescents de son âge : «Toi, l'étranger... l'étranger… Fous le camp. Nous n'accepterons pas d'étranger, ici.» Moki se réfugie dans le «Centre de Création». Il s'assied jambes croisées sur une natte, dans la même position que sa mère a prise au *SkyDome*. Il sort de sa besace une longue plume d'aigle et se met à la caresser et à lui chanter les mêmes mots d'amour qu'il a prononcés à l'Élan des Airs :

«*Oh ! Beauté du ciel, Lord des Airs, Toi parmi tous, tu peux apporter de bonnes nouvelles et de beaux présages. Toi seul peux aplanir les discordes. Remplir les canyons de l'air harmonieux des chansons. Élan des Airs, fidèle compagnon de Tour CN, tu peux nous fournir la chance unique de saisir ses mots de pierre, au lieu de ses flots d'images éphémères. Oiseau de bon augure, fais que nous brûlions les bibliothèques de gélatines, pour préserver les feuilles d'érables et leurs nervures qui parlent à nos âmes étranglées par les mains de décideurs cyniques. Verront-ils jamais, ceux-là, l'Écrit sur le mur ?*»

Le temps de cette prière, l'enfant de taille moyenne et chétive semble devenir un grand et bel homme. Altier aux yeux perçants dans un visage rocailleux, Moki continue d'adresser ses mots d'amour à l'Oiseau. Sans lâcher la plume qu'il continue à manier avec grandiloquence, il cherche à dévier le cours des mentalités, à inscrire le contrepoint du malaise. Pour que le bien-être de son peuple soit visible dès l'aurore d'un jour nouveau.

Moki Deloon voit l'Élan des Airs surgir de nulle part et se poser devant la foule en attente. Dans un mouvement de vagues, il entraîne les gens chamarrés vers une autre direction, comme s'il veut les persuader de quitter l'illusion instantanée que leur offrent les écrans gigantesques et de se mettre à réapprendre à lire dans le livre des pierres sacrées. A cet instant, Moki sent qu'une des cinq pierres appartenant à sa mère, Twylla, vient de s'illuminer autour de son cou. Elle couvre de sa lumière phosphorescente tout le poitrail du jeune homme. «*Luminosité est faite, se dit-il, au royaume de l'Élan des Airs. Qu'en serait-il pour moi dans le royaume de la Tour ? Aurais-je la chance qu'elle éblouisse mon âme, comme elle le fit à ma mère et à mon père lors de sa descente vers la terre ?*»

Ce jour-là, Moki a décidé de se rendre, plusieurs fois par semaine, dans la ville où sa mère s'est établie. Une promenade le conduit au Parc d'Exposition, communément appelé par les Torontois *The CNE* ou *The EX*. Il y découvre les foires agricoles, les *shows* de chevaux et de voitures. Parfois, il va jusqu'au *Waterfront* pour pratiquer son sport favori, le jogging, parmi les beaux quartiers qui entourent les berges du Lac Ontario. Mais c'est surtout aux îles de Toronto, naguère une péninsule sablonneuse que Moki retrouve la quiétude. La nature fait bien les choses, pense-t-il. «L'endroit où les arbres émergent de l'eau», comme disent les Indiens Mississaugas, est aujourd'hui un archipel. Sables et terres des falaises de *Scarborough* ont été charriés de l'Est de Toronto vers l'Ouest pour former d'abord une péninsule attachée au *main land*. Puis l'orage et l'érosion ont façonné, vers la moitié du dix-neuvième siècle, la physionomie actuelle de l'échancrure, la brèche orientale.

Du terminal du ferry au pied de *Bay Street*, le cœur financier de Toronto, Moki prend, parfois, l'un des trois traversiers pour débarquer à *Centre Island*. Il marche sur le terrain luxuriant des îles : Olympic, South, Snake, Algonquin, Ward's, traverse des ponts puis revient vers «l'autre tête de la salamandre» Il erre pendant des heures à travers une avenue qui s'étire d'un bout à l'autre de Centre Island. Depuis le Pont Manitou jusqu'au quai et à

269

la plage, l'avenue bordée de plates-bandes, de bassins ondoyants, de fontaines et de splendides pelouses, invitent les passants à «fouler l'herbe à loisir» : *Please walk on the grass*. L'herbe a besoin d'être consolidée. Vues saisissantes sur le lac et sur la ville ! Moki s'arrête ensuite au pied du plus vieil édifice de Toronto, le *Gibraltar Point Lighthouse*, un phare en pierre construit en 1808. D'aucuns disent qu'il est hanté par le fantôme de son premier gardien qui a été assassiné par des soldats de Fort York juste sept ans après sa finition.

Moki se promène pieds nus sur la plage sablonneuse aux alentours du phare. Il lui semble entendre la voix du spectre : «Les mots n'appartiennent à personne, mais en faire la surenchère peut coûter cher en vies !» Il prend le sentier qui bifurque pour atteindre *Hanlan's Point*, l'ancien noyau défensif de la ville, appelé d'abord, Gibraltar, puis rebaptisé par la famille Hanlan qui s'y était établie en 1862. Moki pense au fils, Ned Hanlan, qui fut un champion de l'avion.

Un coucher de soleil vermeil le tire de ses rêveries. Des myriades de lumières, se réverbérant, ravissent la face de l'eau. Les yeux de Moki flambent. Sa décision est prise : venger son père dont Twylla lui en a tant parlé ! Moki n'arrive pas à admettre qu'aucun tribunal n'ait jamais jeté un coup d'œil sur l'affaire de renvoi de Pete sans raison valable.

Personne ne sait qui a organisé cette manifestation. Les Torontois arrivent de partout sur ma Place en salopettes, blue jeans, shorts et maillots de bain. Sous un soleil ardent, ils brandissent des centaines de pancartes. Moki est étonné de voir sa mère agiter ce slogan : *Au Sein de la Tour... Le Tunnel de l'Amour*. La foule s'est emparée de mes pieds. Malgré l'interdiction de la Municipalité, un banquet se tient en plein air où le Hot dog s'est fait roi. La passerelle entre Moi et le *SkyDome* est assiégée. Un écriteau signale : «Le monde commence au coin de la passerelle / Avec le droit et le devoir d'agir pour le monde».

Les groupes ethniques investissent le Block. Ils veulent parler et chanter toutes les langues. Des stands sont dressés. Des orchestres jouent le répertoire de leur patrimoine. Des Assyriens arborent des placards relatant la naissance de l'écriture ; des calligraphes arabes s'appliquent à dessiner des versets : «Quand nous ouvrirons, tout nous sera ouvert.» ; un Israélo-Canadien brandit : «Il a vendu le soleil, pour s'acheter une bougie !» ; un autre contestataire conseille : «Apprends-lui une langue, tu éviteras la stupidité d'une guerre.» ; un Égyptien déclare : «Hier il sortit de l'œuf, aujourd'hui il a honte de sa coquille.». Je vois une autre banderole qui dit : «La route n'enseigne pas au voyageur ce qui l'attend à l'étape.». Les slogans se chevauchent, chacun réclame son originalité dans le courant canadien. «Le Temps du Mépris est révolu.», «L'Ère de la Dignité est arrivée.». Chacun a choisi de s'exprimer dans une chorégraphique différente. Un Indien déclame, dans l'art total du *Kathakali* qui est, tout à la fois, théâtre masqué, dansé, chanté, parlé, relié au mystère : «Aux moments troublants, il faut plonger !», «Les Biens appartiennent au Créateur, l'Effort est à l'homme.» Souleyman agite une banderole avec un proverbe malien : «Souhaite bonne chance à autrui, pour que tu aies ta propre chance», un Amazigh : «L'Homme c'est de l'alfa, il faut le broyer pour pouvoir le tordre.» La polyphonie torontoise vibre de tous ses accents. Symphorien, lui-aussi, est de la fête, avec dans chaque main une pancarte où il a écrit, sur l'une : «Faites chanter la Tour CN / Comme les Fabulos Troubadors / La Babel Toulousaine», et, sur l'autre : «Ne faites pas tomber le Breton dans le piège du Français mouton.». Non loin, le chef d'une tribu iroquoise réclame : «Ne perdez pas votre langue, vous perdrez votre culture.»

Moki se sent réconforté par ce rassemblement enthousiaste et sans frontières. Les rires sont clairs. La joie dans l'air témoigne du rythme des cœurs. Il palpe la pierre qui pend à son cou et s'aperçoit qu'elle a pris ma propre forme de Tour CN en miniature. L'Élan des Airs souffle en lui l'haleine de l'arc-en-ciel, dilate son corps et son esprit et lui arme les pieds de ventouses. A la stupéfaction de tout le monde, Moki se met à m'escalader. Il grimpe comme une araignée, à mains nues. Comme son père, il veut, en solo, vaincre temps et pesanteur. A cette première mondiale, il va remplacer la publicité qui me balafre le côté sud : **Microsoft Windows 98 Start**, par sa banderole qui volera dans les cieux torontois :

«A livre ouvert / Troisième millénaire»

Perché à l'endroit même d'où son père avait sauté, Moki fut envahi par une extrême sensation de jouissance. Maintenant il sait qu'il peut, à son tour, retourner vers la terre.

TOUR 20

Quel spectacle que de voir Moki se mesurer à ma hauteur ! Que dis-je ? Me défier, moi, la plus haute Tour du monde, m'escalader de toute sa volonté tendue et battre le record réalisé par son père qui a disparu sans laisser de trace. Pete est un Mandala de demain qu'un fils inconnu orbite déjà. Quant à Twylla, trop occupée par ses problèmes personnels, elle n'était qu'une spectatrice de cette montée en flèche de son fils sur l'écorce prestigieuse de mon arbre à paroles.

Je ne peux décrire l'étonnement de la foule. Elle était suspendue à chacun des pas de Moki. Souffle coupé à chaque avancée. Silence religieux le long du parcours. Insaisissables craintes confuses. Passerelles dans les songes ? Va-t-il glisser et s'anéantir dans la chute vertigineuse ? Les mauvaises langues n'ont pas manqué pour colporter la chute de Pete en média mineure !

Moki se pose sur la plate-forme où surgissent mes antennes. Seul face à la mort, il semble se réconcilier, de plus en plus, à chaque coudée, avec mon essence de tour inaccessible à ceux qui ne font pas l'effort d'affranchir leur ego. Moki a trouvé en moi son plus grand défi. Petit de taille (1, 65 m) et ne pesant que 49 kilos, «J'évite tout excédent de bagages, dit-il avec ironie, chaque fois qu'on lui fait remarquer qu'il est un peu trop chétif, et d'ajouter : Mieux vaut être sous le poids du cerveau !». Moki vient d'avoir vingt ans. Seul, au-dessus des applaudissements réitérés de la foule, il célèbre son anniversaire.

Cheveux longs, une plume d'aigle au bandeau qui cerne son front, les traits ciselés en Indien de Navaho et, au cou, la pierre taillée à mon image, Moki a fini par adhérer à ma peau, comme la chaleur qui s'approprie le drap. Chaque pas qu'il fait sur ma tige est une trace qu'il grave à jamais sur ma chair vive de pierres impérissables. Pourtant, au risque de sa vie ! N'a-t-on pas crié maintes fois : «Quel acte suicidaire !», «Quelle volonté de fer !», «Quelle ascension... miraculeuse!».

Je ne ressens pas l'acte de Moki comme un défi lancé à ma stature. En tout cas, il a su se défaire du complexe de l'échec et venger, non, rendre justice à son père qui fut le premier à défier le gouffre du vide. L'exploit de Moki est un cri flottant dans le bleu du vent qui laissera sur le parchemin du temps l'ancrage d'un poème d'amour filial. Un emblème qui l'aidera à vivre, à surpasser la vie...

Je ne vous rapporte pas les bulletins d'information, les entêtes des journaux, les articles... ou tous les galimatias qui relatent les faits et gestes de Moki. Si c'était Wayne Gretzky, roi du hockey, Maradona ou Cantona, rois du football, Noah, roi du tennis... on vous aurait étouffés de mots élogieux pendant des semaines et des mois. Moi, Tour CN, j'essaie de saisir avec mes tentatives maladroites de pierre l'insaisissable vol d'un adolescent. Cette montée de sève jusqu'au bout de mes antennes nous fait entrer, tous les deux, dans le monde des adultes. Elle me donne et à tous ceux qui n'ont pas de voix, droit à la parole. Les exclus de toutes sortes. Les pierres sous la terre. Les galets aux bords des plages ou au fond du lac. Les rochers sur les montagnes. Les cailloux que dégorgent les sillons. Les rocs parsemés dans les carrières. Les malades dans les asiles qui crient pour ne pas se faire entendre. Les briques cloîtrées dans un ciment de bâtiment. Les méprisés des temps de gloire qui aboient sans mordre...

Une question demeure, cependant, sur toute les bouches sans réponse : Comment va-t-on appeler ce héros du jour ? Chaque être présent est rentré chez lui impatient de raconter ce qu'il a vu. On ignore le nom de celui qui a escaladé sans la moindre aide la plus haute tour du monde. On l'a comparé à l'Araignée, à l'Aigle des hautes cimes, apparenté à L'Élan des Airs, celui-là même, bâtisseur de l'Igloo au-dessus de l'abîme, qui m'a déliée du vertige des mots. Alors que l'on dit que «la langue reflète l'expression de l'âme d'un peuple», pourquoi les pierres amoncelées ne pourraient-elles pas, elles-aussi, exprimer l'Esprit-Orignal de ce Moki prédestiné à extirper du Ciel une lumière inédite ?

A titre de virtuose de l'élan, Moki vient en effet de dramatiser ce qu'il y a de plus profond en lui. Mes mots paraissent pâles devant son exploit. Ils disparaîtront sans traduire réellement les motivations qui poussent, Moki et mes autres élus, à agir comme ils le font. Fière de son fils, de ses prouesses qu'il n'a jamais montrées, Twylla revient à sa méditation. Elle fait les cents pas dans la passerelle qui relie le *SkyDome* à la gare, *Union Station*.

Elle sait que Moki est rentré directement à la Réserve, marquant ainsi le retour de l'homme mûr au terroir de l'enfance. Il sera prêt à prodiguer conseils et soutiens. Il ne se sépare plus jamais ni de sa Tour CN miniature, ni de sa plume d'Aigle bien plantée dans ses cheveux que serre un bandeau brodé de perles de couleurs vives. Ayant subi l'épreuve de l'air et de la pesanteur, il peut maintenant agir, avec pudeur et patience, parmi les siens, selon la sagesse d'Homme-médecine.

La tribu s'est amoindrie. Très peu de jeunes sur les terres des ancêtres. La plupart de la communauté est partie tenter sa chance vers l'ouest, dans des réserves de pétrole, ou vers le nord-est pour défendre l'honneur des morts enterrés dans les cimetières de la Première Nation. Alors, à qui Moki va-t-il dispenser la sagesse ? Il y a aujourd'hui peu de monde à Brantford. Le Palais Chef-de-Bois est délabré. L'écriteau, *De Dwa Yea Nah* (Venez vous joindre à Nous !), rongé par la négligence, est couvert de poussière et de boue. On ne s'assied plus sous «l'arbre de la paix» pour écouter des histoires transmises de génération en génération. On n'organise plus de tournois de serpent-neige, les fabuleux *Pow Wow* et les festins de *bannock, fried bread and corn soup*. Mais deux choses restent immuables : le dialogue démocratique pour toute décision et le droit de la femme. *Eagle Boy* recueille les commentaires, donne un avis personnel, compte les voix discrètement, puis agit en respectant le consensus. Aux uns et aux autres, il conseille de planter des alphabets, de Brantford jusqu'à la vallée du Niagara. «Il faut, ajoute-t-il, que chacun abandonne les voyages et revenir cultiver son jardin.»

— Oui !, dit Moki calmement. Nous devons refuser l'emprisonnement, les disparitions. Nous avons à lutter pour garder, à tout prix, notre identité, celle que partagent, avec nous aujourd'hui, nombre de blancs et de toutes les races de ce continent. Il faut que nous plantions des parterres de fleurs en formes de lettres d'alphabets : inuktikut, latin, cyrillique, arabe, hébreu, chinois, thaïlandais... et que nous dessinions, sur le modèle de l'immense feuille d'érable en tulipes rouges à High Parc à Toronto, le contour de chaque parterre selon une des fleurs des dix Provinces du Pays. Autour de l'érable, pousseront sans bruit le trillium, le lys... et toutes les fleurs qui cristallisent les terrains où elles ont été élues. Notre jardin sera aussi vaste que le pays, aussi grand que le monde. Chacun y aura du travail à la hauteur de ses exploits.

Depuis ce jour, la Tribu s'est mise à croître sur les terres labourables, les parcours et les pâturages, les forêts mixtes, les forêts de conifères, les forêts de transitions, la toundra, les terres stériles, les champs de neiges et de glaciers… Le terroir verbal est, lui-aussi, cultivé des langues étrangères qui se sont épanouies sur de nouveaux champs de vision. Moki est conscient qu'il va à contre-courant de la xénophobie et des desseins de la langue des tractations : le Dollar. Celui-ci, comme l'Euro, est hanté par l'idée du «Tout Puissant» qui veut régner sur tous les marchés.

Au temps des vendanges, le *Saint-Lawrence Market*, le samedi, accueille les récoltes des champs, la nourriture fraîche, fabriquée maison, et les objets de l'artisanat. Seuls les livres font visage pâle devant les films tournés dans les studios torontois : Polar, Dallas et autres feuilletons américains *made in Canada*. C'est moins cher !

Cette guéguerre de pacotille a cloué le bec à tout le pays qui ne peut se placer sur aucun marché sans l'autorisation de l'Oncle Sam, *south of the border*. Nulle part ailleurs, sauf ici, le Sud commande. Les Européens en sont médusés, eux qui sont habitués à se faire obéir par leurs ex-colonisés. Leur Sud, baptisé en terre déchue, leur sert encore de foyer au nouvel esclavage, lyriquement nommé «la sous-traitance».

Voilà que je glisse, par déformation antennique, sur le terrain des problèmes mondiaux. Il s'y produit des séismes dont les fractures touchent toute la planète. Elles s'entremêlent parfois avec mes vibrations de pierres.

Mon antenne enregistre sur son échelle — qui n'est pas de l'ordre de Richter — les moindres secousses et je ne peux, en aucun cas, demeurer indifférente. D'ailleurs, que peut-on faire contre une pierre qui, à force de tout recevoir, a pris conscience des affaires du monde et s'est mise à «désobéir» aux lois tracées par les pères fondateurs de la Nation ? Quel châtiment me ferait-on subir si je proposais de pourvoir en médicaments les malades irakiens, ces fils et filles légitimes qui ont donné naissance à la Tour Babel biblique, ou d'expédier en toute hâte le surplus de nourriture aux Africains qui meurent de famine par milliers chaque jour ?

Suis-je donc devenue subversive dans mon pays qui ne cesse de lutter contre l'obésité : «*Manger moins peut prolonger la durée de la vie.*» Pourtant, dans les Républiques Bananières, il y a tellement d'enfants qui ne mangent même pas la banane ! Hélas, ma «subversion» est réduite à une voix antennique d'une tour ancrée entre terre et ciel. Mais celle de Moki est d'un autre ordre. Il veut bouleverser les habitudes et rendre la dignité aux exclus de tous les temps. Alors on le qualifie de gauchiste ! — Le mot communiste n'a plus cours —, de détracteur ou de hors-la-loi. Mais je pense que l'expression consacrée pour une révolution mort-née dans la Belle Province, «agitateur tranquille», lui convient mieux !

La RCMP vient de déclarer Moki Deloon coupable de cette anomalie de la pensée, d'abord, pour ses «idées révolutionnaires», ensuite pour la mise en pratique d'un idéal «pernicieux». Le projet de Brantford a gagné, comme la coqueluche, toute la vallée du Niagara qui s'est distinguée par la production du meilleur vin du pays : *Ice wine*. Apprécié même par les meilleurs viticulteurs français, ce vin est réussi grâce surtout au savoir-faire de la communauté italienne qui cultive la vigne avec passion. Mais c'est, quand même, un excellent breuvage canadien.

Moki est arrêté le jour de mon anniversaire, le 26 juin, pour atteinte à la sécurité de l'Etat. Mais, en réalité, il ne faisait que changer la mentalité de sa tribu dans le cadre de la réserve. Dangereuse, une telle initiative peut avoir des répercutions incontrôlables, surtout sur les fils et les petits-fils des inventeurs de canots d'écorce. Ce moyen de transport a facilité l'exploration et le développement du Canada, la raquette aussi. «*Ces autochtones veulent modifier le progrès. Ils osent s'accaparer des gains des Maîtres et trafiquer les esprits sans passer par la technologie de pointe. Ce n'est même pas du cloning ! Mais pour qui se prennent-ils ?*»...

On jette Moki dans une prison de Toronto, sans aucune forme de procès. Je ne vous rapporterai pas le petit entrefilet, à peine visible, publié par la quotidienne tonne de papier, *Toronto Star*. Le *Globe and Mail* n'en a même pas parlé. Ce journal d'intellectuels ne s'abaisse pas à ces faits de pacotille. Quant à la version officielle du chef de police (*just for the record*), elle dit : «Nous avons arrêté Moki Deloon pour avoir retenu, par la force, des touristes à qui des exploitants canadiens de souche voulaient donner une image plus complète de l'expérience des *Natives*. Moki les a retenus une journée entière au lieu des deux heures de visite traditionnelle qui ne montrent que la surface des choses. Nous tenons à ce que la Réserve soit un lieu de pèlerinage qui montre notre histoire dans sa totalité.»

Je ne suis pas convaincue par ce point de vue. Le commissaire, en scribe consciencieux, va l'interroger pendant les semaines qui suivent son arrestation. Je vous fais grâce de tous les détails superflus qui n'ajoutent rien sauf au nombre de pages.

— Votre peuple nous reproche de ne pas ouvrir les portes du tourisme à la Réserve. Et vous, vous trouvez le moyen de frapper et de blesser un touriste de qualité. Pourquoi ?

— Ça s'est passé autrement.

— Vous n'allez pas nier les causes de votre arrestation.

— Je ne nie rien. Je dis que votre version de choses diffère de la mienne.

— Niez-vous que les touristes ont visité la maison du poète Mohawk Pauline Johnson, je veux dire, le musée

Chiefswoods du centre culturel Woodland ? Des témoins affirment qu'ils ont même dégusté une soupe aux queues de castor et au nez d'orignal à la Cafétéria. Et Madame Berta Skye, la préposée aux cuisines, leur a expliqué que le nez d'orignal est considéré comme du caviar pour les Blancs : «*Moose's nose is really good. All you have to do is boil the hell out of it.*» En sortant du parking, Monsieur Smith qui se dirigeait vers le champ voisin pour prendre une photo fut subitement harcelé et battu.

— En effet, personne n'a empêché les touristes de faire leur visite comme bon leur semblait. Mais Monsieur Smith a tenu à envahir mon jardin. Je l'ai prévenu. Il n'a rien voulu savoir, insistant qu'il avait lu les livres de Karl May, «fameux érudit et romancier allemand du XIXe siècle qui n'a jamais voyagé en Amérique du Nord, et qui est le créateur principal de la notion de Noble Sauvage». Monsieur Smith tenait à nous «photographier de l'intérieur», dit-il. Ce n'est qu'à ce moment-là que j'ai gentiment essayé de l'en dissuader. C'est lui qui a le premier cherché la bagarre. Il était convaincu qu'il avait en face de lui un de ces sauvages…

— Vous êtes trop susceptible. Vous l'accusez de choses qu'il n'avait pas l'intention de faire. Avouez que vous l'avez empêché de passer de l'autre côté de la barrière, même s'il s'agissait de prendre juste une photo.

— Mais la barrière disait clairement : «*No Trespassing*». Ça dit bien ce que cela veut dire, non ?

— Oui. Vous devez alors avoir quelque chose à cacher ?

— Mon jardin secret.

— Nous y sommes. Alors, dites moi ce que vous fabriquez derrière la barrière. Vous cultivez de la Marijuana, c'est ça ?

— Non, nous fabriquons des bombes atomiques !
Vous n'avez pas vu les usines ?

— Assez. L'ironie ne vous sortira pas de cette impasse.
Qu'est-ce que c'est que ce secret ?

— Rien. Des fleurs, des légumes, des fruits. Des
parterres de fleurs différentes sous formes de lettres.
Des langues étrangères en pictogrammes verts. La
logique de l'idéogramme chinois en tomates. Le délié
des cursives de l'arabe en haricots verts. L'angulaire
fleuri de l'hébreu en carottes. L'arabesque chevauche
une autre arabesque en cyrillique ou en thaï.

— Ou bien, vous êtes fou, ou vous vous foutez de ma
gueule ?

— Ni l'un, ni l'autre ! Mais je comprends que vous
soyez perdu. Si je vous disais que nous plantons des
alphabets en verdure fleurie par amour de la terre. Que
diriez-vous ?

— Je dirais que c'est une idée saugrenue... de gens
primitifs. Et que je ne comprends pas. Mais je dirais
aussi «*you are gone banana !*».

— Presque fou, quoi ! Non. Nous fournissons l'effort
de cultiver la terre avec les langues de la planète parce
que nous voulons apprendre à la lire comme un livre
ouvert. Cela vous étonne que nous prenions la terre pour
un livre ? Et pourtant, nous respectons tout ce qu'elle
nous donne à voir. Tout ce qui pousse en elle. Vous savez
qu'elle contient des richesses secrètes. Encore faut-il y
travailler et savoir les extraire. Tel un livre : d'abord, il
faut suivre les sillons de ses phrases, retourner les mots
dans tous les sens, en y semant notre façon de lire,
multiple et variée. Avec de longues pauses qui font *mûrir*
le fruit tout en nous faisant voler vers d'autres songes.

Avec des silences religieux pour laisser les mots fermenter en nous puis savourer leur nectar, en temps voulu.

— En effet, nous disons bien que les fleurs ont leur langage : la rose pour l'amour, les chrysanthèmes pour le deuil. Effeuiller la marguerite pour savoir le degré d'affection qu'on nous porte. Mais de là à faire parler la terre comme un livre, il y a un sacré fossé. Et vous voulez me mener en bateau dans ce fossé marécageux !

— Le jardin offre une quantité inépuisable de mots et il a une soif inassouvie de se faire lire. Quand on s'y promène, on a envie de s'extasier sur une plate-bande d'hortensias joufflus, de tulipes éclatantes, de jonquilles épanouies... Et comme en hiver la terre est bénie de froid glacial, nos enfants y érigent des tours en bonhommes de neige, en lettres qui les font rêver. Ainsi il s'initient à décoder le monde sous leur nez. Ils n'ont nul besoin d'importer toutes ces langues d'amour car elles sont déjà plantées dans nos villes, nos banlieues, nos campagnes.

— Mon Dieu ! Où allez-vous chercher ces histoires ? On aurait pu vous considérer comme un héros après avoir escaladé la Tour CN. On vous aurait classé dans le Livre des Records, le *Who's who*, mais non, on vous retrouve en casseur de gueule, en perturbateur de l'ordre public... quoi ? Un hors-la-loi dans les mains de la police. Et qui, en plus de ça, rétrograde. Vous ne savez même pas que nous sommes déjà à l'âge de l'informatique, et vous faites tout pour nous renvoyer à celui de la pierre.

— Détrompez-vous. Je suis *Computer literate* et sans doute mieux que vous. Nous voulons seulement progresser non pas selon un réseau virtuel, mais selon le cycle des saisons et le rythme de la terre. Toute la notion de travail est en train de changer. Nous ne faisons que

285

prendre le devant, en nous y préparant. Je vous explique : on ne pourra plus vivre l'expérience d'un agent de maintenance qui devient Ministre. Comme on ne s'intéressera plus aux livres qui sont la copie conforme des écrans d'ordinateurs, de télés, de cinés...

Les carrières ne seront plus ponctuées de «mouvements ascendants» mais «latéraux». C'est pour cela que nous apprenons à nos enfants à penser le temps comme nos ancêtres, autrement dit : en cercle et non pas en ligne droite. La linéarité occidentale est révolue et nous ne cultivons pas les carottes et les navets en rangs d'oignons, mais en circularité donnant à la ligne droite une flexibilité qui lui permet de se mouvoir sur 360 degrés. De même cette idée insensée de Descartes d'inventer «une langue universelle fort aisée à apprendre, à prononcer et à écrire». Et que deviendrait le terreau des langues régionales ? Mort et enterré ? Or, pour nous, il faudrait les faire revivre en les imposant sur le marché local qui refuse de perdre ses couleurs.

— Ma parole, vous êtes idéaliste! Et il me semble que vous naviguez à contre-courant. Vous oubliez la réalité : depuis le choc pétrolier de 1973 nous allons tous vers la mondialisation des échanges commerciaux. Pour rester concurrentielles, les entreprises ont dû réduire leurs effectifs…

— C'est pour cela que je vous dis qu'il faut gagner sa vie autrement. Les travailleurs seront de plus en plus autonomes, saisonniers, à temps partiel... Vous voyez, il faudra lire la terre autrement…

— Mais qui vous a appris cette façon de penser ? Vous avez sans doute été influencé par les Hippies des années 60 ? La génération de votre père ? Et vous comptez encore refaire cette tentative révolutionnaire qui a échoué lamentablement ? Quant à la course du temps pour satisfaire la société de consommation, vous ne pouvez stopper sa dérive, sa fuite ou sa vitesse. C'est dans la nature des choses.

— Et que faites-vous du progrès ?

— Je ne fais que pousser ma tribu vers ça, mais je ne veux suivre aucun modèle, sauf celui que m'inspire l'Esprit-Orignal. J'essaie de m'adapter à la société où je vis. Ne plus laisser cette extraordinaire métamorphose dans les mains de nos Gouvernants. Y participer de plain pied dans le contexte spécifique de ma tribu, de ma province, de mon pays, de la planète. Dans cet ordre et non l'inverse.

— Vous avez dit «l'Esprit… quoi ? Orignal ?»…

Le commissaire-scribe semble apprécier ce dialogue. A aucun moment, il n'avait pensé que cet Amérindien, arrêté pour «coups et blessure à tierce personne», allait lui répondre du tac au tac, ni lui rendre la monnaie de sa pièce. Moki s'est révélé porteur d'un projet problématique et difficile à saisir, mais «on doit lui laisser une chance». Alors, il essayera de le sortir de prison.

Ce commissaire d'origine mauricienne croit, lui-aussi, aux esprits de la nature. Toutefois il ignore que c'est l'Esprit-Orignal qui inspire ce jeune homme sympathique et lui insuffle ses visions. Voix provenant de la profondeur des grandes forêts, des pierres élevées dans la solitude pour marquer le passage du temps, l'Esprit-Orignal lui donne courage et persévérance pour aller jusqu'au bout de ses projets. C'est lui aussi qui chuchote à Moki le secret de la multiplicité des langues et des alphabets qui ne perdent pas leurs origines.

Sorti de prison, Moki porte sa «révolution» au cœur de la ville reine. Mais il sait qu'il a du chemin à faire. Il revient à sa mère. Dans une petite enclave sur Spadina au nord de Bloor, Twylla a choisi d'établir son quartier général. Zinal lui a aménagé un coin au sous-sol qu'elle appelle «mon atelier» et où elle passe la journée à tailler la pierre à savon. Elle en parle à son fils avec passion :

— Les lois de la nature ont été spoliées. Le monde se détraque. Il nous faut rebâtir notre pays à la hauteur de la Tour, sinon nous ne pourrons plus nous relever. C'est pour cela que notre amour est guidé non par une ingérence des étoiles, mais par l'écume des jours, celle que soulève l'Esprit-Orignal au sommet de la Tour, celle qui vibre dans chaque galet et fait mouvoir nos pieds engourdis.

— Ainsi tu recommandes de chevaucher sur l'écume comme la Tour sur les nuages qui passent sur sa tête. A l'envers et à contre-courant ?

— Oui ! Mais essaie de résoudre l'écume des vagues en diluant l'insolence des questions. Prends exemple sur la Tour. Elle dévie la colère des nuages en réconciliant, de son doigté infini, le jour et la nuit. Fils, sache que dans ses glissements infimes, le crépuscule prépare l'aurore…

TOUR 21

Pierre de souche, Tour de touche, je suis la carte d'identité de la Ville-Reine. En un tour de main, j'ai déjà vécu un quart de siècle. Je basculerai dans le nouveau. Morte pour l'un, je ressusciterai pour le suivant. Le voyage débute de l'instant où je suis. Comme toute quête. Où nous nous trouvons, c'est là que nous sommes. Mais existerai-je si mon histoire n'est pas maintenant racontée ? Au fond, qu'est-ce qu'une tour qui n'inspire ni légende, ni conte, ni même le courroux des mauvaises langues ?

Parlera-t-on de moi lorsque j'aurai atteint mon premier centenaire ? Que diront les générations successives? Seront-elles au rendez-vous ? Et que penseront-elles de mes vibrations qui ont essayé de célébrer la libération de toutes les couleurs dans un ciel constamment brouillé ? J'ai pourtant rendu hommage aux hommes et aux femmes qui m'ont inspirée. Je ne me suis montrée ni séductrice, ni enjôleuse pour que vous vous penchiez sur mon corps livré aux froids lacérants. J'avais un œil-de-bœuf à mon sommet, près de mes antennes que je braquais sur les différents quartiers de la ville. On a voulu que je sois systématique et logique, consécutive et bien ordonnée, mais les choses ont tourné autrement. Des êtres m'ont sillonnée et j'ai retrouvé des élans lyriques. Au fil du hasard, des tableaux chamarrés sont nés du pinceau de ma destinée. Vers la fin de mon parcours chaotique, j'eus la chance de sentir l'*Œil-*

Orignal se promener en moi, en faisant éclater mes sensations de pierre et pulser ses réactions dans chaque pore de ma peau granuleuse.

Il est vrai que lorsqu'il se déplace, à travers ma tige, d'une partie à l'autre de ma taille gigantesque, il omet de disséquer une musculature, de capter un trait de caractère, ou de mettre en lumière le bulbe giratoire. Bref, il évite de m'accabler de détails superflus. Je reviendrai sur ces trous, ces vides, ces omissions que je ne mets pas sur le dos de l'Esprit-Orignal. Lui n'est en aucun cas le Dieu suprême qui voit tout, entend tout, juge tout. L'Orignal est une source d'inspiration, un souffle constant de tolérance. Une manière d'être laïque et républicaine. Son esprit ne représente aucune foi monothéiste. Ni aucun charlatanisme de sectes érigées en Temple Solaire à éteindre la vie.

Que de nuits blanches et de jours noirs ! Que d'efforts et de sueur ! Juste pour sauver ce flot incessant d'informations évanescentes qui passent à travers moi. Pour ceux qui n'ont pas peur du vide, je me suis mise à nu jusqu'à mes nerfs centraux et mon plancher de verre. Dans ce tour d'horizon, je m'étale chair vive, attentive au passé, au présent, à l'avenir, et sans complaisance. Car il s'agit bien de mettre en route toute la substance de mes préoccupations de médiatrice de cette fin de siècle. J'ai laissé couler la rocaille phrasale à l'état brut, en réajustant ici et là l'ordre de ce qui sort de mes entrailles. J'agissais à la manière d'un aquarelliste qui ordonne les pleins et les vides pour réaliser sa toile d'araignée aux multiples fils de plomb…

Mais levez un peu la tête et vous verrez les bas-fonds de mon Bulbe, ma plate-forme d'observation avec ses fils gris-clairs disposés en cercles concentriques. Au fond, on peut dire de moi que je suis d'une naïveté impardonnable, une enfant fraîchement sortie du limbe verbal d'un astre rocheux. Mais, peut-être, parce que je suis de la «minorité», j'ai moi-aussi emprunté le verbe français. Or, voilà que je viens de recevoir un avertissement maison de Madame Lebreton. Si férue de dictionnaires de la langue de Voltaire, elle veille sur les infractions de tout «parlant français». Elle m'écrit :

Chère Tour CN,

Je viens d'apprendre par mon fils Symphorien vos maladresses stylistiques, vos errances débridées où vous tordez le cou aux rythmes majestueux de notre si prestigieuse langue. Langue de diplomatie et de gloire que vous galvaudez sans rougir! Franchement, je ne peux résister à la tentation, d'abord, de corriger tout ce que vous avez sorti de votre chapeau en français, ensuite de vous adresser cet avertissement qui sera le dernier. Tenez le pour dit.

Mon fils sort à peine de l'asile après des efforts incommensurables de ma part. Et tout cela par votre faute. Vous l'avez ensorcelé à tel point qu'il ne peut plus vivre sans votre présence. Je ne sais comment vous avez réussi à le mettre sous votre coupe. Vous avez assiégé son esprit. Il ne pense qu'à vous et aux petits papiers doux qu'il ne cesse de rédiger à votre intention. Déclarations d'amour qui me rendent folle. Il est vrai que vous l'avez transformé en poète, lui qui n'avait aucun don pour cette sorte de «flatulence intellectuelle». Excusez l'expression pour ce merveilleux genre qu'est la poésie : quintessence même de toute langue ou, si vous voulez, ce qu'il existe de meilleur dans une langue portée à son plus haut degré d'incandescence. Pas du tout ces mixages que vous concoctiez en nous rabâchant les oreilles que vous aviez atteint le ciel. Ou plutôt que vos antennes trouent ce même ciel par n'importe quel temps. Mais je m'égare. Mon fils a passé sa vie à vous écrire dans sa langue de «poète raté». Vous semblez insinuer qu'il est de mauvaise foi en ne donnant aucune réponse à ses appels désespérés. Ses messages presque surréalistes, pour vous courtiser, restent lettre morte. Vous n'avez, jusqu'à présent, réussi qu'à le faire enfermer et souffrir. Il est temps que vous le récompensiez un peu de toutes ses peines. Je ne vous demande pas de le nommer «gribouillard à la rédaction», il ne ferait qu'accentuer vos défauts, ne pouvant jamais rentrer dans vos cogitations de pierre! Ni d'ailleurs d'imiter votre style abscons et tarabiscoté. Je sais aussi que si vous l'avez inclus dans le cercle de vos accointances, c'est parce qu'il passe tout son temps à rôder dans votre enceinte. Une infime partie du monde gravite dans votre cœur. Mais qu'à cela ne tienne! Heureusement, il aura sa mère pour compenser cette débâcle linguistique et cette mauvaise histoire d'amour. Mais vous pouvez quand même améliorer son état en lui offrant une «superbe compensation». Je suggère de le faire accéder à votre bienveillante Tête. Le titre de P.D.G. de la Tour CN lui ira comme un gant. N'oubliez pas, je vous prie, de mentionner dans toute correspondance, ordre du jour, procès verbal et autre... que c'est Moi qui vous ai soufflé l'idée.

Ceci dit, je n'aimerais pas laisser passer cette occasion sans attirer votre attention sur les corrections que j'apporte à vos «Bulletins de désinformation». Tous bourrés de fautes de tous genres, de tournures pas françaises du tout, d'impropriétés lexicales et sémantiques, de confusions métaphoriques.... et que sais-je encore ? D'ailleurs, j'aurais dû employer le terme de re-écriture au lieu de correction. Je vous rappelle que cette mise en forme du français m'appartient depuis le Serment de Strasbourg, et vous n'allez pas me la maltraiter comme vous le faites. En toute désinvolture. Je veille sur elle comme je veille sur Symphorien. Excusez la répétition. J'insiste sur cet état de vigilance linguistique qui m'empêche de fermer l'œil sur vos jongleries, vos arabesques, vos élucubrations malsaines pour mon patrimoine...

Aussi, je vous informe que je viens de nettoyer le visage lingual de votre chapitre, dernier né, brossé sa langue, comme on le fait pour les dents, tous les jours, lavé son derrière, poudré de talc ses aisselles et ses entrecuisses. Bref, je l'ai langé et emmailloté comme mon fils. Ce qui fait que vous ne pouvez absolument rien produire sans moi, et ma bienveillante intervention. En un mot, vous n'êtes rien sans mon apport et ma personne. Votre portrait n'existerait même pas si je ne l'avais re-dessiné de mes atouts professionnels. Je ne suis pas assez vaniteuse pour vous rappeler l'ordre dans lequel je vous ai moulée. Ce «logos» qui saisit bien votre stature doit porter mon nom. J'en suis l'auteur. Je dois donc toucher les droits comme tout bon co-auteur que je suis. Je vous fais la concession du partage pour l'amour que vous porterez à mon fils à l'avenir. Cependant, n'oubliez pas, en temps voulu, ma part de royalties.

Je ne vous dis pas «avec l'espoir...» (formule consacrée qui me révulse, même dans notre merveilleuse langue), mais plutôt, je vous somme de suivre mes conseils pour tout ce qui précède. Je souhaiterais ne plus avoir à vous donner de mes nouvelles, ni à vous tenir la bride dans vos dérives langagières.

295

Je me réveille d'un cauchemar après un de ces jours noirs, une de ces nuits blanches. Un personnage tout à fait secondaire, créé de mes propres mains, vient de se révéler dans toute la gloire de son égoïsme, de son chauvinisme, de sa mesquinerie. Frénétique. Pour ne pas dire schizoïde de ma parole de pierre bue jusqu'à la lie. Et voilà qu'elle me la recrache en pleine figure, cherchant à m'aliéner de mon discours intime. Veut-elle me rendre aussi perturbée qu'elle, afin que sujet-créateur et objet-créé soient à égalité ? Veut-elle me renvoyer l'image de mes limites pour se délecter de mes déboires ? Veut-elle me rappeler à l'ordre de sa Grammaire pour réaffirmer sa main mise sur moi ? Compte-t-elle sur mes faiblesses pour me faire du chantage et placer son fils pour lequel j'ai, malgré tout, beaucoup de sympathie. Même si je ne sais pas quand il est lucide ou quand il déraille, son ambiguïté me parait source de poésie. Je lui pardonne donc ses errances entre haine et amour. Dans un sens, Symphorien est au moins cohérent vis-à-vis de moi, sa mère protectrice.

Comble de l'insolence ! Au moment même où l'on assiste à l'enterrement de la guerre froide à Paris (signé par les grands leaders de l'Europe, de la Russie et de l'Amérique), Madame Lebreton — encore elle — m'envoie une déclaration de guerre en bonne et due forme. J'avoue que je n'apprécie ni son humour, ni le ton de sa remise en cause. Je la sens toute sûre et fière d'elle-même. Sachant qu'elle a le dessus dans cette bataille à laquelle je n'ai jamais pensé — et qui est loin d'être à armes égales —, elle planifie sa stratégie avec patience et diligence, s'arme de tous ses Grands Robert et tous ses Petits Larousse et se met à me disséquer. En chirurgien du Roi Soleil, elle m'écrase de toute sa puissance classique, répugnant à mes propres métaphores, même si elles sont encore rugueuses. Il lui suffit de poncer un coup par-ci, un coup par là, pour crier victoire. Et moi, en naïve invétérée, je continue à conduire mes vingt-quatre enfants vers l'auguste sacrifice à l'autel de ses lubies.

Plus j'essaie de creuser les causes de cette adversité, plus je me rends malade. Plus j'invoque l'Esprit-Orignal, plus je crois deviner le chemin que Madame Lebreton et sa langue ont tracé pour moi. Cependant, frondeuse et par goût de multiplicité, j'éprouve un plaisir éthéré à les dévier toutes les deux. A présent, je me rends compte que dès le départ de ces écrits, j'ai commis deux erreurs fondamentales : L'une, d'avoir choisi la langue de Voltaire et, l'autre, de ne pas m'y être attelée en bon disciple de sa pureté, de son «esprit de logique et de clarté». Vous convenez qu'il s'agit d'un cliché bidon qui n'a plus cours depuis belle lurette ! Que se passe-t-il pour ceux qui montrent un «bon cœur» ou, plutôt, un faible pour les faibles ? Que croyez-vous qu'il leur arrive ? La crucifixion. Heureusement, nous n'en sommes pas encore à cette étape. D'autant plus que je ne me prends pas pour Marie.

Je confesse, cependant, que j'ai suivi mon penchant naturel vers cet esprit de liberté si caractéristique du siècle des lumières. Et parce que je suis de mon temps, j'ai préféré être à l'écoute des voix de mon terroir immédiat, pour m'envoler vers les terres lointaines. Mais

Madame Lebreton continue à hurler : «il nous faut ravauder notre langue que ces étrangers affamés de paroles raciniennes ne cessent de faire craqueler».

Peut-être aurais-je du garder le silence ? Madame Lebreton serait privée de l'immense joie, uniquement réservée à celles qui donnent naissance, du plaisir palpitant de me subjuguer de toute son autorité de Française née. De bonne souche bretonne qui a honte de son *imram*, sa navigation ne possède aucune autre langue, et ne lève le voile que par le français de France. Or elle a tellement manifesté son aversion quant à ma façon de voyager dans la ténébreuse ambiguïté des mots, des êtres et des choses que j'ai fini par douter de mes talents de raconteuse. Non seulement en ce qui concerne l'expression, mais surtout les omissions, les oublis, les erreurs et les incomplétudes... C'est vrai que, tout au long de ce récit, je n'ai fait que rarement intervenir Marc Durocher et Marcel-Marie Duboucher dans le feu de l'action. Je ne voulais ni tomber dans *l'irrelevant*, ni enrober la pilule et vous la faire avaler sans contractions de gorge, d'œsophage... Votre disparition aurait pesé sur ma conscience de pierre taillée comme un nuage d'encre éternel qui bloque la circulation de l'information.

J'ai donc négligé le traducteur québécois et le guichetier gay franco-ontarien qui, en frères ennemis, assumaient leur penchant sans trop de fracas. Ils menaient une vie «plate». L'un continue à battre sa femme pour la rappeler à ses ordres de «soldat anti-féministe», l'autre en pédophile précautionneux jouit de l'interdit qui ne pousse pas sur tous les arbres. Ayant pris de l'âge, il cherche une bague à son doigt et demande en mariage un autre gay. Une fois l'acte et la cérémonie accomplies, il s'arroge toutes les prérogatives du couple qu'accordent les gouvernements provincial et fédéral en plus des subventions réservées à l'étude des déviations chez les couples hétérosexuels. Fait étonnant, semble-t-il, les gays s'acquittent des devoirs conjugaux d'une manière exemplaire ! Je viens de surprendre les deux employés dans les toilettes, engagés dans une conversation des plus surprenantes :

— As-tu acheté du stuc noir pour couvrir ta partie du fil à enrouler autour de l'escalier ?, demande Marc. Je t'ai bien recommandé de ne pas laisser de trace. J'espère que tu as mis tes mitaines.

— Chriss, réplique Marcel-Marie, en colère, tu m'prends pour quelle maârde ? T'paanss ben qu' j'va pas fucker nott' projet ! Moé aussi j'veux l'Québec séparé. Il faut faïïr le trou icitt, dans c'tour d'maârde avant d'révolutionner la belle Provaïnss!

— Oué, si on fait sauter la cervelle d'escalier de ces *WASP* là, ils comprendraient peut-être qu'on ne veut plus les voir chez nous-z-autres! Et toi, tes origines sont bien du Québec. Tu viendras vivre là bas. La belle Province t'accueillera à bras ouverts.

— Tabernac, j'veux rester icitt, c'est y pas à Stergeon Falls qu' j'su né ?

— Oui, mais on a besoin de toi. De ton vote. Tu n'as pas entendu l'premaïr chialer après son référendum : «nous avons perdu à cause de l'argent et des votes ethniques, cette fois-ci, mais on reviendra à la charge bientôt.» Mais crois-moi, Marcel-Marie, nous allons réussir coûte que coûte.

— Fuck l'vote ethno! Ces faces noires oublient qu' nous sommes les noirs blancs d'Amérique! Qu'la France nous a abandonnés depuis le fucking ass Roi Soleil, même si nous continuons à jouer footsy avec cett' marâtr'là.

— Ce n'est pas ça qui compte. C'est que les Anglais nous ont vaincus, colonisés, exploités... Nous prendrons notre revanche, et nous vaincrons par n'importe quel moyen.

La conversation s'est arrêtée là. Des visiteurs ont envahi les toilettes. Les deux frères de combat se méfient de toute oreille baladeuse. Ils se ferment alors comme deux huîtres, ne laissant échapper aucune perle de leur stratagème. Aussi, sont-ils confiants qu'on portera tous les soupçons sur le pauvre Symphorien. Après tout, il peut être sacrifié.

La déflagration a eu lieu un dimanche après-midi. Une grosse partie de l'escalier de secours a sauté. Une détonation de quelques kilos de plastique n'a causé que des dégâts matériels. On voulait me mettre en ruine, mais on n'a réussi qu'à humilier ma partie de fer.

Je reconnais que je n'ai pas prévu cette petite catastrophe et je vous fais grâce de l'enquête et de ses résultats. Car il me suffit de vous dire qu'on ne trouvera jamais les coupables. Par manque de preuves tangibles, Symphorien a été remis en liberté. Cet incident m'a complètement bouleversée. Mais il m'a aussi permis de changer de cap vis-à-vis de la société distincte, de la séparation du Québec et tout ce que cela représente.

Comme je suis une nouvelle arrivée sur la scène torontoise, je me suis mise à la page de l'histoire de ma ville et, plus particulièrement, de sa *découverte* — d'aucuns disent sa «colonisation» — par les missionnaires français. Ces «soldats de Dieu» et «soldats du Roi» ont combiné prosélytisme chrétien, commerce de fourrure et d'armes, et aventures. Les premiers colons exploitaient les rivalités entre Hurons (côté français) et Iroquois (côté anglais). Ils s'échinaient à encenser, à «envenimer» les Autochtones. Par amour d'extermination inaugurale. À l'époque, on n'avait pas encore découvert l'adjectif «ethnique». Les Amérindiens pratiquaient, bien avant le déferlement des européens, le portage de la rivière Humber qui est un excellent passage entre la baie Géorgienne et le lac Ontario. Les Français ont fait de même pour s'emparer du «portage de Toronto». Ainsi, ils ont empêché les Indiens, véritables fondateurs de cette route de communication, d'aller vendre leurs fourrures aux Anglais établis à Albany, de l'autre côté du lac. De ce poste et du «magasin royal de Toronto», notre Métropole est née en 1720.

La main mise sur le territoire déclenche la construction de trois Forts : Baby Point (de son nom d'aujourd'hui) conçu en avant-poste au fort Niagara et Rouillé (du nom d'Antoine-Louis Rouillé, Ministre de la Marine et des Colonies). Ce troisième Fort marque, à la fois, l'apogée et la fin de la colonie française. Le mot «colonie» me fait encore dégouliner de honte. Il rappelle les conquêtes violentes, l'assujettissement et l'exploitation d'un peuple exproprié de son terroir légitime. Cela me révolte. J'ai envie de voler à son secours. Mais je ne suis qu'une gamine née, clouée au sol, après trois siècles de retard. Je ne renie pas, aujourd'hui, des ancêtres comme Jean-Baptiste Rousseaux. Initié à la traite des fourrures et aux langues amérindiennes par son père Jean-Bonaventure, Jean-Baptiste, dit Saint-Jean, se marie à la fille adoptive du chef iroquois loyaliste Joseph Brant et facilite les rapports avec les autochtones. Interprète aux Affaires Indiennes, il accueille en 1793 le premier lieutenant-gouverneur du Haut-Canada, John Graves Simcoe et sa famille.

Je n'oublie pas, non plus, d'autres célébrités de l'époque qui ont marqué la ville-reine. Laurent Quetton Saint-George quitte la France à cause de la Révolution avec quarante-quatre autres Français. Il crée une compagnie d'import-export et se lance dans le colportage et la spéculation immobilière, à partir de New York et Londres, sans passer par Montréal. C'est lui qui construit la première maison de briques de York, à l'angle de King et Frederick. Quant à Jacques Baby, illustre personnage de cette époque (1763-1833), les historiens insistent que «c'est un francophone de souche, né au Québec» qui a fait partie du *Family Compact*. Fervent catholique et Inspecteur Général du Haut-Canada, il contribue «à l'érection en 1822 du premier lieu de culte catholique de Toronto, l'église Saint-Paul.» La liste des illustres est bien longue…

Mes relations avec les faits français de notre ville et de notre Province, ne sont pas à prouver. J'aurais pu citer des noms plus prestigieux de la colonie anglaise et américaine. Mais j'ai mis en exergue les Français parce que je fréquente leur langue depuis des siècles. Il n'existe pas de distance entre elle et la première pierre de ma fondation. Des liens charnels nous unissent, me font tantôt fondre en larmes, tantôt éclater de rire. Je m'émerveille encore de cette clé de jardin qui m'ouvre quelques arc-en-ciel avertis et me fait discerner le langage de quelques oiseaux. Mais je réalise qu'il est trop tard pour faire marche arrière. J'aurais du apprendre plus de langues que je n'en possède pour me mettre à l'aise, le moment venu, dans la peau d'autres arc-en-ciel plus confirmés.

J'aurais pu me raconter dans la langue globalisante qui accapare, de nos jours, la chanson, les média et le cours de la rentabilité. Mais d'autres langues se jettent comme des vagues déchaînées sur mes flancs : swahili, italien, espagnol, arabe, Yoruba, hébreu, chinois, russe... et que sais-je encore ? Trop tard... Les jeux sont faits. Et ce n'est pas à présent que je suis en train de terminer ce voyage que je vais changer de bagage lingual. Ce regret n'est pas dû au fait que la Tour Eiffel se moque bien de mon existence, qu'elle ne m'ait pas reconnue ou qu'elle me regarde de son point de vue bas mais «prestigieux». Elle sait que ma hauteur ne repose que sur une pacotille historique. Oublie-t-elle qu'un quart de siècle compte beaucoup dans l'histoire du Canada qui en a trois ? Bien sûr, avant la conquête européenne, il n'y avait que vent et neige ! C'est peu de lumière pour les yeux d'une Tour Eiffel, plus que centenaire, assise sur une histoire qui fulmine jusqu'au Moyen Age.

Ce que la Tour parisienne ne dit pas, c'est que les Gaulois se battaient en peuple rustre et sauvage pendant que les Africains, cinq mille ans avant J.-C., rayonnaient d'une civilisation plus civilisationnelle que celle de la France d'aujourd'hui. Les Indiens «bons sauvages» vivaient, quant à eux, en paix dans une nature que les Blancs n'auraient jamais pu supporter. Les Chinois encore plus en avance que les Européens ont inventé tout ce qui nous est utile encore aujourd'hui et probablement demain. Astrologie, astronomie, médecine, algèbre, mystique, exégèse et autres sciences sociales et humaines des Grecs et des Arabes, ont façonné mes pierres linguales. Hélas, en tapant dans le tas, j'ai choisi le mauvais numéro. Comme aux courses hippiques lorsqu'on parie sur un très beau cheval qui arrive en queue de peloton.

Moi qui croyais finir ma narration en beauté, voilà que tout tourne au vinaigre. Sans rancune Madame Lebreton pour votre «mauvaise plaisanterie» ! Un jour, vous diriez que je manque d'humour ! C'est vrai, le moindre mot fâcheux égratigne ma sensibilité de pierre. Il suffit que l'on hausse le ton devant moi pour que ma susceptibilité se hérisse. Mais, avez-vous oublié que, malgré les apparences, je suis de nature humaine. Trop humaine, peut-être ! Cette anecdote que je meurs d'envie de raconter, va vous le prouver. C'est une tranche de réalité qui eut lieu dans les années 80 en plein centre de Paris :

Lors d'un Salon du Livre dans la ville lumière, Monsieur Le Ministre de la Culture a invité quelques auteurs francophones pour participer à des ateliers, à des conférences, à la vente de livres etc... Lors d'un dîner offert en leur honneur, ce même Ministre a tenu à faire un long discours pour dire à quel point, il appréciait le travail de ces bons citoyens de la Francophonie :

«*Et vous savez Mesdames et Messieurs que vous représentez les meilleurs fleurons des cultures francophones à travers le monde. Vous honorez la langue française parce que vous en êtes les citoyens. Vos écrits montrent à quel point vous aimez notre langue et nous vous en sommes reconnaissants. Par vos œuvres, vous ouvrez des portes sur d'autres peuples, d'autres cultures, d'autres civilisations... Voilà le dialogue des cultures instauré grâce à vos écrits.*»

Les auditeurs étrangers présents ont désigné un grand romancier et homme de théâtre congolais, décédé depuis, pour prendre la parole et remercier le Ministre :

«*Je vous remercie infiniment Monsieur le Ministre pour votre invitation et ce dîner délicieux que nous avons bien apprécié. Je vous remercie surtout pour nous avoir promus au rang de citoyens francophones, mais la douane et la police française ne m'ont laissé passer les frontières qu'avec de grandes difficultés. Pourtant mes papiers étaient en règle. Vous devez nous fournir des passeports qui nous permettraient de rentrer et de circuler librement sans être harcelés dans votre pays. Si nous sommes des citoyens francophones, nous devons avoir tous les droits, les devoirs et les responsabilités d'un citoyen français à part entière.*

Permettez-moi de vous informer que dans mon pays, j'ai lu Montaigne, Rabelais, Racine et Molière, Voltaire et Diderot, Balzac et Flaubert, Stendhal et Zola... et j'ai rencontré des Hommes. Je suis venu en France et je n'ai pas rencontré d'hommes.»

Que d'applaudissements prolongés pour cette flambée de «dialogue des cultures» vite éteinte à l'eau glaciale du réalisme et aux flocons de neige de la désillusion !

Trêve de plaisanterie à la sauce noire. Je n'y peux rien. Je me sens attristée par tout ce qui m'arrive dans ce dernier coup de collier. La fin de mon récit approche et je crois avoir pris un mauvais tournant, en focalisant sur cette descente en enfer, sur la blessure dans mon corps de pierre et mon âme de Tour. Je me suis lancée dans cette aventure scribouillarde en tant que pierre parlante. Cela peut paraître étrange, mais je vous dirais que je me suis faite à l'écoute du vent qui se frotte aux galets, aux tempêtes qui balaient ma Tour-phallus, le ventre du *SkyDome*, le sein géant du *Roy Thompson Hall*. On nous a mariés à trois : Vision au-delà des limites. Musculature et sport à développer les forces du corps. Et Musique dans la meilleure acoustique pour symphonie, chœur et autres performances. Nous ne formons pas un couple dans le sens traditionnel du terme, mais un triplet. Qui distingue sans déplaire. Et moi, j'orchestre ce concert dans le désert de la parole. Pour cette raison, je vous disais que je m'achemine vers le silence. Pour que mon irréel agencé en mots devienne réalité aussi palpable que la pierre. Du silence à tailler à la gouge. Comme les sculptures de Twylla qui émergent de la vie quotidienne. Une mère et son enfant sur le dos. Au lieu de la femme trapue, égarée dans sa solitude, elle la taille svelte et résolue. Une sorte de tour en granit avec des aspects humains.

Figure qui montre son humanitude. Plus scénique lorsqu'elle sort de ses mains. Comme elle, je lutte avec l'invisible et l'imprévu. Je les transforme avec mes racines du passé. Non en passéiste moribond, mais en futuriste sans donner dans l'horreur. Ainsi les ours féroces et les phoques domestiqués sont sujets de rêve dans les sculptures inuites en pierre à savon. Comme les personnages que j'ai lancés. Nous gravitons de mystère en mystère pour en cueillir la beauté. Tout en sachant que notre art n'est ni mondain, ni verbeux, ni dogmatique, ni sibyllin. Dans la stéatite verte se taille l'espoir de la femme chantant au monde ses plus intimes secrets. La serpentine présente le temple sacré qui falsifie l'interdit. Le granit zébré relève le défi et dénonce, à corps et à cri, la nuit inégalitaire qui loge dans ce monde à deux couleurs. Le granit marbré ouvre l'espace du blanc cassé où s'expose un visage tournant la tête vers un passé qui lui échappe... alors que le poisson qu'il porte à l'oreille droite l'encourage à transgresser tabous et interdits. Le granit taché d'hématite, de mica ou de salluit fournit la matière danse dans le cœur de la majorité de mes personnages. Tous, en chœur, et chacun de sa voix, disent non seulement d'où il vient, mais aussi où il va.

Je laisse de côté la pierre à savon noire ou grise, onctueuse ou douce comme le talc, l'ivoire, le bois de caribou, l'os de la baleine chantourné... parce que ce sont des éclats de matière que les artistes autochtones savent mieux faire parler que moi. Je ne suis que pierres soutenues de mortier bétonné. Ma parole est plus cahotante que celle des graveurs et des sculpteurs

307

amérindiens. Ils sont les seuls à mettre leur savoir-faire au service de l'art, à extraire de la pierre la parole la plus originale de notre authenticité, à fournir la plus valable carte d'identité de notre spécificité canadienne. Je ne suis pas la seule à le dire. Revues et livres aussi : «Art gratuit et non fonctionnel qui est très rapidement devenu, aux yeux du vaste monde, la marque emblématique et symbolique, le *look* du Canada.»

TOUR 22

Même la pierre risque de s'effriter. Temporaire dans sa substance et son état d'âme, elle ne recèle sa vérité que lorsqu'elle est, d'abord, taillée, travaillée, selon sa forme naturelle et, ensuite, par la main qui lui transmet sa beauté surnaturelle. Cette vérité en perpétuelle construction. Elle est temporaire et partielle, et ne peut être cernée que dans l'ambiguïté et non dans la transparence. Il en est de même de la *vérité* du langage. Celle-ci est incrustée entre les mots, dans les silences semés entre les arbres de la parole ?

Marc et Marcel-Marie ont bien fait d'avoir recours à la violence pour me rappeler leur présence. Guichetier et traducteur négligés, oubliés par la Tour de la ville-reine que je suis, l'un est devenu, à la fois, sournois comme un roquefort onctueux, et frustré comme un gruyère à mille trous, et l'autre agitateur ne sachant plus où donner de la tête. Pour que l'on endosse ses théories marxistes, révolues, le second continue, marteau et faucille à la main, à inonder le monde qui l'entoure de slogans d'un autre temps. J'ai sous-estimé sa force. La preuve c'est que ces frères ennemis se sont unis pour me miner de l'intérieur. Quelle habileté à camoufler ce fil de la discorde entre ces mauvais joueurs et ma chair vive ! Ce fil sert de concorde entre ces deux autres fils des pères fondateurs qui accomplissent un sabotage dans toutes les règles de l'art.

Marc et Marcel-Marie, communément appelés les 3 M, ont appliqué contre ma paroi ce fil enduit de stuc, de telle sorte que ce Français, récemment débarqué, Symphorien, ne s'aperçoit de rien. Ils ne l'aiment pas, parce qu'il affiche, avec arrogance, ce «parler parisien» dont il manie si bien les tournures et l'accent. Effectivement, lui voue un mépris pour leur «parler du terroir» et eux une haine pour ce qu'il est. Après tout, «*la Tour est bien ancrée dans le sol anglais. Et ce n'est pas de là qu'on va la déplacer ! Mais lui, ce maudit Français prétend vouloir corriger notre accent et nous sauver.... après que ses aïeux nous aient abandonnés depuis plus de trois siècles ! Mais pour qui se prend-il ?*»

Je ne peux tolérer le dénigrement systématique de celui qui ne possède pas le même point de vue que soi. C'est même intolérable lorsqu'il a lieu à l'intérieur du même groupe «ethnique». Les Bulgares immigrés au Canada, par exemple, sont divisés en trois factions : les anciens communistes, les capitalistes convertis et les royalistes tapis dans les oubliettes et ressortis au grand jour. Parmi ces trois fractions, il y a d'autres regroupements par affinité politique, régionale, familiale, etc. Tous s'attaquent les uns les autres. Juste pour l'amour de montrer que les «autres» ont tort. Est-il inscrit dans la nature humaine de s'autodétruire ?

En tout cas, la pierre taillée, érigée en tour, possède l'avantage de garder intactes aussi bien ses discordances que sa cohérence. Il n'y a que le temps qui peut faire varier mon visage, lui accentuer les rides, le saupoudrer de poussière, l'enterrer ou, peut-être, l'exhumer pour le faire briller de nouveau ? Dans mon cas de tour, l'espoir ne joue pas son drame entre la division et le règne. Il se tapit, calme et tranquille, entre mes structures jusqu'au moment où, par pure gratification ludique, on vient le ranimer. Je ne sais pas pourquoi je m'épanche ainsi. Peut-être parce je vois la fin venir. Ma seule consolation, c'est qu'on dira, un jour, «*au moins, la Tour aura vécu son intimité jusqu'au bout. Dans la clarté de sa couronne. Ce bulbe qui s'épanouit en fleur gris-clair et métallique qui la chapeaute.*»

Je m'égare. Je reviens à Symphorien parce que j'éprouve une certaine sympathie pour ce Français perdu. Je le dis sans ambages. Même s'il était un poète raté, il voudrait à tout prix me faire chanter. Dans tous les sens du mot, à tous les airs connus et inconnus et, de surcroît, dans sa langue maternelle pour laquelle, je vous l'ai déjà dit, j'éprouve un faible de plus en plus grandissant. Au fur et à mesure que j'avance dans ce récit, ce «faible» devient un signe d'amour teinté d'ambiguïté. Je sais, par exemple, que Symphorien ne me trahira pas facilement, même si, pour ne pas révéler de favoritisme exacerbé, je ne lui octroie pas le poste qu'il mérite. Je ne peux en dire autant des 3 M. Ils ne font que poursuivre aveuglément le chemin tracé par leurs ancêtres «soldats de Dieu» et «soldats du Roi» qui, s'alliant les Hurons, les ont expédiés en chair à canon pour tuer les Anglais et les Iroquois. Dans une rivalité de Fondateurs de la plus inqualifiable espèce, ils ont fait saigner à blanc la Province anglaise ! C'est ce contentieux véritable et unique que les média, au mépris de toute conscience, vendent tous les jours.

Dans ce journal de la transparence, je me détourne, le cœur net, de toute forme de «politicaille» qui ne vit que pour sa part d'artifice et de mensonges... Je me crois capable de clarifier un tant soit peu la vérité. Et ce n'est pas au moment où je vais faire taire ma narration, que je renoncerai à cette lumière du dedans.

Marc et Marcel-Marie ont emprunté une route bien escarpée. Ils sont partis s'installer à Montréal, pour susciter l'espoir de l'indépendance de la Belle Province. Ils croient m'avoir abandonnée dans le marasme. Installés au Centre Bonaventure, leur quartier général, ils se sont mis à quadriller la ville, bombarder intellectuels et prolétaires, écrivains et analphabètes, de *position-papers*. Leur but est de convaincre même les «ethnies» qui avaient voté «contre eux», de transformer leur *non* en *oui*. L'astuce est de leur faire croire que le pays ressemble à une maison, prestigieuse certes mais délabrée, qu'il faut détruire pour la reconstruire à neuf, à partir de zéro. Mais on prend soin d'omettre qu'il faut d'abord raser la notion obsolète de peuples fondateurs, et donner une chance équitable à la troisième solitude — la vague récente d'immigrés — pour tracer les plans, soumettre l'architecture de la nouvelle demeure au suffrage universel. Car sans la légitime population autochtone, rien ne peut être érigé. Il me semble que ce tracé du chemin correspond à la façon dont j'ai été construite. Des mains autochtones et des mains venues du monde entier m'ont érigée.

Dans mon chantier se sont conjugués les langues de rocailles et le langage du cristal, la parole d'acier et les phrases agrippantes du mortier... Aucune voix n'a été occultée ! Toutes se sont unies pour relever le défi. D'une hauteur jamais atteinte. Au lieu de noyauter les voix dissidentes, les Torontois les ont mises à l'unisson.

De l'élan et de son esprit. A la rigueur de l'entreprise des Juifs s'est greffé le débridé italien. En frères méditerranéens, ils partagent la gestuelle ample. Et au sein de cette chorale chaleureuse se sont jointes d'autres voix portugaises, espagnoles, caribéennes, latino-américaines... rénovant la latinité dans son harmonie première. Celle-ci dialogue, dans la dignité, avec l'Anglo-saxonne qui, au lieu de céder à la tentation de la danse stratifiée néo-coloniale, se ressaisit, ne brade aucun de ses points cardinaux, réintègre l'orgueil qui serpente toutes les vagues et rénove les plis traditionnels. Elle invente ainsi mon corps baptisé de Tour : Naissance d'une forêt édénique où l'on peut se promener en toute sécurité et sans entendre le slogan qui me tord les boyaux : «Hors Québec point de Salut !»

Je récite ici de mémoire quelques *idéescapes* de mon dissident québécois de la première heure et du franco-ontarien qui l'a suivi :

«Sauver notre culture coûte que coûte! Et pour cela, il faut nous retrancher derrière la Citadelle de la langue québécoise avec des remparts impénétrables à toute contamination. Nous ne disons pas française. Hier nous étions Canadiens français. Aujourd'hui, nous sommes Québécois. Et fiers de l'être. Nous avons déjà obtenu l'accord de la langue-mère ; la France nous a reconnus comme Nation libre et indépendante.

Diplomatiquement, elle nous traite comme pays francophone à part entière sur son propre territoire. Le Fédéral canadien paie la facture de cette politique linguistique à raison de trente pour cent du budget total de la francophonie mondiale. Il est vrai que la France règle soixante pour cent de l'ardoise, et c'est tout à fait normal. Après tout c'est sa langue

315

qui se propage à travers cinq continents. Les pays africains ont à charge le reste, c'est-à-dire dix pour cent qu'ils ne pourront jamais payer, de toute façon. Nos maudits cousins qui viennent chez-nous ne prennent pas de gant pour corriger notre accent rocailleux qui leur écorche les oreilles. Et nous, nous n'avons de leçon à recevoir de personne.

Nous allons arpenter la Province, convaincre les immigrés. Certains sont déjà de notre côté, persuadés de notre mission de faire avaler dans les plus brefs délais notre politique culturelle aux six millions de Québécois, anglophones, allophones et francophones confondus! La tâche est loin d'être insurmontable puisque nous sommes déjà cinq millions de parlants français, majoritairement de souche, bien implantés, aux racines indéfectibles. Nous n'avons pas su trouver les mots justes pour rallier la population entière à notre cause.

Nous saurons les trouver. Haro sur le magazine l'Actualité *qui dit :* «les Québécois voudraient vivre ailleurs, ils rêvent de changer leur pays, mécontents de ce qu'ils ont, de ce qu'ils sont. Pas les immigrants... Nous, notre rêve est ici». *Peut-être nous faudra-t-il changer le fusil d'épaule ? Ne pas accepter qu'on dise que les immigrants ont contribué à nous mettre sur la «map». Trouver des mots qui vont droit aux cœurs des électeurs. Plus de promesses qu'on ne peut plus tenir. Plus d'idéaux qu'on ne peut mettre en chantier. Ne pas promettre la Tour CN quand on ne peut rassembler les différentes parties du puzzle du Québec «Terre promise». Souveraine et distincte, elle le sera. Vive le Québec libre! Vive sa prochaine Aura !*

C'est dans l'ordre des choses. J'appuie leurs revendications parce que je suis pour le droit inaliénable des peuples à l'autodétermination. Sachant qu'ils y tiennent, je ne m'y opposerai pas. Car même si je suis de mon temps, je ne vois pas pourquoi je ne pense pas aux autochtones qui possèdent les quatre cinquième du territoire québécois. Quel sera leur rôle dans pareille alternative ? Comment vont-ils négocier avec les tenants du pouvoir qui sont majoritaires, sur le plan des voix, et minoritaires, sur le plan du territoire aux kilomètres carrés (même si les pères fondateurs ne le reconnaissent ni sur le papier ni en réalité). Et surtout que vont devenir les Ontariens de langue française ? Ils refusent de quitter leur Province. Vont-ils raviver, en «cadavres exquis», les voix crachotantes d'un Québec reconquis ?

Avec des tas de petits secrets, nos deux leaders cèlent momentanément leur existence dans l'adversité et sans se laisser faire le coup du Grand frère, comme dans les anciens pays communistes. La fraternité de combat ressuscite la virilité de la parole. Au lieu d'empoigner un fusil, les 3M étreignent plutôt l'enthousiasme d'un discours qu'ils délivrent en face de convertis, puis au journal *Le Devoir* et en *e-mail* à travers la planète.

Pour eux, une seule chose ne peut être ni divisée, ni partagée : la «souveraineté». Que de vie sont tombées dans d'innombrables pays pour un mot. Un seul mot arme et tue, désarme et rend la vie. J'aime la Belle Province, non pas parce qu'elle me met en compétition permanente, ou en état de jalousie furieuse de tractations subtiles ou grossières..., mais parce que sa fleur de Lys n'a rien à voir avec le Trillium. Les deux, toutefois, se partagent l'émanation d'un parfum, d'une beauté, d'un style de vie.

Si l'homme a donné du sens au monde, pourquoi donc une Tour, bâtie de mains humaines, ne poseraitelle pas les questions qui remettent le monde dans un sens ou un autre. En dépit de la violence et des destructions planétaires, j'ai toujours conjugué les temps simples du partage avec mes concitoyens, d'où qu'ils viennent, pour que nous puissions, ensemble, nous placer sur le chemin de la paix!

Cet «esprit de partage me provient de l'Esprit-Orignal et des festivités du *Pow Wow*. Ce mot algonquin me remue les rouages. Il contient plusieurs sens : homme-médecine indien, cérémonie, assemblée sociale, rencontre pour discuter, rassemblement pour des activités commerciales, célébration de l'héritage culturel.... fraternité qui unit toutes les composantes de la Première Nation. On me contestera, sans doute, un favoritisme accentué du côté des Indiens. On me taxera de semer la discorde dans les communautés multiculturelles. Au contraire, j'essaie de rétablir l'équilibre en réinstaurant l'élan, la Première Nation en marche. Que justice soit faite. D'ailleurs, que serait le Maghreb sans son peuple inaugural Amazigh, la France sans les Gaulois, l'Afrique sans les Pharaons et l'Asie sans les Chinois ?...

Louise Durocher, la femme de Marc vient de rater sa troisième tentative de suicide. Déchirée entre un mari sadique et un amant irlandais masochiste, elle n'a pas su concilier le légitime avec l'illicite, le français avec l'anglais. Elle les mélangeait à tout bout de champ, sans frontière ni bordure, dans le flou des chevauchements, de l'incohérence. L'amant ne sait plus par quel bout prendre le divorce. Louise le poursuivait sans relâche, et se trouvait écartelée entre deux plaques d'immatriculation, «Le Québec, *La Belle Province*» et «l'Ontario, *Yours to Discover*». En plus, elle est constamment talonnée par ses enfants qui ne lui donnent même pas le temps de respirer, ni d'être inspirée pour écrire son roman. Femme à tout faire et à n'importe quel moment, elle ne sait finir aucun projet. Comme un zombi, elle se déplace en extraterrestre, chez elle et dans la rue, dans un état d'âme plus perturbé que celui de Symphorien.

Rongée par une culpabilité outrancière, Louise a perdu le Nord qui lui indiquait, dans sa jeunesse, son identité et son appartenance. Avant, elle ne se distinguait par aucun signe de malchance. Née Canadienne française, de père canadien-français et de mère canadienne-irlandaise, elle contrôlait ces deux mouvements comme deux courants inverses unis dans l'adversité du temps. Mais son double héritage de conquérants qui a fait la paix, à la Pierre Elliott Trudeau, n'a pas pu oublier les anciennes blessures.

Cloîtrée dans sa dualité infernale. Louise Durocher n'a d'autre choix que de se soustraire à la vie. Le champ sera libre pour Marc et ses conquêtes féminines, Isabella Street où les filles de joie ne manquent pas. Louise ne sait plus comment lutter contre ce surcroît de jalousie qui l'envahit, ni de ces langues de bois qui la brûlent dans le bûcher de l'abnégation. Il ne lui est pas venu à l'esprit de se tourner vers Twylla qui, de par son expérience, peut lui être de conseil. Au contraire, elle s'est tournée vers ce jeune homme irlandais, au visage tacheté de rousseur et couvert de lunettes aux verres fumés.

Louise est tombée amoureuse de sa voix d'orateur qui a résonance de culte, de suave bonheur. Par le biais d'une gourmandise innée, elle lui faisait des plats qu'il s'évertuait, par dédain, à ne point finir. Attisant les promesses, à la charnière des soupirs, le cœur de Louise, valsant entre le Québécois et l'Irlandais, n'a pas su se loger dans l'appartenance.

Comme Louise, moi, non plus, je ne fabrique ni l'opinion publique, ni la parole intime pour convaincre. J'ai vécu, le temps fugace de cette narration, l'éternité qui me réconcilie avec moi-même. Mais il y a cette langue fourchue du serpent qu'on courtise et respire à chaque énonciation, à chaque bulletin d'information, ou que l'on hait le moment suivant. Cette *langue-talisman* se permet d'affirmer n'importe quoi, n'importe comment. Un jour ceci, le lendemain cela. Le surlendemain ceci et cela. Et le tout peut s'annuler d'un tour de main comme si de rien n'était. Pourtant, elle prétend capter à merveille le réel ambigu qui ne cesse de nous hanter, de nous enchanter.

Alors que vont devenir les élans de ma langue-rocaille qui jaillit esprit de rassemblement dans l'intimité de mon monde du dedans ? L'Esprit-Orignal qui m'habite se déverse dans le ciel nouveau des versatilités. N'étant ni française qui crie : «le Beaujolais nouveau est arrivé !», ni américaine qui acclame : «je suis la plus forte du monde», ni *Espéranto* cultivant l'artificiel, ma langue est tiraillée entre différentes performances de langues. De l'originelle à celles des immigrés récents. Cependant, elle demeure coincée entre deux impérialistes de la première heure. Le chantre de la rentabilité, l'anglais-américain qui a su conquérir le monde sans dire sa misère, son désespoir ou ses attentes, et la française qui dénigre sans progresser. Bornée à assaillir d'invectives l'américaine qui mondialise, elle croit ainsi fortifier son statut et sa suprématie ! Je laisse ces deux vieilles bagarreuses se crêper le chignon. Que peut-il leur arriver lorsque l'une est d'acier et l'autre de «pure laine», aux dires de Québécois aux abois ? Je me tourne vers ceux et celles qui me tiennent compagnie dans l'errance.

Leurs voix plurielles ne me font pas peur, car elles ne sont pas aussi dispersées que Dieu l'a voulu en première instance. Elles ne sont ni plus arrogantes, ni plus humiliantes que son pouvoir divin. Au contraire, elles suivent, chacune à la fois, le fleuve de temps pour le glorifier de tant de victoires auxquelles Il n'a jamais mis la main. A notre époque, chaque individu sent, jusqu'à l'os, la terreur d'être dissous dans le magma d'un réel ombragé. Seul son langage lui donne une petite prise sur les maladies. Et tout discours qui promet d'arrêter cette dissolution me paraît solidaire et fraternel. Encore faut-il que règne le langage des tripes.

Je ne me suis nullement bornée à atteindre le temps des retrouvailles. L'ordre organique est dans l'immensité. Mon cœur est plein de ces rêves qui ne trahissent pas les désirs des humains, ni leurs amours ou leurs espoirs du moment. Ma logorrhée caillouteuse les annonce à la manière de la mouette blanche qui patrouille le gris du ciel pour relever le dédain de la mer. Quand l'orage surgira à l'horizon, les vagues sauront retrouver les rivages bavant d'écumes perçantes aux sonorités inimitables.

On ne résiste déjà plus à ma couronne, à ma nacelle qui héberge les installations de radio télédiffusion, les deux terrasses d'observation, le club de nuit Horizons, et le restaurant *Top of Toronto*. En plus d'admirer le panorama le plus magnifique du monde, les visiteurs peuvent profiter du mini-cinéma Kodak et de l'exposition de photographies qui retrace mon historique de A à Z.

Et cette matière première que je viens d'exposer dans l'intimité de ma parole-rocaille, celle qui constitue l'agrégat cristallin de mes innombrables minéraux, la roche individuelle qui provoque le paysage lunaire ? Planétaire expression d'un réflexe instinctif ! Cette langue autre enfile un chemin et le défile par bouffonnerie. Sans se prendre au sérieux, elle proféré quelques envolées percutantes. Un peu à la *Commedia dell'arte*. Pas comme Rocco, dévot à la foi catholique romaine, sans le moindre doute. Emprunter diverses routes qui mènent parfois au succès, et parfois à la déroute. Marquées seulement par une griffe tout à fait personnelle. Comme ce lion ailé qui pose majestueusement sa patte gauche sur un livre ouvert, au fond de la *Piazza dei Signori*. Deux pages grandement éloquentes inscrites en lettres latines majuscules perchées sur une colonne de marbre. Si le lion de Padoue grimace tout son saoul, moi, Tour CN, mon rire me lacère des pieds jusqu'au cou. Balafrée dans l'essence même de mes escaliers de secours. Ce centre d'agitation qui n'a ménagé personne. Compris seulement par Symphorien qui en a saisi toutes les valeurs. Evidente ascension et précaire descente où chaque marche compte son pesant de joie et de peine. Ces escaliers qui ne mènent pas au grenier de l'enfance pour se délecter de livres anciens, de jouets cassés des ancêtres, d'objets hétéroclites qui font rêver aux fabuleuses aventures. Que seuls les gamins peuvent entreprendre sans sourciller.

Mes escaliers, à moi, ne sont que de second ordre ; personne ne les utilise qu'en cas d'accident. Les catastrophes y sont rares, sauf celle que planifient les *non-parlants* ma langue. Les concepteurs de mes escaliers ont sans doute pensé au gros intestin parce qu'il occupe une grande partie de mon corps tout en offrant un rejet possible du vital. Symphorien qui voit plus loin que les autres, a tenu à les faire parler et chanter, marche par marche, avec des surprises agréables et des désillusions.

La progression est maintenue jusqu'au moment où il faut descendre selon un rythme hésitant, précipité, forcé, glissant, vertigineux... une fois qu'on a trouvé réponse aux questions du destin. Quant à moi, je me suis habituée aux mots aigre-doux en boules collés à mes marches. Ils m'ont tenu compagnie jusqu'au moment où l'on a fait sauter mon escalier. Vite réparé sans que les mots de Symphorien ne reviennent m'encourager...

En tant que conteuse, je me livre comme des bouts de terre qui finissent par se jeter dans les bras de la mer. Assoiffés d'eau, après s'être lassés de tendre l'échine sur tout un continent, ils invitent la mémoire du déluge.

Un jour, mes personnages et une petite foule d'auditeurs ont fait de l'une de mes salles de réunion un arche de Noé. Le thème a traité, d'une manière informelle, de «*l'autobiographie en question ?*» Depuis, je suis devenu un Lieu mémoriel et la réunion une sorte de forum confessionnel. Ce que disaient les intervenants fameux, n'était rien d'autre que ce qu'ils rabâchaient quotidiennement sur mes propres ondes : un nombrilisme à vous couper la corde du vivre-ensemble ! Plus émouvantes étaient les mises au point de certains de mes personnages qui assistaient à ce débat avec des oreilles grandes-ouvertes. Leurs interjections étaient parfois désordonnées, confuses et difficiles à démêler et, parfois tellement claires qu'elles restent suspendues en l'air. Louise, par exemple, n'arrivait pas à achever ses phrases :

— *Je vis des choses plus brûlantes que vous... Mon mari me tue. Moi je tente sans succès de me suicider. Que faire ? Je n'ose pas élever la voix. En quelle langue, sinon le ferais-je ? Je ne possède que deux moitiés...qui se tournent le dos. Quand je me force... elles crient. Personne n'écoute... je ne suis qu'une femme au foyer. De qui ? Rien ne m'appartient... et je me souviens. De la Belle Province qui me renie... je vis dans un cocon. Des vipères... L'Ontario où je vis me classe parmi les déclassées... Une pauvre minoritaire. Tout juste bonne à aider les statistiques... Où est ma chance de trouver le bonheur ?*

Timide, elle essaie, à chaque bout de phrase, d'augmenter sa confiance en elle-même tout en attirant l'attention sur ce qu'elle dit. Le bavard Marcel-Marie l'interrompt, pas toujours avec tact. Heureusement que le Président de séance lui coupe la parole à mi-chemin :

— *Not' place est icitt, Chriss! Louise. Qu'vas-tu raconter ? On nous doit toutt... la provaïnss et l'fun qu'on a mis d'dans! Et si nous allons chez-nous-z-autres à Montréal, c'est pour tanner ssmaudits anglais. Quy libaïr l'Québec et pi on verra sstemps-là. Mais l'problaïm n'est pas là. Ssont les gays qu'on doit protéger. Comme ma tchum qu'a porté plaïntt au Droit de la Parsonne parce qu'on l'a déprivée de son titre de lesbienne. Quand maïmm! C'é-t-y pas tannant de svoir maïtr' au même pied qu'tout monde... Prend une marche Louise et pique pas une débarque dans des saïnes disgracieuses.*

Alors Marc Durocher, lui qui sait tout, lève le doigt. Sachant d'avance que tout le groupe va faire en sorte de saper ses théories, mais il continue :

— *Si vous croyez que le Québec va abandonner sa quête d'identité, vous vous trompez. Nous l'aurons coûte que coûte et par tous les moyens. La liberté c'est le seul moyen de nous distinguer. Nous n'avons jamais eu de chip on the shoulder seulement l'aigreur et l'amertume de ne pas avoir emporté la victoire définitive dès la première conquête. Ou dès le premier référendum. Nous nous rattraperons en déplaçant les montagnes. Nos leaders se sont attelés corps et âme. Nous poursuivrons leur engagement. Et tant pis si les Provinces de l'Ouest prennent le coche qui ne mènerait qu'à la séparation. Nous leur aurions donné une leçon de civisme manquant à tous les Canadiens. Avec leur refus de se distinguer, comment peuvent-ils avancer dans l'ère de la technologie de pointe ? Je sais que nous vaincrons et le jour n'est pas loin. Je sens déjà l'acquiescement de la Tour, convaincue du bon sens dans cette démarche qui lui semblait ne pas avoir de sens. Le Québec est rongé d'inquiétude, mais à force de tanner les Anglais, ils vont se mettre à céder.*

La seule personne qui relève le défi, c'est Kelly King toujours prête à contrer toutes les incartades de la Belle Province. Elle n'hésite pas à utiliser ses connaissances et son expérience pour convaincre du mal-fondé de cette «thèse saugrenue» :

— *Vous ne vous rendez pas compte que le Québec sera encore plus noyé qu'à présent par tous les Américains qui prendraient la relève. Une île ignorée dans une mer nord-américaine; impossible d'échapper aux mâchoires du requin, l'Oncle Sam, qui engloutit déjà soixante-dix pour-cent de notre économie. Après tout, des liens de luttes et de récriminations nous unissent; nous avons plus à partager en nous disputant qu'à nous séparer et à nous tourner le dos dans la disgrâce d'un silence cuisant. N'oubliez pas que vous perdrez plus que nous, les Ambassadeurs, les postes diplomatiques, toute la représentativité du Fédéral parce que vous aurez été plus habiles que nous à vous couler dans le moule du bilinguisme. Cet atout qui vous ouvre plus de portes qu'à nous. Moi aussi je sais que l'Ontario est grisé de succès, mais nous ne serons jamais au temps du mépris, du* «to look down on Québec». *La Belle Province restera toujours notre consœur quoiqu'elle fasse. Notre identité canadienne dépend d'elle. Elle qui nous distingue des Américains. Nous ne céderons pas au chantage!*

Ainsi d'un ton râleur (emprunté directement aux Français), elle joue au désaccord en contre alto, se croise les bras, et ne semble même plus suivre le débat.

En face, le rusé Rocco Cacciapuoti surmonte le courant en questionnant le Québécois et l'Ontarienne sans dire le fond de sa pensée :

— *Mais quand allez-vous faire la paix ? Nous avons un pays modèle où le progrès est partagé par tous. Peu de démunis ou de laissés-pour-compte. Peu de mendiants ou de SDF. Mais beaucoup d'insatisfaits. Un courant de rancœur mine les uns et les autres pour des bagatelles de labels que personne ne veut endosser. Quand le Québécois saura-t-il sortir du marasme de*

326

son complexe d'infériorité ? En clamant à qui veut l'entendre que ses souches sont bien enracinées en bon français. Et comment peut-il chercher son indépendance comme un pays africain anciennement colonisé quand il ne veut rien savoir des légitimes exigences du Peuple de la terre ? Le premier qu'ils ont délogé, sans reconnaître son importance et sa dignité. Et est-ce vrai que l'Ontario brime ses francophones ? Ne les favorise-t-il pas en leur bouclant le crachoir avec des subventions dont il ne savent que faire ? Il est vrai que les coupures budgétaires ont taillé la graisse et ses excédents, mais on leur laisse quand même un os sur lequel ils peuvent s'aiguiser les dents. Non ? Prenez l'exemple des nouveaux arrivés qui bouillonnent d'initiatives, de coups d'audace, et répètent : «exploitez les autres, inventez la réciprocité». *Nous Italiens, nous avons maîtrisé et l'anglais et le français sans perdre notre langue maternelle. Nous naviguons dans trois courants qui font notre force et notre élan. Dans ce sens, nous sommes des Canadiens authentiques recréant sans cesse l'identité collective qui ne peut être basée que sur la dignité de tous. Nous sommes le* laboratoire de pluralité *qui trouvera son compte dans toute société d'économie mixte.*

Souleyman Mokoko, en homme désarmé, a atteint la sagesse des nouveaux nés. Il écoutait attentivement, surtout l'intervention de Rocco. Pardonnant les menaces des uns et des autres, oubliant un instant les injustices subies, il prit la parole pour apporter sa contribution dans le calme et la sérénité d'esprit :

— Je me sens assez proche des idées de Rocco Cacciapuoti parce qu'il lui a fallu lutter contre les adversités de notre pays d'adoption. Seulement voilà, lui a réussi vite et sans diplôme. Le chemin fut ardu, mais il avait des atouts : la Blancheur et

l'Europe. Tandis que nous, Africains, Afro-Américains, Antillais, Autochtones... et autres premières lettres de l'Alphabet, combien de temps nous faudra-t-il pour atteindre le D d'une destinée équitable ou le Z de zéro difficultés et préjugés ? Il faut savoir entretenir tout commerce spirituel avec l'étranger pour survivre. La prospérité vient de cet arbre greffé qui tuerait ses propres racines s'il venait à se nourrir trop de lui-même. Car la sève qui fait vivre ne vient que de l'effort continu du terreau et de la pluie, du soleil et de la nuit, de la mystérieuse combinaison d'éléments qui nous dépassent. Il est temps d'arrêter les déchirures actuelles et les dépossessions du passé, sortir du malaise que nous nous infligeons à nous-mêmes, pour l'amour d'un label d'identité, à jamais condamné à s'écouler flux et reflux de pérennité. Quant aux langues d'usage et d'amour, elles sont autant de branches que l'arbre de vie peut porter sans se briser...

Tant de discussions qui n'aboutissent à aucune conclusion! Tout cela est dans l'ordre des choses. Drôles de choses, me direz-vous ? J'ai noté l'absence totale de Twylla et de Moki. Pete n'aurait jamais mis les pieds dans cette galère, par dépit. Décrivant les taudis des réserves, les pavillons délabrés, un touriste grec se lamente de ne pouvoir juxtaposer l'image des Indiens de son enfance «fiers et silencieux» et «le mépris de la société canadienne pour la culture indienne». Ces «gens dépossédés de leur passé et sans grand avenir apparemment». Et il évoque le haut le cœur qu'il éprouve à chaque fois qu'il achète à Paris une boîte de saumon canadien «*Great Chief*» avec son guerrier indien sur un cheval. Fier et majestueux sur la réclame mais à qui l'on a fait perdre l'âme sur son propre sol.

Je tente de ravaler et, parfois, de restaurer la façade de ces aiguilles rocheuses du jour. Je ne me complais pas dans l'effet *self-suffisance* d'un monde enclin à la déficience planétaire. Je vois Rocco repartir en quête de son particularisme méditerranéen, Kelly de son lesbianisme souterrain et de son anglomanie englobante, Marc de son séparatisme décadent, Marcel-Marie de sa souchitude rampante, Souleyman de sa tigritude réconciliante et Symphorien de sa scribouillerie qui se love à l'intérieur.

De mon côté, je me demande comment je vais terminer mon histoire ? Non pas en me mettant sous les feux de la rampe, mais en libérant mes autres personnages de l'isoloir creusé en tombe de l'oubli. Si j'ai peiné pour donner naissance à cette histoire d'amour c'est parce qu'au bout il y a la vie. Mais je ne me fais pas d'illusion. Comme Louise Durocher, j'ai bien compris que les tentatives de sortir du «Cercle des exclus» vous y ramènent malgré vous ! Dans cette marge de l'ailleurs et d'ici, je suis à la fois amérindienne, anglaise, française, italienne, africaine, chinoise, hongroise, bulgare, grecque, gay, Blue Jay, bernache… Quoique je fasse, quoique je dise, je demeure la Solitude canadienne qui célèbre la versatilité de son unité.

Ce virage vers la virtuosité me caractérise. Si j'ai été construite, c'est principalement pour contrecarrer «les effets du boom des gratte-ciel du centre ville Toronto.» Il fallait s'élever «au-dessus du *cityscape*» pour éviter le barrage aux réceptions sonores des buildings à la course vers le ciel. Je me suis dépassée pour cueillir les *crystal-clear signals* irradiant à plus de 110 kilomètres. Mais cela ne m'empêche pas d'incliner mon esprit vers un passé glorieux que je tente d'ailleurs de ressusciter.

Il est de cet art rocheux de la *man-made mountain*, qui inscrit ses lettres de noblesse dans le chant de tout monde sans exclusive.

TOUR 23

Un coucher de soleil dilue le ciel en rouge sang, orange citronné, violet satin... Je suis perdue dans la féerie des couleurs chaudes d'un monde sur le point de disparaître vers le seuil d'un siècle nouveau. Je ne distingue plus mon territoire de celui des États-Unis. Dernière convulsion dans la douceur où l'imprévisible filtre sa grisaille. La magie a disparu. La mort d'une certaine clarté donne naissance à un croissant de lune.

Vêtue de ces lambeaux de ciel brouillé, Twylla quitte son va-et-vient dans le couloir souterrain qui nous relie. Elle part semer la bonne parole, celle qui ne nous définit pas par le négatif et le chiasme du discours canaduitude. Dans cette Province plus grande que la France et l'Espagne réunies, Twylla veut s'altérer d'une seule vérité qui nous distingue toutes les deux. De réserve en réserve, de bourgade en bourgade, de ville en ville, elle plante la transparence, seul cri du cœur dans l'air cristallin. Ses paroles, figures simples du quotidien qui émergent de la pierre à savon, chantent en chœur : «il nous faut subir d'autres mutations. Ne point être bannis dans l'unique castration. Révolue la pensée folklorique des pères fondateurs. Tournons la page, entrons dans l'âge nouveau des médiateurs.»

Twylla ne fait pas de discours dans ses ateliers initiatiques. Elle taille la pierre de sa volupté mélancolique. Des saynètes d'hommes et de femmes en action, en harmonie avec les animaux et les plantes. De ses doigts charmeurs émergent des êtres qui enchantent par leur seul regard qui ravale le dépit. Leurs gestes scrupuleux déclenchent le désir d'un air léger comme une larme de rosée. Leurs mouvements expriment qu'ils ne sont plus satisfaits ni d'éduquer les exclus de la première partition du territoire, ni les écartés des sphères d'influence.

Après avoir reniflé les pinèdes, couru parmi les fauves, traversé les lacs aux abîmes bigarrés et évité les pièges tendus à l'ombre de frémissantes babines, Twylla avance toute bariolée de ses différences vers mon enceinte. Elle tente d'occuper le centre de mon triangle de base. Là, elle ne fait pas de *squatting*, ni de prise d'otage, deux mamelles qui ont fait fortune en attirant l'attention des médias et de quelques bonnes volontés. Mais elle conduit la délégation autochtone appuyée par l'éventail de toutes les hordes d'immigrés récents qui ont réussi leur pacte de cohabitation, malgré les désaccords et les mésententes.

Le but de leur rassemblement est de négocier, dans la dignité, les difficultés qu'ils rencontrent dans la vie quotidienne. Parmi les siennes, Twylla eut l'impression de se réveiller d'une nuit interminable, de tituber dans la grisaille de l'aube, la tête battant la chamade au rythme d'une délicieuse vertu qui semble secouer l'ardeur de ses compatriotes. Et, du coup, elle se demande si elle va épouser Zinal au risque de perdre ses droits et ses prérogatives de membre de la Tribu. Ainsi le stipule la Constitution pour toute Indienne qui se marie à un Blanc. Bien évidemment, cette loi ne s'applique pas à l'homme indien quand il épouse une blanche!

Elle décide de défier la loi puisque Zinal est un homme de couleur, comme on dit communément pour la moindre teinte de bronzage! Au moment où l'union de ce couple «hors norme» est entrain d'être scellée, Zinal, le Malais, reçoit ses papiers de naturalisation. Twylla est, pense-t-il, de bonne augure. Il invoque la *K. L. Tower* qui lui a fait rencontrer «sa femme», pour qu'elle prenne place sur le tableau de bord du plus haut édifice du monde. Depuis, Zinal et sa Tour sont désormais en moi.

Mais Twylla, la sage, pense à l'insertion de Zinal dans la vie de tous les jours. Ce couple qui vit l'amour à la charnière de l'impossible, a su surmonter les difficultés du quotidien. Je les vois, aujourd'hui, fiers et simples, sans équivoque vis-à-vis de leur appartenance, rayonner dans l'épicentre d'un nouvel enthousiasme. Ils ont l'impression que c'est la dernière étape de leur parcours.

Une file indienne d'hommes et de femmes de toutes couleurs se dirige vers moi, vers le chœur de ma grandeur !, dans un silence religieux qui bafoue les agents de l'ordre. Sans leader pour mener la procession. Personne ne sait d'où est sorti ce rassemblement. Aucune concertation. Mais une marche spontanée allant à un rendez-vous de l'imprévu. Consciente que, d'un seul coup, elle s'est constituée pour célébrer le silence varié des autochtones et des immigrés, cette caravane se demande ce qu'elle est.

Ce silence n'est point une ombre au tableau, mais l'image saisissante des tours gravées sur mes murs. La dernière née, la Malaise, y a inscrit sa vérité rayonnante.

Après les crises et les débâcles, le racisme et les préjugés, les querelles intestines et les guerres à l'étranger... un équilibre précaire est en train de se mettre sur ses jambes. Je le vois dans les aspirations de cette foule qui s'est installée à mes pieds, pour partager la nourriture préparée selon les recettes diverses du monde entier. Une fois repue, elle s'est volatilisée sans laisser aucun déchet, même pas une légère feuille de Kleenex!

Twylla participe et observe en même temps. Elle se dit : «Ce sont des invités d'honneur qui vont revenir sept fois pendant la semaine. Ils partiront ensuite vers d'autres lieux inconnus. C'est, sans doute, l'Esprit-Orignal qui a jeté son petit grain de sel dans cette foule bigarrée.» De quelle manière a-t-il touché ces citoyens. Que sont devenues les pierres sacrées ? Qui les a palpées ? Qui les a fait vibrer ? Comme un détecteur d'aéroport, elle scrute les baluchons, les bourses et les portefeuilles, les cartables et les sacs à mains, les attachés-cases et les serviettes... ! Twylla localise les pierres dans la petite bourse en mocassin du plus jeune homme du défilé. Elles ne sont donc plus en possession du plus âgé comme le prescrit la tradition millénaire. Les temps ont changé ! Twylla sait maintenant que l'avenir appartient à ceux qui n'ont pas d'avenir, à cette génération du chômage et du désœuvrement qui se prépare à tourner la page des parents gâtés par l'excédent matériel.

Aucune offrande ne m'est faite ; mon autel est vide ! Pourtant, on me prend toujours pour point de mire. On se tourne vers moi, non pas comme jadis vers les vieillards pour les conseils d'usage, en organisant des cérémonies aux esprits pour qu'ils viennent au secours de la tribu. Pierre angulaire, je toise de mon royaume circulaire les cieux. Je laisse une traînée de beauté au passage des regards. Solidement ancrée au lac, miroir de mon identité première, je m'intéresse plus au mystère de ces métamorphoses qu'à la façon dont j'ai été construite. Entre-temps, j'ai trouvé ma manière particulière de serrer dans mes bras la bande à Twylla. J'ai réagi par pure intuition de pierre. Ou, plutôt, le dialogue s'est établi, miroir de mon monde à l'endroit et à l'envers, entre le ciment et la pierre à savon, l'acier et le verre. Au septième jour la file indienne s'est faite guirlande de mille couleurs autour de mes escaliers.

A aucun moment de leur histoire, les Canadiens n'ont appliqué le génocide vis-à-vis des Indiens lors de leur conquête. Par contre, les Américains, pressés d'en finir avec leurs autochtones, inventèrent l'épuration ethnique. Chez-nous, on se contenta de les priver de leur héritage. Les enseignants blancs éduquaient leurs enfants dans des missions religieuses. Aux États-Unis, *Sitting Bull* fit traverser son peuple vers le Canada en 1890 pour le mettre à l'abri du massacre caractérisé, sous la protection de Grand-mère Victoria d'Angleterre. Quand on le poussa à rentrer au pays de l'Oncle Sam, il répondit qu'il ne pouvait plus traverser la frontière, clamant haut et fort : «*Je suis le Taureau assis, je ne bouge plus !*»

N'ayant pas trouvé une identité qui puisse s'asseoir sur ses trois pieds, le pays continue à se rechercher. Quant à la population ontarienne, elle est déboussolée par tant de choix ! J'appartiens moi-même à ce terroir, mais j'échappe à la règle de la mobilité, de l'instabilité, en me repliant dans les mille et un lacs indomptés de ma province où j'entend les cœurs ardents, psalmodier un nouveau langage.

Le gouvernement *NDP* a bâti *le Casino* près de la réservation indienne, *Rama*, pour aller à la chasse aux revenus. Les dollars feront venir d'autres dollars. Au départ, l'intention était de rendre indépendants les Indiens qui se sont mis à l'affût des gains illicites. Mais le gouvernement, *Progressive Conservative*, a vite fait de détourner trente pour cent des bénéfices, au lieu de les verser comptant aux fils et filles de la Première Nation. Le jeu entraîne le jeu, et les gens y sont pris jusqu'au cou. D'autres Casinos à Niagara Falls, Windsor... Le *Rama* conçu et planifié pour aider les Indiens perd terrain, prestige et fonds. Le prix des hôtels augmente, la clientèle baisse. Paradoxalement, la Majorité riche voulait jouer ses atouts dans un Casino niché chez les Indiens qui n'ont pas le sou ! La voracité des meneurs de jeu désosse jusqu'à la moelle. Le vice du Blanc n'assure-t-il pas la survie du Cuivré ?

Twylla refuse de tomber dans le piège de la facilité dans ce pays en désaccord avec lui-même. Elle ne croit pas qu'il faille subvenir aux besoins de la Première Nation par *white gambling*, autre forme de *Racket* légalisé. Elle se retranche derrière mes lignes de force de Tour têtue. Au cœur même de mes escaliers de secours, elle soumet le projet de transformer ma base et mon sommet en «*Cercles de l'Alternatif dans la Constance*». Une nouvelle mise en scène inspirée des filets de pêche en haute mer qui se gondolent en vagues. Dans mon espace circulaire, Twylla surplombe le monde. Balancé dans tous les sens, son corps éclate soudain, devient étoiles filantes qui effleurent les murs blancs... puis disparaissent dans le firmament. Silhouettes diaphanes, elles rejaillissent de l'écume de mes parois concaves pour aller s'éteindre dans la forêt. Twylla, une et plurielle, s'installe dans deux ghettos géants en forme de «Tour-ne-sols» où elle distribuera les donnes et dirigera le jeu. Ce ne sont ni des tours d'ivoire, ni des tours de Babel, mais des sortes d'entonnoirs à faire passer la pensée inexplorée...

Twylla conçoit ces nouveaux espaces pour que nous ne quittions le royaume de la communication que pour celui de la communion où il n'y a pas la moindre poussière de religieux. Dans ces lieux du sens, les nuances ne se chinoisent plus leur originalité. La main de Twylla y cueille des grappes de lumière comme si elle arrachait des étoiles nichées dans les nasses d'un cosmos complexe et contradictoire. Twylla marche sur la tête, ses pieds en l'air sont couronnés du halo des mocassins, ses jambes nues inspirent plus d'un Zinal en mal de mère.

L'îlot du sommet, le bulbe, sort de son vacarme et s'implante dans mon cœur de Tour CN. Trafiquants de toutes les langues, massacreurs d'oiseaux et vendeurs de plumes y sont éliminés. Dans ces lieux du silence dépouillé et feutré, Twylla encourage les récits d'aventures qui personnalisent l'adaptabilité, libèrent les univers insoupçonnés de l'imaginaire et rejettent, sans remords, la société de consommation. Ainsi, elle fait participer les Torontois au deuxième souffle, à l'apogée de sa technicité. «*Plus la science voit loin, plus le mystère s'épaissit.*» Les certitudes sur la naissance de l'univers sont ébranlées. Satellites et astronomes ont vu naître les étoiles, s'entrechoquer les galaxies... tant de mondes se pulvériser! Ces violences inattendues remettent tout en question, y compris les certitudes des étoiles les plus vieilles. Le Big Bang est dépassé ! Twylla ne fait plus confiance ni aux autoroutes de l'information, ni à la génération des ordinateurs-patineurs de tout acabit… Entre l'îlot de base et l'îlot du sommet, elle a choisi de faire navetter les flammes striées des origines. Se révéleront bientôt les faces cachées d'une nouvelle lune qui, sans plus faire rêver !, éclairera de sa fulgurance les rapports tumultueux des trois solitudes!

Je me suis laissée emporter par cette pensée sur l'incommunicabilité entre la vie et la mort. Twylla m'y a entraînée, elle qui cherche sans cesse le mot juste pour exprimer sa pensée-fougère, ses idées-lierres. Elle n'y parvient qu'en faisant un tour sur elle-même, surtout lorsqu'elle a en face d'elle une pointilleuse, une myope aussi têtue qu'une taupe creusant son trou dans le rocher. Elle revient à la charge jusqu'au jour où elle est reçue au bureau de Kelly dans mon Bulbe de direction. C'est la première fois que ces deux femmes, si proches et si éloignées, à la fois, se rencontrent. Tant de lanières de cuir vert les ligotent de la tête aux pieds. Les blessures entravent le chemin et le brouillent. Dans une première confrontation elles tentent de jeter les ponts :

— J'avoue, dit Kelly, que toute mon action, tous mes efforts n'ont servi qu'un seul but, celui du capitalisme régnant. Et pour une fois que j'ai flirté avec l'échec de Pete je suis lamentablement tombée sur ma *face*. Dieu sait si je l'ai étouffé d'affection pour compenser mon dédain et ma froideur des premiers temps...

— Dommage, lui répond Twylla, que vous n'ayez pas suivi d'autres routes qui auraient pu nous annoncer d'autres gageures. Et je ne veux pas dire d'emprunter le sens inverse du capitalisme, ni le communisme défunt dont l'idéalisme se tapit encore dans quelques esprits moribonds.

— Oh ! Combien de fois nous avons tenté de vous extraire de cette «mentalité d'assistés» où vous vous êtes noyés depuis des siècles. Nous aurions voulu vous montrer le chemin de l'autogestion, vous vacciner de notre volonté de débrouillardise... que sais-je ? Vous inculquer cet esprit d'entreprise qui vous manque.

— Oui, je vous vois venir avec vos grosses Adidas! Me reprochez-vous déjà l'Esprit-Orignal sur lequel nous comptons pour nous guider ? C'est un sixième sens que vous ne comprendrez jamais!

— *Don't add assault to injury* ! Je vous montre du doigt vos carences et vous me rétorquez qu'il nous manque, à nous Blancs, une magie dont vous êtes seuls détenteurs! Un sens que nous ne possédons pas!

— Pas du tout. Nous sortons à peine d'une longue période de colonisation, pour ne pas dire d'oppression. L'urgence, c'est de nous prendre totalement en main, ce qui relève d'une nécessité identitaire.

— Mais ce besoin est aussi le notre! Je reconnais cependant que nous n'avons pas assez formé d'autochtones en matière d'éducation, gestion ou

341

politique. Mais croyez-vous que le retour à l'histoire et au passé puisse être une option valable ?

— Ce n'est pas, en tout cas, ce que je prône. Il faut simplement aiguiller la discussion et mettre la Tour CN au centre des préoccupations tout en la plaçant dans le contexte de la mondialisation actuelle.

— Tout le monde parle de ce phénomène qui nous a tous pris de court, mais personne ne semble esquisser la moindre solution. Si les gouvernements les plus puissants du monde n'ont pu rien faire à ce sujet, dépassés par les technologies de pointe et autres *clap-traps* du genre, ce n'est pas en transformant la Tour en igloo ou en tipi, ou en vivant à la manière de la Première Nation que vous résoudrez la crise!

— Encore une fois, vous me prenez pour une passéiste! Alors que moi, je vous répète l'urgence de trouver une solution plus équitable pour gérer notre Tour culturelle. Et ceci bien avant de partir à la conquête et à la restructuration de la Province, du pays... et enfin du monde. Aussi vous demanderais-je de «*payer attention*» à ce dicton de chez-nous : «*Ne juge pas autrui avant d'avoir chaussé ses mocassins.*»

— Je comprends votre stratégie de changer d'abord le microcosme pour donner au macrocosme son envie inaltérable de se métamorphoser! Mais n'êtes-vous pas une idéaliste attardée ? Un peu comme nous l'avons été, nous, pour le progrès matériel à tout prix ?

— Heureuse de savoir que vous admettez vos erreurs! Toutefois, n'oubliez pas que dans vos entreprises tout le côté spirituel a disparu, sauf dans ses manifestations les plus superficielles, les plus banales, les plus rassurantes.

— Peut-être! La ville possède une quantité illimitée d'églises, de temples, de synagogues... et même quelques mosquées et pagodes. Là, le spirituel est cultivé en abondance! Mais laissons cela de côté. A la Tour CN, nous sommes prêts à vous accorder un champ d'action... un peu dans le domaine de la gestion. Êtes-vous préparée à fonctionner sans moi ?

— Votre système nous a bien démontré que personne n'est indispensable! Au fond, l'être n'est qu'un petit rouage facilement remplaçable, pour ne pas dire jetable à merci! Il va de soi que nous pourrons fonctionner autrement, quitte à commettre des erreurs de temps à autre, au début! Comme nous le disons si bien : «*Savoir monter à cheval n'est pas suffisant, il faut savoir en tomber.*»

— Que vous preniez l'erreur en considération dans tout apprentissage est tout à votre honneur! Mais cela va causer des remous et des malaises, des mécontents et des jaloux, des révoltés et des frustrés... et certainement des grèves parmi les salariés.

— Qu'il n'y ait pas de guerre mondiale, et que les mutations se fassent en douceur, c'est du moins notre seule alternative pour le moment. Vous allez sans doute conclure que la Tour CN perdra «sa classe et son élégance», son flair commercial et ses revenus habituels...

— Peut-être. Mais l'important, c'est la dose... c'est savoir doser pour bien partager l'équilibre précaire de la vie. Et c'est à mon tour d'exploiter la mine d'or du paradis perdu.

— Je vous le répète. Il ne s'agit pas de faire du *neuf* avec du vieux, de préparer l'avenir à force d'invoquer le passé. Nous ne vaincrons pas comme vous par le *fer*, mais avec la *pierre*, ses vibrations rythmeront la cadence de notre inspiration. Cependant, ne nous leurrons pas. Les roches ferrugineuses, autrefois signe de richesse, sont aujourd'hui sans valeur. Nous voulons mélanger leur rouille aux verts des collines, la carrière de pierres à la pierre sacrée, le pâle du lichen au foncé des épinettes noires. Les épaves de tôles et de pylônes aux galets, la grisaille du mortier au verre miroitant l'acier... bricolage modeste qui ne concerne que la Tour CN et son personnel qui veut se faire entendre. Notre peuple croit toujours qu'il ne survivrait qu'à travers la colère contre les Blancs, et les Blancs qu'à travers la soumission des Indiens ! Et il nous faut tous changer.

— Vrai. Ce schéma est révolu. Nous vivons en condensé et en accéléré jusqu'à la frénésie. A la limite nous ne sommes que des observateurs qui jouent le rôle de participants provisoires !

— Oui, nous traversons une période ardue, moralement parlant, qui se déroule dans un calme olympien. Vous n'allez pas nous faire «passer un sapin». En nous donnant l'argent pour nos terres, nous avons été dépossédés. Plus de dignité, plus de pouvoir, plus de *bargaining power*! Et à présent, nous sommes comme vous au point de non-retour, à l'avant-dernière heure de l'Apocalypse. Nous ne signerons plus rien et nous n'abdiquerons jamais plus notre souveraineté. Nous allons nous libérer du joug du capital pour un «*tour-ne-soiling*» en ré majeur.

— *My God, what's that* ?

— Vous savez que les tournesols dirigent toujours leur beau visage vers le levant, vers la pointe du jour! Il faut, cependant, les voir têtes baissées, en file indienne, toutes fanées en fin de saison. Au fait, ils font eux-mêmes leurs propres prières des morts.

— Et alors, où voulez-vous en venir ?

— Nous voulons revenir au monde comme le jour après la nuit. Au primordial. Mais pour y rester. Tournés vers le Levant. D'abord, oublions les culpabilités, les remords, les injustices, les atrocités... Bâtissons ensemble des tours de soleil accessibles à tous. Mais il ne faudrait pas que vous vous sentiez sacrifiée en bouc émissaire... Je connais bien votre violon d'Ingres! Je vous garantis que nous resterons en grande amitié, quoique que vous fassiez! S'il y a sacrifice à faire, faisons le pour vos méthodes, vos façons de procéder. Gardons cependant votre volonté et votre suivi. Si les jeunes n'ont rien à faire dans les réserves, il n'est pas étonnant qu'ils se soient jetés sur l'alcool et la drogue! Ils fument et *sniffent* n'importe quoi. On ne demande pas la charité. Nous réclamons ce qui nous appartient. Et nous agirons dans l'esprit de la Tour CN qui tient à ce que l'on reconnaisse son langage anti-Babel, sa langue rocaille, l'intimité du temporel dans l'immortel, l'Esprit-Orignal.

— Excusez-moi, vous me perdez encore une fois.

— Commençons par le commencement, insiste Twylla. Kanata, mot iroquois signifiait village et ne se référait pas à tout le pays. Au milieu de ce siècle, Marshall McLuhan a créé la notion de «village global» pour le monde entier tellement les médias ont agglutiné les cinq continents. Au tournant du siècle, nous avons élevé le «village-tour», pas la tour d'ivoire des intellectuels aigris qui ne font que macérer dans leur jargon abscons, mais le village qui offre à tous ses habitants des tours de travail, de loisir, de réflexion et d'action... et entre toutes une tour culturelle pour délier la langue des précédentes. Ainsi nous adopterons un nouveau rythme de vie et de mort...

— Quel programme !, l'interrompt Kelly, en appuyant de ses mains sur ses tempes !

— Non, pas un programme. Sans blâmer les Blancs, nous pouvons ensemble trouver des raisons à nos faiblesses. Cherchons un moyen de nous en sortir, une nouvelle façon de fonctionner, de boire et de manger, de souffrir et de goûter au bonheur, de faire l'amour et pas la guerre. En un mot, un nouveau départ, une expérience, hors normes figées, qui nous enrichira...

— Et que l'on ne quantifie pas, je suppose ?!

— Exactement! Et avançons un peu : pour prendre les leviers culturels, la responsabilité de leur développement, il nous faut réaménager la Tour. Savez-vous que veut dire le mot algonquien *manido* ?

— Non !

— Ce mot signifie «les pouvoirs qui existent dans la nature».

— Voulez-vous dire qu'il faudra survivre en «bons sauvages» ?, dit Kelly en mimant les guillemets avec deux doigts de la main gauche et deux de la droite qui gesticulent en trémolos.

— Je constate que vous prenez des gants en mettant des guillemets partout de peur de ne pas être *politically correct*. N'ayez crainte. Ce qui me chagrine, c'est de voir à quel point j'ai des difficultés à modifier votre façon de penser.

— Et moi, j'espère que vous ne vous prenez pas pour un Manitou, vous arrogeant le pouvoir sur tout!

— Encore un fois vous ne m'avez pas comprise ! Je suis en train de vous dire avec tact et doigté que la nature, les animaux, les choses nous parlent mieux avec leur silence que les êtres qui vocifèrent leur savoir aux quatre coins de la planète...

— Usée jusqu'à la dernière fibre de ses mots, saturée jusqu'aux yeux par la parole ! Vous remarquez, n'est-ce pas, dit Kelly avec vanité, que je suis capable de finir votre pensée ?

C'est un *scoop* pour moi, Tour CN, d'avoir capté et transcrit ce dialogue des profondeurs, le premier dans son genre. Les deux femmes ont parlé, ensemble, à cœur ouvert. Je peux donc me replier sur moi-même pour aller à la source de mes vibrations et cultiver la langue-rocaille. Même si la plupart de mes personnages n'y croient pas, moi, elle me comble de satisfaction parce qu'elle émerge de la pierre !

Comme Twylla, j'appartiens irréversiblement à ma terre natale. Où que je sois, en parole ou en action, son paysage sera en moi comme une partie d'ADN. Je viens de jouer à la marelle du temps. En tant que Tour, je serai peut-être gagnante. Ma langue, par contre, le sera-t-elle ? Peu importe ! Entre Tour et langue restera toujours le dividende du questionnement.

Souvent, j'ai favorisé le monologue parce qu'il est dans l'air du temps. Les gens sont cloîtrés dans une tragique solitude! Ils se parlent à eux-mêmes pour dévier angoisse et inquiétude. J'ai escaladé les escaliers de la pensée et les autoroutes de l'information, sauté par dessus les remparts des préjugés, ouvert les frontières qui verrouillent les cœurs et grimpé l'échelle des pourparlers ! Je me suis fait oiseau de bon augure pour chanter ma parole-rocaille aux quatre vents. Et pour narguer le silence des nuages auxquels on implore la pluie pour une terre gardienne de la mémoire. Heureux qui comme le feu déclenche le renouveau !

Des cendres, le Phénix prendra son essor. Parmi les oiseaux, il est le seul à être éternel. Parce qu'il a refusé le fruit interdit que lui offrait Eve ! Parmi les éléments, il n'a accepté que le cinquième, la quintessence. L'éther, magie du silence !, décline ce quelque chose qu'on appelle *réalité* et qui est semblable à ma substance, *l'inertie*. Ce silence fait ma force et me permet de m'immiscer dans le flot de mots, dans les cascades de phrases, pour leur donner consistance. A la manière de l'Esprit-Orignal, mon essence pierreuse entretient des correspondances avec les vibrations intérieures. Mes voix évoluent en spirales comme les galaxies dans le cosmos.

«*Je me souviens*» : Galilée et sa lunette astronomique ont mis la terre à sa place. Avec des télescopes chaussés de spectroscopes, les savants ont démontré l'universalité des éléments chimiques et l'unité des lois. Tout l'univers observable. Je refuse donc d'achever mon récit-roman-journal-prosème... dans la confusion de Babel ou d'un genre narratif quelconque (même hybride) ! Mais comment faire pour mettre fin à cet écoulement des cinq éléments qui transitent entre hommes et choses, plantes et objets ? Seule prédominance, la pierre de la mémoire.

J'ai accompli ce tour d'écorce verbale à la manière des bras de Twylla qui m'ont enlacée un jour. Non pas pour communiquer des informations sur ondes ou sur écrans, mais pour me transmettre son amour. C'est ainsi que j'ai vibré à mon tour, en infusant à tous mes personnages des sentiments inédits qui nous ont bercées durant des nuits et des nuits...

Dans la Bible, on nous apprend que tant d'hommes et de plantes fixés à la terre meurent au moment même où on les détache de leur cordon ombilical. Tour CN, je suis ce cordon ombilical pour mes personnages, d'abord, puis pour les citoyens de ce pays de Dieu. On va sans doute me comparer à ces monstres vrais qui, au Paradis, sont privés de tout désir sexuel et donc de descendance. Dans mon cas, je vais couper le cordon, me fracturer en mots-rocailles, et laisser les êtres et les choses voguer au gré de leur désir, au diapason de leur rêve. Orphelin tout ce monde choisi sur le tas. Comme moi.

Contrairement à mes contemporaines qui se prélassent dans les mièvreries, les mélasses de la décadence, les fades débris d'un siècle finissant, je tente de réveiller les dormeurs. Que l'on n'hésite pas à tordre le cou à mes ciselures de mots-rocailles, à mes statuettes de marbre et d'acier, à mes phrases rocheuses, à ma langue heurtée. Mon énonciation est comme une scie à tailler des larmes, celles de nos bavures collectives !

Ma narration s'est précipitée diffuse et complexe comme la matière. Car l'univers n'est plus une entité figée ou sacrée ! Symphorien m'apprend que «Les hommes sont de la même matière que les étoiles.» ; donc, la pierre est fille de la lune. En somme, je ne fais qu'entamer une brèche sur notre vision du monde. Et puisque ce même Symphorien continue à me dire : «Les

349

atomes ne seraient que l'écume de l'univers.», je constate à présent que j'ai été inspiré lorsque, dans mon imaginaire de galets, j'ai fait voguer Twylla sur les vagues du temps, la tête en bas et les mocassins en fleurs de Lys.

Ce projet initial lui a permis d'installer, tout autour de mon bulbe supérieur, des longues-vues à lentilles ultrasensibles. Rocco Cacciapuoti a fait nettoyer chaque œil de bœuf de sa poussière et de sa crasse. Souleyman Mokoko s'est mis à recruter des visiteurs du monde entier afin d'initier leur regard au voyage du cœur, sans retour, au sein de la forêt locale. Ainsi la précieuse énigme de l'orignal — la liberté inaltérable — sera captée.

Moki, le grimpeur des Tours du monde, est parti en quête de *neutrinos* que seul le cœur du soleil produit. Amanicha poursuit sa chasse aux étoiles dans les ténèbres qui dévorent le monde. Des visiteurs-quêteurs d'éventuelle harmonie dans le théâtre de la violence, ont eu, à portée de main, l'œil globuleux de l'orignal. Ils savent maintenant comment découvrir par-delà la folie des constructions anarchiques leur identité de tous les temps.

Quant au regard des traqueurs d'orignalitude, il s'achemine vers le silence.

Du même auteur

Poésie
Musocktail
Tower Publications, Chicago, 1966.
Tremblé
St-Germain-des-Près, Paris, 1969.
Eclate-Module
Cosmos, Montréal, 1972.
Vésuvlade
St-Gerrnain-des-Près, Paris, 1976.
Haïtuvois, suivi de **Antillades**
Nouvelle Optique, Montréal, 1980.
Tales of Heritage I
Illustrations de Saul Field, Upstairs Gallery, Toronto, 1981.
Vers et l'Envers
ECW Press, Toronto, 1982.
Ignescent
Silex, Paris, 1982
Tales of Heritage II
Illustr. de Saul Field et Jean Townsend
Univ. de Toronto Press, Toronto, 1986.
Echosmos
Mosaïc Press, C.S.C.S.C.Toronto, 1986.
Reflet Pluriel
dessins de Gérard Sendrey
Presses Universitaires de Bordeaux, Bordeaux, 1986.
Emergent les Branches
treize eaux-fortes de S. Stoïlov
Livre bibliophile, Varna (Bulgarie), 1986.
Zemna Daga
traduction du français en bulgare
Narodna Cultura, Sofia (Bulgarie), 1987.
Poésies (Anthologie personnelle)
Assoc. Tunisie France, Sfax (Tunisie), 1991.
Arc-en-Terre
Illustr. Micheline Montgomery,
Albion Press, Toronto,1991.
Emigressence
Vermillon, Ottawa, 1992.
Nomadaime
Illustr. divers artistes

Gref, Coll. Ecrits Torontois, Toronto, 1995.
Transvivance
vingt dessins de Gérard Sendrey
Hervé Aussant, Rennes, 1996.

Romans
L'Icônaison
Naaman, Sherbrooke, 1985.
Bangkok Blues
Vermillon, Ottawa, 1994.
Retour à Thyna
l'Or du Temps (1ère éd. 1996, 2ème éd., 1997)
(2ème éd. 1997)
La Pharaone
l'Or du Temps, 1998

Drame poétique
Immensément Croisés
St-Germain-des-Près, Paris, 1969.

Nouvelles
publiées dans Contreciel
Huit nouvelles, 1984
Nouvel Art du Français, 1988-94
Indigo, 1991
Moebius, 1992.
Arcadiennes, dix-sept nouvelles (à paraître)

Conte
Zahrat El-Saharî
l'Or du Temps, Tunis 1997
dessins d'Adam Nidzgorski
Rose des Sables
Vermillon, Ottawa, 1998

Essais
Créaculture I
CCD, Philadelphie et Didier-Canada, Montréal, 1971.
Créaculture II
CCD, Philadelphie et Didier-Canada, Montréal,1971.
Parole et Action
CCD, Philadelphie et Didier-Canada, Montréal, 1971.
Structure Intentionnelle du «Grand Meaulnes» :
vers le poème romancé
Libr. Nizet, Paris, 1976.

The Canadian Alternative
sous la direction de H. Bouraoui
ECW Press, Toronto, 1980.
The Critical Strategy
ECW Press, Toronto, 1983.
Robert Champigny : poète et philosophe
sous la direction de H. Bouraoui
Slatkine (Genève), Champion (Paris), 1987.
La Francophonie à l'Estomac
Nouvelles du Sud, Paris, 1995
Tunisie Plurielle
l'Or du Temps, Tunis, 1997

Anthologie
Ecriture Franco-Ontarienne d'aujourd'hui
sous la direction de H. Bouraoui et J. Flamand
Vermillon, Ottawa, 1989

Traductions
J.-H. Bondu, **Sables des Quatre-Saisons**
Emergences. Angers, 1989
Wole Soyinka, **Idanre et Ogun Abibiman**
Nouvel Art du Français, Paris, 1990.

Sur l'œuvre
Hédi Bouraoui - L'Identité plurielle
La Toison d'Or, n° 35, Bergerac, Hiver 1994.
H. Bouraoui, Iconoclaste et chantre du transculturel
sous la direction de J. Cotnam, le Nordir, Hearst, 1996.
Hédi Bouraoui et la Transpoèsie
Coordonné par Mansour M'Henni, *l'Or du temps*, Tunis 1997
Hédi Bouraoui : Hommage au Poète
Textes réunis par Sergio Villani, Albion Press, Toronto 1998

Achevé d'imprimer en novembre
mil neuf cent quatre-vingt-dix-neuf,
sur les presses de l'Imprimerie Gauvin, Hull, Québec